おうちごはん修業中！

JN092010

秋川滝美

角川文庫
22951

目次

第一章　哀愁のボロネーゼ　5
第二章　一点豪華主義の煮魚　41
第三章　砂浜風味のアサリバター　113
第四章　天使のハンバーグ　178
第五章　魔法のチキンソテー　249
番外編　土鍋の行方　313

第一章　哀愁のボロネーゼ

めでたさは行方不明なり誕生日……。

滝田和紗《たきたかずさ》は、目の前にあるパソコンのモニターに向かって深いため息をついた。

誕生日が嬉《うれ》しかったのはせいぜい二十歳、最大限頑張って学生時代終了までだ。酒、たばこ、その他諸々《もろもろ》が解禁される年齢を越えたら、誕生日なんて虚《むな》しいばかりのアニバーサリーである。

浪人も留年もなしに順調に学業を終え、株式会社カジワラに入ったのは二十二歳の春。それから干支《えと》が一回りする間に係長まで昇進した。新卒の三年以内離職率が取り沙汰《ざた》される昨今、十年以上同じ会社に勤め続けているのは我ながら立派なものだと思う。

だがそれはあくまでも企業人としての評価であって、プライベートはいかがなものか。

同期入社の女性社員の六割は既に華燭《かしょく》の典を挙げた。男性にしてもおよそ四割は既婚、親になっている者も多い。速攻でバツイチになってしまった人間もいないではないけれど、それはそれ。経験値において、学生時代以来、恋愛沙汰とは無縁だった自分とは大違いである。

株式会社カジワラで三十四歳で係長というのはかなり出世が早いことは認めるが、このままでは和紗の理想の未来には程遠い。幸せな家庭生活なんて関心ありません！と言い切れるなら別だが、彼氏も欲しいし、結婚だってしたいのだ。数年来の片想いの相手だっている。

営業二課長の柿本蓮司《かきもとれんじ》は、和紗と三つ違いの三十七歳。四年前、本社営業部部長だった水谷啓司《みずたにけいじ》が、柿本の手腕と人柄に惚《ほ》れ込んでライバル会社から課長待遇で引き抜いた。中途採用者がいきなり課長になったことで不満を唱える者も多かったが、柿本は我関せずの姿勢を貫いた。有無を言わせぬ業績を上げ、部下の指導育成にあたり、次第に課内の理解と尊敬を集めていった。同じ営業二課の主任を務めていた和紗は、柿本の的確な指導と隙のない営業姿勢にすっかり魅せられ、かれこれ三年近く想いを寄せている。

だが、柿本ほどの男なら既に恋人がいるだろうし、いなかったとしても自分が彼に相応《ふさわ》しいかどうかなんて考えるまでもない。あわよくば……とすら思えない片想いにため息ばかりついている。

他の誰かに目を向ければいいようなものなのだが、毎日毎日目の前に座られていては目の逸《そ》らしようもない、というのが正直なところだった。

いっそどこかの誰かが電撃的に自分に恋をしてくれないものか。今なら直ちになびいてやるぞ！　と周りの様子を窺《うかが》ってみたりもするが、そんな気配は微塵《みじん》もない。同期や友人が結婚するたびに、高砂《たかさご》の席に座る彼女らと自分を見比べ、足りないものの多さに項垂《うなだ》れる日々だった。

モニターの時刻表示は七月十五日二十一時三十五分。今年の誕生日もまた仕事で終わりそうだ。

株式会社カジワラは創業七十年になる総合建具会社である。シャッターやドア、手すり……その他諸々、建造物にはなくてはならない製品を扱っている。

震災復興関連で建築業界は受注件数が急増、東京オリンピックも開催される。景気上昇の波になんとか乗っかりたい、ということで和紗は連日外回り、帰社後は見積もりやらなにやらで定時退社なんて夢のまた夢である。

でもまあ、仕事があるだけマシ。しかもそこそこ認められてるし、贅沢《ぜいたく》は言えないよね……。

そう思いながら和紗は、モニターに表示されている数字の羅列に意識を戻す。

この仕事は本来同僚がやるべき仕事だった。どうしても今日中に終わらせなければならない作業だったが、朝の段階で本人は、なんとかなりそうだと言っていた。時間的に厳しそうだな、と心配していたものの、和紗は同僚の言葉に安心して外回りに出かけた。

ところが、午後《くだん》になって、外回りで移動中だった和紗のスマホに電話が入ってきた。

電話の主は件の同僚で、保育所に預けている子どもが熱を出し、急遽《きゅうきょ》迎えに行かなくてはならなくなったという。ついては、今やっている作業を代わりに仕上げてくれないか、との依頼だった。

子どもが病気になるのは生育上必要な免疫対応システムだろうし、本人にも親にも罪はない。病気の子どもの面倒をみるという、親として当たり前の事情を蹴《け》りとばして働かせるほど同僚に恨みはないし、病気のときは母親じゃないと、なんて嘯《うそぶ》かずに父親自ら保育所に走るという姿勢も好ましい。和紗には取り立てて予定などないのだから、男女共同参画社会の実現に一役買えるのであれば本望だった。

けれど、よっしゃ、任せろ！　とばかりに調子よく引き受けてみたものの、打ち合わせが長引き帰社が遅れた上に、作業は繁雑。こんな時間になってしまったのは大誤算だった。

誰にも気付いてもらえない誕生日だったけれど、残業手当がお祝いがわりと思えばちょっとは喜べ……いや、やっぱり全然嬉しくない。残業手当は労働の対価だ、プレゼントじゃない！

幾度目かわからないため息をもうひとつプラスして、和紗はようやくその日の仕事を終えた。

パソコンのスイッチを切り、背伸びがてら部屋を見回す。確かめるまでもなく、残っているのは和紗ひとりだった。

いつもなら部下の仕事を最後まで見届けてくれる柿本は、今日に限って不在である。

あーあ、何もピンポイントで接待が入らなくてもいいじゃないか。オフィスでもひとり、家に帰ってからもひとり……。せめて家族と同居していれば『おめでとう』の一言ぐらいもらえたんだろうけど。

実家を離れて既に十五年、とっくにひとりに慣れたはずなのに、どうしようもない寂しさが湧いてくる。誕生日が接待多発の金曜日に重なった不幸を呪いつつ、和紗はエレベーターから降りた。

「お、終わったか？」

もしや、接待が終わった柿本が戻ってきてくれたのでは？　と期待たっぷりに顔を上げた和紗の目に飛び込んできたのは、同期の村越豪《むらこしごう》だった。同じ営業部、とはいえ、彼は隣の営業一課に所属している。

よりにもよっておまえかよ。

和紗のテンションはだだ下がりだった。

ここで出会ったのが柿本ならば、外国の恋愛小説さながらに、憂い顔の部下から理由を聞き出し、誕生日祝いに酒の一杯も奢《おご》ってなにやらよさげなムード……なんて展開も期待できるかもしれない。現に残業が長引いたときなど、彼は時折夕食をご馳走《ちそう》してくれた。たまにふたりきりのときなど、一見恋人同士みたいな雰囲気になって、あ、もしかしてちょっとは望みあり？　なんて思うこともあった。

柿本は単によく働く部下を労《ねぎら》っているだけだとわかっていたし、和紗以外の部下に対しても同じようにしているのだろうけれど、和紗にしてみれば『夢ぐらい見てもいいじゃない』という気分だった。

だが、いかんせん、この男では無理だ。なんせ入社以来の腐れ縁、どう頑張っても甘い夢など抱けそうにない。しかも、この男は入社以来ぶっちぎりで業績を上げ続け、今や和紗の劣等感を刺激するために存在しているようなものなのだ。

村越は入社時点から癪《しゃく》に障る存在だった。

『一を聞いて十を知る』を体現しているような頭の良さだし、学生時代にバイトで鍛えたという接客マナーと営業トークは、同期で一番に契約を取ってくるのは誰か、という先輩社員の賭《か》けを成り立たなくしてしまった。全員が村越に賭けたからだ。

自分で言うのもなんだが、和紗だって頑張っていた。こんなにやる気のある新人は珍しい、とみんなに褒められていたのだから、ひとりぐらい自分に賭けてくれるはずだと思っていたのだ。それなのに、同期にあんな規格外モンスターがいたおかげで、和紗のやる気なんて問題外にされてしまった。社会人になって早々、結果に繋《つな》がらないやる気なんて無意味だと痛感させられたのだ。

学生時代を通じて他人に後れを取ることなどなかった和紗が、圧倒的敗北を喫した存在、それが村越豪だった。

腹の中ではむかつきまくっていたものの、同僚ともめ事なんてもっての外だ。やっかみをストレートに表に出せるほど、和紗のプライドは低くなかった。

上辺を取り繕うことぐらい朝飯前。ここはひとつ、そこそこの友好関係を保ちつつやつの能力を利用……いや、見習わせてもらうとしよう——

ということで、和紗と村越の『そこそこの友好関係』が始まった。

ふたりを繋いでいたのはもっぱら飲食関係である。村越は健啖家《けんたんか》、かつ食べ歩きが趣味らしく、旨《うま》い店の開拓に余念がない。営業職にとって、接待用の店をたくさん知っているというのはかなり大事な要素だ。和紗も店探しに四苦八苦している手前、お互いの情報を交換しつつ、ときには同行して愚痴大会……なんてこともあった。

食事を取りながら、いかにして契約を取るか、などと話をしているうちに気心も知れてきて、お互いに『こいつ案外いいやつじゃん』となったのはお決まりのパターン。ふたりが『そこそこの友好関係』から『気の置けない仲間』に変わるのに大した時間は必要なかった。

酒が入れば、営業先の担当者、上司、ときには同僚を腐しまくり、言いたい放題となった。同じ営業職、入社以来の付き合いで、気取る必要など皆無の関係だから可能だったことで、大いにストレスも発散できた。自分と村越を比べようとしない限り、劣等感を刺激されることもない。このまま気の合う仲間として付き合っていけるだろうと思っていた。

だが、一昨年《おととし》、主任だった和紗が係長に昇進したときから、微妙に状況が変わった。状況というよりも心境というべきかもしれない。

村越は和紗より一年早く主任に昇進し、和紗が主任になった翌年には係長になった。

今なお男性主流の建築業界で女性の昇進は難しく、当時の和紗には主任以上の出世は望めそうもなかった。村越は常に和紗の先を行き、これから先は離される一方。だがそれも仕方ない……と諦《あきら》めたつもりでいても、どこかに燻《くすぶ》る気持ちがあった。

だが、村越の係長就任と並んで報じられた課長人事を見たとき、小さな希望が芽生えた。

『営業一課　課長　小杉美波《こすぎみなみ》』

その一行が燦然《さんぜん》と輝いて見えた。株式会社カジワラ設立以来、初の女性課長が誕生したのだ。

女性だって課長になれる。私は主任になれたのだから、もしかしたらその先だって望めるかもしれない。やれるところまでやってみよう。とにかく頑張るしかない、諦めたら終わりだ！

そう決意してから一年、和紗は決死の努力の末、係長の辞令を受け取った。

ああ、とうとう村越に追いついた。

だが、昇進の喜びもつかの間、周囲の和紗への視線は予想以上に冷たかった。ことあるごとに村越と比べては和紗をこき下ろす。下手に同期だったのが災いした形だ。

村越ならもっとスムーズに契約を取ってくる。粗利だってもっと上げるし、接待費だってこんなにかけないはずだ……云々《うんぬん》。挙げ句の果てに『だから女は……』とくるのだ。

村越の優秀さなんてわかっている。気がつけばやつは、あの柿本にすら追いつけ追い越せの勢いだ。その過程をつぶさに見てきたのだから、改めて指摘されるまでもない。

でも！　と、和紗は拳《こぶし》を握りしめた。

さんざん私と村越を比べているあんたたちだって、村越に比べれば随分劣っているじゃないか。自分より社歴の浅い村越に、毎度毎度置き去りにされて情けなくはないのか。要するにこれは、性差ではなく個人差だ！

声を大に、そう主張したかった。だが、できなかった。正論は鼻につく。更に自分の首を絞める結果になるとわかっていたからだ。そして、なにをどう主張しようが、同じ係長でありながら、自分が村越に劣っているという事実は覆せない。

あいつにはどうやっても勝てない。

それを思うと、顔をあわせるのが嫌になった。村越は同じ営業部に配属されて以来、ずっと和紗を対等に扱ってくれた。同期の中では村越に次ぐ二番手だったことで、ライバル認定までしてくれていた。

『おまえは俺のライバルだ』と明言されても、こんなに水をあけられているのに、ライバル視する意味がわからない。新手の嫌みとしか思えなかった。

村越が主任になったとき、これでライバルというニュアンスが薄れる、とほっとしたことを覚えている。明確な職位差ができたことで、ライバル扱いは終わるだろうと思ったのだ。

それなのに村越の態度は変わらなかった。職位なんてまったく無視で数字を張り合い、挙げ句の果てはさっさと上がってこいと言わんばかりの叱咤《しった》激励が続いた。

主任に昇格したとき、一番喜んでくれたのも村越だった。朝礼の最後に人事異動が発表されるなり、『やったー!』と拳を天に突き上げ、和紗のところに飛んできた。人目も気にせず、プロレス技まがいに頭を抱え込み、髪をぐしゃぐしゃにしてきた。そのまま営業先に向かうつもりだった和紗にはいい迷惑だったが、村越の気持ちは嬉《うれ》しかった。

そして村越に遅れること一年、とうとう和紗が係長に昇進した。

『待ちくたびれたぞ、ライバル!』

『真打ち登場! 泣きながら走り去っていいぞ!』

村越の挑発めいた言葉に高笑いで応《こた》えながら、心の中では泣いていた。

ライバルなんて勘弁して。もうこれ以上、あんたと張り合うのは無理。

おまけに周りからも比べられ、ほぼ百パーセント、村越の優位を告げられる。事実、そのとおりなのだから仕方がないが、和紗はただただ落ち込むばかり。

かくして村越のカテゴリーは『気の置けない仲間』から『できれば関わりたくない男』に変わった。

いくらひとりぼっちが辛《つら》くても、こいつと過ごすアニバーサリーは勘弁してほしい。ここは無難にスルーだ。

そう決め込んだ和紗は、軽く頭を下げ、村越とすれ違おうとした。

「お疲れさん、お先に」

そう一言添えたのは、社会人としての最低限の嗜《たしな》みで、会話なんてこれっぽっちも求めていない。それなのに村越は、ご丁寧に追加質問を入れてきた。

「珍しいな、こんなに遅くまで。何かトラブルか？」

「特に何も。滝田和紗、入社十二年目にして、未《いま》だ就業時間内に仕事を片付けられない無能者、お見逃しくだされ」

他人の仕事を安請け合いして遅くなった、なんて泣き言はあまりにも情けない。自分の読みの甘さを暴露するようなものである。以前、同僚の仕事を引き受けて残業となってしまったときも、外回りから戻ってきた村越に遭遇した。そのとき、事情を聞いた村越は、心底愚か者を見るみたいな目で言ったのだ。

『小田切《おだぎり》の仕事引き受けた？　馬鹿じゃねえの？　あいつ、さっき駅前で嬉しそうに男と腕組んで歩いてたぞ』

頭痛がひどくて仕事にならない、家に帰って休みたい、と言ったのは丸っきりの嘘。男との約束に遅れたくなくて和紗に仕事を押しつけた、というのが真相だった。和紗は、いとも簡単に騙《だま》された自分に呆《あき》れ果てるとともに、心に誓った。

――どうせ押しつけられるのは誰にでもできるような単純作業ばっかりだ。私には時間があるし、誰かの事情で仕事が滞るよりも、自分が引き受けてしまったほうがいい。

でも、仕事を引き受けた事情をいちいち他人に説明するのはやめよう。お人好しを通り越して、愚か者扱いされるなんてまっぴらだ。

だが、和紗がそんな決意の下にたたいた軽口を、村越はあっけなく見破った。

「ははあ……さてはまた誰かの仕事を押し付けられたな？」

今時『ははあ……』なんて言う男がいるなんてびっくりだ。こいつはちょっと、アニメかドラマの見すぎなんじゃないか？　どっちにしても、嫌なところで洞察力を発揮しないでほしい。週末なんだからさっさと帰って、デートなりなんなりすればいいのに……と考えかけたところで、こいつも彼女なしだったと思い出す。

付き合っている相手がいない、という意味では同じなのだが、この男の場合は、もっと質《たち》が悪い。モテなくて彼女がいないわけではなく、申し込まれても断ってばかりなのだ。

せっかく言い寄ってくれる女がいるのだから、文句を言わずに付き合っておけ、と何度言っても、素知らぬ顔で、忙しくてそれどころじゃない、などと嘯《うそぶ》いている。

彼女でもできれば、和紗にちょっかいをかけるのは止めるだろう。ついでに色恋沙汰《ざた》にどっぷり嵌《は》まって出世競争からも脱落してくれないか、という和紗の密《ひそ》かな望みは叶《かな》いそうにない。和紗が思いっきり恨めしげな視線を向けても、村越はどこ吹く風といった様子でいる。

まあそれも今に始まったことではない。いつだってやつはこちらの思惑など頓着《とんちゃく》しないフリーダム男。言葉も自由なら振る舞いだって自由なのだ。その証拠に、次に村越の口から出てきたのは、それまでの話題とはまったく関係のない台詞《せりふ》だった。

「今日、柿本課長は？」

「接待。たぶん、直帰」

「ふーん……で、おまえ、飯は食ったのか？」

「まだだけど……？」

「じゃあ、食いに行こう」

そう言うと村越は、和紗の腕をがっちり摑《つか》んで玄関に向けて歩き出した。

「なんでご飯？」

和紗は精一杯ジタバタしてみたが、村越の力はまったく緩まない。

「おまえ今日、誕生日だろ？　四捨五入で三十歳って言える最後の年の誕生日をひとりで過ごすなんて気の毒すぎるから、俺様が付き合ってやる」

村越の言葉はすべて正しい。誕生日であることも、アラサー最後の年であることも、ひとりで過ごすことまでも大正解だ。的を射すぎて、的自体が木っ端微塵《みじん》になりそうである。だが、わざわざそれを指摘する意味がどこにある。

和紗は怒りのあまり、スルー奨励という方針をあっけなく手放してしまった。

「祝ってくれる気があるなら、普通に『おめでとう』でいいじゃない！」

「そんなの素っ気ないだろう。やっぱり捻《ひね》りのひとつやふたつ放り込まないと」

「そんな捻りいらない！」

「ご挨拶《あいさつ》だな。おまえこそ『まあ、接待で疲れてるのに私の誕生日をお祝いしてくれるのね！　村越さんってやっぱり最高！』ぐらい言えよ」

くねくねと腰をひねりながら女言葉を使う村越に、和紗は思いっきり脱力した。

「うわーきもい……」

「きもいって言うな！」

「他にどう言えと？ってか、マジであんた、私の誕生日なんてよく覚えてたね」

「おまえの誕生日、俺の妹と同じなんだ」

「あ、そうなんだ……じゃあ、私にかまってないでお祝いの電話でも……あ、今、あっち早朝か」

途中で訂正したのは、村越の妹は今年の春、夫の赴任に伴って渡米したと知っていたからだ。

「ご名答。おまえこそよく知ってるじゃないか」

「あんたのファンクラブが教えてくれるからよ。『村越さんの妹さん、アメリカに行かれたんですって！　きっと英語もぺらぺらよ。やっぱりできる人は家族もできるんだわー』とか、まあ賑《にぎ》やか」

社内にはふたつのファンクラブがある。ひとつは柿本、そしてもうひとつは言わずと知れたこの男のものだ。

和紗を含めた柿本ファンは年齢層が高く、半分ぐらいは既婚者。彼の姿に密かにため息を漏らすぐらいが関の山で活動なんてほとんどしない。だが、村越のほうは総じて若く九割以上が未婚。したがって情報収集、手作りを含めたプレゼント攻勢、おっかけ、その他あれこれ非常に賑やか、というかかしましい。

彼女らは村越と関わりの多い和紗を微妙に敵視するくせに、知りたくもない情報を押しつけてきたりもする。私たちのほうが村越さんのことをよく知っているのよ、とでも言いたいのかもしれないが、和紗にしてみれば迷惑極まりない。

いらない情報ばっかり持ってこられて困ってるんだけど、と皮肉っても、村越は平然としていた。

「あいつら、よっぽど暇なんだな……。まあいい。で、何食いたい？」

暇なんだな、はあんただよ！　と人差し指を突きつけたくなる。

普通なら、『なんでご飯？』と言われた時点で、一緒に食事などしたくないという意思を悟るだろう。それなのに村越は、和紗の台詞など聞かなかったふりで、行き先の選定に入った。

時刻は既に午後十時過ぎ、空腹だって限界だ。どうせ食事はせねばならないし、ごたごたもめている間にも時間はどんどん過ぎていく。

あーもう、面倒くさい！

そう考えた和紗は、憮然《ぶぜん》として言い放った。

「ラーメン。但し、福々軒限定で半炒飯セット。餃子とビールもつけて」

村越が、お化けでも見るような目になった。そりゃそうだろう。妙齢の女、しかも誕生祝いにあるまじきチョイスである。

「ヘビーだな……」

「ラーメンが好きなの！　文句ある？」

実は嘘だ。いや、正確にいうと半分は嘘だ。ラーメンは嫌いではないが、さすがに暑い。おそらく村越だってこんな時にラーメンなど啜《すす》りたくないだろう。しかも、福々軒は近所のラーメン屋だが、早い、安い、まずい、と評判の店だ。グルメな村越がわざわざ残業後に食べに行きたいような店ではないから、『福々軒限定』と言えば、断ってくる可能性も無きにしもあらず。

万が一、異議が出なかったとしても、やっといる時間を最短にしたい和紗にとって、移動時間、待ち時間、摂取時間合わせても三十分以下というのは好都合だった。

「この暑い盛りにラーメンとは酔狂な。だが、誕生日に免じて付き合ってやる。とはいえ、あの店はなあ……」

「じゃあ、遠慮なくどこへでも行って。但しひとりで！」

「まあまあそう言わず……」

和紗は腕をぶんぶん振って、腕の返還を促したが、村越は完全無視で和紗を引きずっていく。ところが、もうすぐ玄関、というところで外から戻ってきた柿本に出くわした。

「あ、課長！　お帰りなさい！　お疲れ様でした！」

「おう。そっちもお疲れさん。終わったか？」

「はい」

「そうか……じゃあ軽く……」

やった！　これはバー直行、カクテルでよさげな雰囲気コースだ！　と密かにガッツポーズを決めたくなる。だが和紗の甘い思惑は村越にぶった切られた。

「遅くまでお疲れさんです！　俺たち今から飯食いに行くんで、お先に失礼します！」

言うが早いか、村越は玄関を通り抜け、ちょうど通りかかったタクシーを止めた。もちろん腕を掴まれたままの和紗も一緒にである。

村越は、うわぁどこ行くの、拉致《らち》監禁反対！　私と課長の『よさげな雰囲気』を返せ～！　と騒ぎまくる和紗をタクシーに押し込み、やれやれと言わんばかりの眼差《まなざ》しを向けてくる。

「おまえなあ、よりにもよって柿本さんを狙うとかあり得ないだろう」

「……わかってるけど」

身の程知らずなんて言われるまでもない。でも夢ぐらい見たっていいじゃない。それに全く可能性がないってわけでもなさそうだ。けっこうご飯とか奢《おご》ってくれるし、今だって、こいつが邪魔さえしなければ誘ってくれてた。たとえそれが単なる部下への労《ねぎら》いにすぎなくても、全く気に入らない部下にはそんなことはしないはずだ。多少なりともプラス感情があるなら、ちょっとずつそれを増やして……。

口では『わかってる』なんて言いながら、心の中ではなんとかならないかと画策し続ける。それがここ数年の和紗のありようだった。

村越は和紗の想いなど知ったことかと、運転手に行き先を告げている。きっと、すでに頭の中がラーメンでいっぱいに違いない。

「荻窪《おぎくぼ》に行ってください」

荻窪……？　ここからだと十五分ぐらいかかるよね……。

そう思ったとたん、反論が口を衝いた。

「ラーメン食べに行くのにタクシーなんて使うんじゃない！　タクシー代のほうがラーメンより高く付くでしょ！」

「タクシー代もまとめて奢ってやる。もう上半期の営業賞はもらったようなものだからな」

「憎ったらしいーーー!!」

思わず首を絞め上げたくなった。並んで座っていなければ、チョークスリーパーをかましたところだ。ちなみにこのチョークスリーパーという言葉も村越ファンクラブに教えられた。まわした腕で喉元《のどもと》を絞め上げるプロレス技だそうだが、学生時代、プロレス同好会に入っていたという村越の得意技とのこと。その話を聞く以前に、何度もお見舞いされていた和紗は、なるほどあれのことか、と納得させられた。

まったく……妙齢の女にプロレス技を仕掛ける男なんてどこがいいんだ！　って、違う、今はそういう話じゃない！

上半期は四月から九月で本来ならばまだ営業賞の行方など不明。けれど、現在村越はぶっちぎりの一位で、二位を大きく引き離している。

今後二ヶ月で巻き返しは不可能なほどの独走状態なので、やつが営業賞をもらうのは確実である。正直、すごいとは思うけれど、ここまで偉そうにされては素直に褒める気になどなれなかった。

「はっはっはっ！　残念だったな、おまえもいい線行ってたのに」

「うるさい！　心にもないこと言わないでよ！」

「とんでもない。営業二課の滝田係長は実によく頑張っていらっしゃる。だがまあ、相手が悪い、ということで、大人しく奢られとけ」

「相手が悪いって自分で言うな！　けっこうです！　ラーメン代ぐらい自分で払える！」

「誕生祝いだって言ってるじゃないか」

「ごめん被る！」

この男に誕生祝いなんて、もらういわれはない。

一緒に食事をしたことも、呑《の》みに行ったことも数限りなくあったが、会計は必ず割り勘にしてきた。奢ったり奢られたりするたびに頭の中の帳簿に書き入れ、次回はどっち？　なんて考えなければならない関係は面倒だ。

柿本には時折奢ってもらっていたが、彼は年上だし、上司でもある。なにより想いを寄せている相手に奢ってもらうのは、それだけでちょっと嬉《うれ》しい。だが、村越はそういう対象ではない。

「せっかく奢ってやろうと思ったのに……まあいい、着いたぞ」

再び腕を引っ張られてタクシーから降りたところは、テレビなどにもよく登場する有名店。食事時は長い列ができているそうだが、見たところ並んでいる客はいなかった。

「お、ラッキー！　待たずにすみそうだ」

村越は大喜びでラーメン屋の暖簾《のれん》をくぐった。

「おふたりさん、こちらへどうぞー！」

元気な呼び声で案内されたのは、カウンターの中程の席だった。狭い店内にひとりでも多く客を詰め込みたいのか、席と席の間はひどく近い。ほとんど肩を寄せ合うように座るしかなくて、居心地の悪さといったらなかった。

味は良いのかもしれないけれど、こんなに狭苦しいところで食べるなら、いっそがらの福々軒のほうがマシ。しかも隣の村越と肩が触れんばかりなんて、暑苦しいもいいところだ。

和紗は心の中で文句を言い続けながらも、目の前に貼られたメニューを凝視した。

「炒飯がない……餃子もない……」

「ラーメン屋なんだからラーメンだけでいいんだよ！」

ここの背脂煮干しラーメンは極上だぞ、と村越は得意げに鼻の穴を膨らませる。

あんたが作ったわけでもあるまいに……とは思ったけれど、ここまで来てしまったのだから、さっさと食べて退散するほうがいい。そのためにはサイドメニューなどなしで、ラーメンだけを瞬殺したほうが得策とも言える。餃子があればビールを無視などできなかっただろうから、ラーメンだけしかない店で助かったのかもしれない。

ということで和紗は、大人しく村越おすすめの『背脂煮干しラーメン』を注文し、目の前に出されたグラスに口をつけた。よく冷えた水が叫びまくって渇いた喉《のど》に心地よい。ごくごくと呑み干すと、すかさず店員がおかわりを注ぎに来てくれた。

「気が利くね……お客さんをよく見てる」

「だろ？　旨い店ってのは客あしらいもしっかりしてるんだよ。頑固オヤジが気に入らない客を追い出すような時代は終わったのさ」

前半は同意、但し後半については大いに異議ありだ。頑固オヤジであろうが何であろうが、味がよければいい。そもそも追い出されるようなことをする客が悪いのだ。ラーメン屋に入って普通にラーメンを食べて追い出されるなんてあり得ない。店か周りの客か、いずれかを不快にさせたに違いない。和紗は、そんな客は追い出されて当然だと思う。

「自分の味に自信を持っていればこだわりもするし、頑固にもなるよ。なんの頓着《とんちゃく》もなく、さらーっと作られたラーメンなんて美味《おい》しいとは思えない」

「さらーっと作ろうが、気合い入れて作ろうが、旨ければ同じだ。結果出してなんぼ」

またそれか……と、和紗はがっくりする。その結果を出すためにこだわっているんだろう、と言い返したかったが、ちょうどそのタイミングでラーメンが運ばれてきた。

湯気が立ち上るラーメンを前に、下らぬ議論などもってのほか、口は言葉ではなく食べることに使うべきだ。さっさと食べれば、それだけ早く帰れるのだから……。

かくして和紗は箸《はし》立てから割り箸を引き抜き、勢いよくラーメンを啜《すす》り始めたのだった。

「美味しかったあ！」

「ほらみろ。わざわざここまで来た甲斐《かい》があっただろ？」

「はいはい、確かに。醤油《しょうゆ》系で背脂の入り具合もちょうどいいし、煮干しなのにえぐみは皆無。麺《めん》も細麺ストレートでばっちり私好み。言うことなし」

運ばれてきたラーメンを見た瞬間、ブラボー！と叫びそうになった。ラーメン相手にスタンディングオベーションもないけれど、それをやりたくなるほど美味しそうだったのだ。

澄み切ったスープの表面に、細かい背脂がゆらゆらと揺れている。脂の差し加減が絶妙なチャーシュー、昔懐かしいナルトの紅白渦、細すぎも太すぎもしないメンマに目に染みるような緑の刻みネギ。とどめは箸ですくい上げた麺だった。もっちりとして、歯で嚙《か》み切る瞬間に微妙な抵抗を示す細いストレート麵。背脂系のラーメンにこれ以上合う麵はない、と断言したくなるほど、スープと麵のバランスが素晴らしかった。

そんな和紗の評価に、村越はものすごく嬉しそうに言う。

「だろー！　やっぱ、ここのラーメンはピカイチだ。今のうちに堪能《たんのう》しとかなきゃ」

「今のうち……？　この店なくなるの？」

「縁起でもないこと言うなよ。そうじゃなくて……」

この店は大人気だからけっこう待たないと入れない。この時間だからこそすんなり入れたけれど日中は到底無理。並んでる時間なんてないんだから食べられるのは夜中限定、と村越は残念そうに答えた。

「もうそろそろ俺たちだって、こういうラーメンを夜中に食っちゃヤバイ年になってくる。今だって褒められたもんじゃないけど、まだギリセーフ……ってことだ」

「ああ、そういうことね。それならわからないでもない。確かに、あと何年かしたらこんな時間に背脂たっぷりのラーメンなんて食べてられなくなるわ」

「だろ？」

珍しく意見の一致を見たあと、ふたりは支払いを終えて店を出た。もちろん、当初の予定どおり割り勘、ついでにタクシー代の半分も押しつけることに成功した。決め手は『誕生日なんだから好きにさせて』という台詞《せりふ》だった。

渋い顔をしている村越と対照的に、実は和紗はちょっといい気分だった。

ラーメンが美味しかったこと、初志貫徹で割り勘に持ち込めたこともさることながら、たったひとりでも自分の誕生日を覚えていて、なおかつ祝う気持ちを持った人間がいてくれたことが嬉しかったのだ。たとえそれが、入社以来水をあけられっぱなしの村越だったとしても……。

そして、そのときの和紗は『深夜のラーメンは今のうち』という言葉が、とっくに通用しなくなっていたとは予想もしていなかった。

＊＊＊＊＊

『メタボ予備軍』

高コレステロールに高血圧、健康診断の結果が記された用紙を熟読した挙げ句、頭に浮かんだのはその言葉だけだった。

いつもどおりに嫌々受けた健康診断の結果は、なかなかシビアなもので、深夜ラーメンの許容年齢なんてとっくに超えていたのだと痛感させられる。

もしこの健康診断を受けたのが村越によって荻窪に強制連行された翌日ぐらいならば、悲惨な数値は背脂煮干しラーメンのせい、一時的なもの、と思い込めたかもしれない。けれど、実際に健康診断がおこなわれたのはあの夜から二週間もあとで、極めて働き者の和紗の消化器官は一杯のラーメンなどとっくに体外排出済みだ。つまりこの検査結果は、普段の和紗のありのままの姿を表している。年齢的にはまだ大丈夫だろうと思っていただけに、和紗が受けたショックは大きかった。

いくら運動不足、ストレス過多、おまけに外食続きとはいえ、三十代半ばにして高コレステロールと高血圧の称号をいただくなんて情けなさ過ぎる。要観察で止まってよかった、と、いっそ要治療状態ならもう少し危機感を抱いて対処できたのではないか、というふたつの思いが交錯する。

とはいえ、せっかく『予備軍』寸前で踏みとどまったのだから、なんとか最前線に送られずに済むよう努力すべきだろう。なんといってもメタボは怖い。心筋梗塞《しんきんこうそく》とか脳溢《のういっ》血《けつ》で一気に儚《はかな》くなれるのならいいが、世の中そう上手くはいかない。後遺症に悩まされたり、今後の生活に不安を覚えたりしながら生き残る可能性のほうが大きいのだ。

それならば『不測の事態』に陥らずに済むよう健康状態を改善するしかない――

ということで、和紗は、生活習慣病といえばこれ、と表看板をしょって立つ食事療法に乗り出すことにした。

――食事療法なんてしゃちほこばって言ってるけど、要するに身体に良いものを腹八分目で食べましょう、ってこと。でも、普段の生活で身体に良いものを食べるってかなーり難しいんだけど、そのあたり厚生労働省のお偉方とかはわかっているのかねえ。ついでに営業職にはつきものの、ノルマによるストレスと生活習慣病の関連性とかもしっかり調べてくれないかなあ……。

厚生労働省のお偉方に知り合いはいない。だから訊《き》いてみるわけにはいかないけれど、三十代の働き盛り、しかも親元住まいじゃない人間の食生活なんて健全とはほど遠い。朝は辛うじて自宅でトーストとコーヒー。時間があれば果物ぐらいは食べるが、昼も夜も外食。人前で食事をする元気すらないときはコンビニ弁当を持ち帰り、ぼそぼそと食べる。女なんだから自分が食べる物ぐらい自分で作りなさい、という母の苦言は給与明細で黙らせた。

『ほら見て、お母さん、この燦然《さんぜん》たる数字！　私はこのお給料をもらうために朝から晩まで働いてるの。ご飯を作ってる時間があったら一分一秒でも寝たいの！』

『燦然たる』は言いすぎだし、もっと稼いでいる人はいるに違いないが、母はそんなことは知らない。言ったもの勝ちである。

そうじゃなきゃ倒れる！　と正面切って言い放った娘に、母は呆《あき》れ返り、それ以後何も言わなくなった。そして時を同じくして『さっさと結婚しろ』コールも止んだ。

この娘の思考回路なら、旦那《だんな》さんよりもお嫁さんが欲しいとか言い出しかねない。共稼ぎならまだしも、専業主夫志望の年下男でも連れてこられたらたまったものではない。なんといっても和紗の両親は、未だ男尊女卑が生き生きと受け継がれる場所に住んでいる。娘が結婚して『専業主夫』をゲットしたとなったら、隣近所に何を言われるかわかったものではない。それぐらいならいっそ、嫁《い》き遅れ、とでも言われたほうがマシだと思ったのだろう。

かくして和紗の生活は外食がデフォルト、自炊という言葉はもっぱら調理ではなく本をばらしてスキャンする行為を指すことになった。

『滝田さん、自炊されてるんですか？』と訊かれるたびに『もちろん』なんてにっこり笑う。幸いそれが、出版社悶絶《もんぜつ》の書籍バラバラ事件だと気付く者はいなかった。

だが、その結果、突きつけられたのが『メタボ予備軍』だとすれば、自炊＝書籍バラバラ事件というところから改めるしかない。

そんなわけで和紗は、丸五年ぶりぐらいで『夕食のための素材』を買いに行くことにした。

だから、ここじゃないでしょ！

最寄り駅と自宅の間にあるスーパーに入った和紗は、総菜売り場に立っている自分を発見して唖然《あぜん》とした。

いつの間に野菜や肉、魚といった素材コーナーを素通りしたのだろう。もはや身体が料理を拒否しているとしか思えない。でも、さすがに総菜売り場は違うということぐらいわかる。

目的はカッターではなく包丁を使うほうの自炊だ。悔い改めよ！　と己を叱りつけ、踵《きびす》を返そうとしたところで目に入ってきたのは冷凍食品売り場だった。

「ひえー、なにこの豊かさは！」

コロッケ、ハンバーグ、唐揚げ、餃子《ギョーザ》、シュウマイ、パスタにうどんにラザニア……。冷凍ケースの中はまさに百花繚乱《ひゃっかりょうらん》。朝のパンケーキから昼の鴨南蛮、夕食の煮魚定食まで三食余裕でまかなえる品揃えだった。

いっそのこと、これを買って帰ったらどうだろう？　レンジでチンだって加熱調理のひとつ。肉だって魚だってレンジを使うレシピはいくらでもあるんだし、少なくともコンビニの店員さんじゃなくて『自分で』チンするんだから立派なものよ。主菜だけじゃなくて副菜も、ごはんも付いてカロリー計算だってばっちり。半額シールが貼られたお総菜を食べきれないほど買い込んで腐らせることもない。なによりこれならレンジだって一回きりで終了！　空き容器は軽くすすぐだけでリサイクルにまわせるし、食器洗いの必要すらない。素晴らしい！

和紗は半ば無理やりな思考で、冷凍ワンディッシュディナーを買うことを決めた。ところが、冷凍ケースからサワラの塩焼きと青菜のおひたしのセットを取り出そうとしたとき、目の隅にあり得ないものが映った。それは、和紗と同じように買い物籠《かご》をぶら下げて、冷食売り場の角を曲がってきた男の姿だった。

げ……村越……。なんでこんなところで、あいつに遭遇するのよ！

和紗はあわてて冷凍食品売り場から離れ、隣の通路に逃げ込んだ。

村越は和紗と同じく入社以来ずっと営業職である。接待残業は当たり前なのも和紗と同じ、むしろ回数的には村越のほうが多いぐらいである。

弁当男子じゃないことは確かだし、ファンクラブの面々からもやつが自炊しているなんて聞いたことがない。これまで散々情報交換をしてきたが、やつの口から自炊についての話題が出たことなどなかった。

最寄り駅が同じだから道ばたで出くわすのは仕方ないけど、いったい、スーパーになんの用事だ。もしかして朝食用のパンでも買いに来たのか？　それなら駅前のベーカリーのほうがずっと美味《おい》しい。多少割高だが、稼ぎがいいんだからそれぐらい平気だろう。とにかく私の視界をうろうろするんじゃない。いや、待てよ……もしかしてやつもメタボ予備軍のレッテルを貼られたのか？　でもって、自炊の道一直線？

あれこれ考えながら棚の隙間からこっそり見ていると、やつが向かっているのはカレーやシチューのルーが並んでいるコーナーだった。籠《かご》の中にはタマネギやジャガイモ、人参の赤も覗《のぞ》いている。

少なくとも今夜、やつは自炊する気だ。メニューはカレーあるいはシチュー……いや、十中八九カレーだろう。シチューを食べるには八月半ばというのはいささか暑すぎる。それに、スパイシーで火を噴きたくなるほど辛いカレーこそ、あの男の辛辣《しんらつ》な性格にお似合いだ。

いずれにしても、村越が『食材』を買い込んでいるのに、こちらが冷凍ワンディッシュディナーというわけにはいかない。確固たる根拠などありはしないが、妙に負けた気分になるのだ。このあたりの感覚は、きっと母親による『料理は手をかけてこそ』という刷り込みの成果だろう。

なんでこんなところでまで負けなきゃならないのよ！　村越の馬鹿たれ！　カレーが食べたきゃ大人しくレトルトでも買っていろ！　と心の中で罵《ののし》りながら、和紗は村越を観察し続けた。

やつは予想どおりにカレールー、しかも昔から『辛いカレー』と言えばこれ！　と名高い銘柄をゲットしたあと、漬け物コーナーに向かった。

次なる獲物はラッキョウか福神漬けか。ラッキョウならばやつの印象は最悪、福神漬けなら二、三点ぐらい加算してやってもいい。なんといっても和紗はあのラッキョウというやつが大の苦手なのだ。

以前、テレビで土から抜いたばかりのラッキョウを見たことがあるが、まるで小さなタマネギみたいだった。タマネギ同様、サルに与えたら『ど、どこまで剝《む》くのこれ？　きー！』となりそうな上に、ラッキョウの用途は極めて狭い。薬味一択なのだ。

営業から他人の書類作成まで、あらゆる業務を華麗にこなし、会社にとってこれ以上便利な人材はいないと自任する和紗としては、用途が一択なんて論外である。

でもまあ、今さらやつの得点が二、三点上下しようがどうってことはない。ラッキョウでも福神漬けでも好きに買うがよろし。

やつの薬味選択まで見届ける必要はなし、と判断し、和紗は改めて自分の食材調達に取り組むことにした。

冷凍食品売り場から逃げ込んだ先にあったのは乾麵《かんめん》コーナー。しかもパスタ類である。あーパスタって確か、茹《ゆ》でるだけでなんとかなるんだよな。ソースだって温めるだけのが……ほら、こんなに！　これなら少なくとも鍋《なべ》を使うし、おそらく笊《ざる》だって使う。冷食よりもはるかに『料理』だ。この中からひとつ選んで、ワインで一杯……よし、そうしよう！

おい、メタボ対策はどこ行った？　と頭の中で説教を始めそうになった誰かを、大丈夫、量を控えれば！　と無理やり黙らせ、和紗はいかにも高級そうなパッケージのパスタと同じメーカーのボロネーゼソースを買い物籠に入れた。

さらに、そうそう野菜は大事、でもこれぐらいは出来合でも許されるだろう……とばかりに総菜売り場でパック入りのサラダもゲット。家の冷蔵庫で冷えている白ワインの銘柄を思い出しながらいそいそとレジに向かう。

うっかり並んだら村越の後ろだった……なんてことがあったらどうしよう、と思ったけれど、和紗がパスタソースの選択にけっこうな時間をかけたおかげで、やっと遭遇することはなかった。

「おっしゃー！　では、イタリアーンなディナーの作成といきますか！」

元気よく宣言し、和紗は鍋に水を入れた。パスタを茹でるにはお湯がいる。それぐらいの知識は和紗にだってあるのだ。

二口コンロの片方に鍋をかけ、沸くのを待っている間に台所を見回す。

古くて狭い台所スペースではあるが、壁も天井も意外にきれいに保たれている。だがそれは、日頃から和紗がせっせと掃除しているから、というわけではなく、単に台所が汚れるようなことをしていないからだ。

頻繁に料理をしていれば、台所は汚れる。特にさっと掃除するわけにいかない天井や壁がきれいなままというのは、いかに和紗が料理をしていないかという証明にすぎなかった。

でもそれは今までのこと、これからの私は違うのよ！

目指せ油汚れ！　と宣言しかけて、その見当違いっぷりに大笑いしながら、和紗は鍋の蓋《ふた》を取った。

覗き込んでみると、鍋の底から小さな泡がぷかりぷかりと浮かんできている。よし、これでOK、とばかりにパスタ投入……。

「うわっ！　ちょ、待って待って待ってーーー！」

鍋が小さすぎたのか、パスタの量が多すぎたのか、はたまたその両方か。

鍋からはみ出したパスタに火が付き、ぼうぼうと燃えだした。慌てて鍋の中に押し込もうと箸《はし》でぐいぐいやってみたら、何とか火は消えたものの鍋の中は『水はどこに行った？』状態。いや、あるにはあるのだがとてもじゃないが「たっぷりの水」とは言いがたい。しかもパスタを茹でるときはフツフツとした沸騰状態を維持するのが好ましい、とどこかで聞いたことがあったのに、鍋の中はすっかり沈静化、沸いた湯の状態とはほど遠い。もしかしたらあの『小さな泡がぷかりぷかり』は『沸騰状態』ではなかったのかもしれない……。

「ま、まあいい……。野菜だって肉だって今はスチーム料理が大流行。素材の味はしっかり残るし、なによりヘルシーって評判じゃないか。多少沸いてなくても支障ない！」

というわけで出来上がったのがこちら——ぐだぐだのパスタだった。

おかしい……こんなはずでは……とパスタの袋をまじまじと見ると、そこに書いてあったのは『茹で時間三分』という冷酷な文字。

「三分……って、インスタントラーメンじゃあるまいし、そんなに早く茹だるわけがないじゃない！　パスタって言ったら普通は七分とか八分とか……」

確かお母さんがそう言ってた！　と責任を母に押しつけてみたものの、規定時間の倍ほどかけて茹でてしまったパスタは、素知らぬ顔でぐったりしている。

負けてはならじ、とそれを上回る勢いでぐったりしつつ、和紗はソースの箱を開けアルミパックを取り出す。今度はちゃんと説明を読もう、書いてあるとおりにすれば大丈夫、と目を皿のようにして読んでみたが、必要な情報は得られなかった。

「ソースはお湯に袋ごと入れて三から五分、温めてください。三分なの？　五分なの？　どっちかはっきりして！　ってか、今からまたお湯沸かすの⁉」

その間にパスタは冷め切ってしまうだろうし、そもそも茹ですぎなのに、これ以上伸びては話にならない。もうひとつの方法として、皿に移してレンジでチンというのも書いてあったが、五百ワットで二分と言われても、和紗には目の前にあるレンジが何ワットなのかもわからない。

ふとパスタに目をやると、青い箱片手に悩んでいる間に早くも熱を失いつつあった。

「さすがイタリア野郎、熱しやすく冷めやすい……じゃなくて！」

もう面倒だ、とばかりに皿に適当にパスタを盛りつけ、その上からパスタソースをだーっとかける。しかる後、レンジに突っ込んで『あたためキー』をぽちっと押した。

どんな食材でも即座に分量を計測し、適温にしてくれる万能キーである。これさえあれば、パスタもソースも食べ頃温度一直線になること請け合い……。

あとはサラダ、あ、ワインも……と思いながら、和紗は冷蔵庫を開ける。二本入っていた白ワインの片方に手をかけたところで、パン！　という軽い音が聞こえた。もちろん、音の主は万能レンジくんだ。

慌てて見に行ってみると、レンジの中は、躍るパスタに飛び散るソース、の阿鼻叫喚《あびきょうかん》……。

「うわっ！　ちょっと待ってプリーズ！」

考えなしに開けたとたん、パスタソースの直撃を食らう。

「あっつーーーー!!」

いくら高級ボロネーゼソースだって、顔では食べたくない。

角などとっくに曲がりきったアラサー女の肌になんてダメージを与えやがる、と中指を立てたあと、布巾《ふきん》を鍋つかみ代わりに皿を取り出す。皿の上にはぐつぐつ煮立つボロネーゼソースとさらにぐったりとなった極細麺《めん》のパスタ……。

「もしかしてラップとか必要だったのかも……だ、大丈夫、味は良いはず、だって高級パスタに高級ソースなんだから！」

そう自分にいい聞かせ、皿をテーブルに運ぶ。さていただきますか……と思ったところでフォークがないことに気付いた。料理をすることが念頭にない人間がパスタフォークなど持っているはずがない。

やむを得ず、そこらにあった箸で食べたパスタは微妙すぎる出来。ふんわりと柔らかい麺にスパイシーというかソルティな味わい。和紗に「ボロネーゼに極細麺は合わない」という教訓を与えるに止《とど》まった。高級ソースの塩加減は適正な太さのパスタと合わせてこそ。細すぎるパスタに場末のチンピラ並みの絡み方をされてはお手上げだった。

「パスタにあんなにいろいろ種類があるのが悪い！」

文句たらたら、飲み残したワインをしまおうと冷蔵庫を開けた和紗の目に飛び込んできたのはパックサラダ。さっきワインと一緒に出そうと思っていたのにレンジに呼ばれてうっかり忘れてしまったのだ。

ソースの塩加減に負けないようにとまだ残っていた麺をどんどん追加投入した結果、お腹ははち切れんばかり。もうこれ以上何も食べられない。一袋全部茹でてしまったおかげで、大量に残ったパスタとともに明日の朝食にスライドさせることが決定した。

「まあ素晴らしい。夕食と朝食を一緒に作っちゃうなんて私って天才!」

無理やり自分を褒め称《たた》えるも、虚しさは微塵《みじん》も揺らがない。捨てるときにうっかり見てしまったカロリー表示まで合わせて、和紗の自炊ファーストトライは惨敗とあいなった。

第二章　一点豪華主義の煮魚

「滝田さん、一番にお電話入ってます……」

向かいに座っている男が生気のない声で告げる。彼は今年入社した新人で名前は田中《たなか》洋一《よういち》、目下の主たる業務は電話番だった。

「誰から？」

「えーっと……確か、佐藤《さとう》さん……」

「どこの佐藤さん？」

「え……さあ？」

さあじゃないだろう、さあじゃ！　入社してもう四ヶ月以上経ってるんだから、電話の取り次ぎぐらいちゃんとやれそうなもんだろう！　おまえは、五点減点だ！

和紗は盛大なため息と共に受話器を取り上げる。

本来なら十点減点が相応《ふさわ》しいけれど、先週まで相手の名前すら聞き取らずに電話を繋《つな》いできていたのだから、『佐藤さんから』と言えただけでも進歩。我が社のモットーの『褒めて育てよ』に免じて、五点で勘弁してやることにした。

「お待たせいたしました、滝田でございます」

「あー滝田さん！　よかった、いてくださって！」

げ……橋田《はしだ》軽金属の佐藤かよ……。

声の主は、株式会社カジワラの下請け企業、橋田軽金属株式会社の営業担当だった。

株式会社カジワラは建具全般の製造、販売、取り付けまで広くおこなっているが、全製品を自社で製造しているわけではない。製品によっては丸ごと下請けに流すこともあり、橋田軽金属はそういった下請けのひとつ、特殊仕様のシャッターやドアを請け負う会社だった。

電話の向こうから、恐縮しきった声が聞こえる。

「実は金曜日納品予定だったシャッターなんですが……」

あーあ、これ、『間に合いません』コールだ……。まったくこの会社はどうなってるの！　一ヶ月に二度も三度も納期変更の電話がかかってくるっておかしいでしょう！うちの会社を舐《な》めてるの⁉　と詰め寄りたいのは山々だったが、そこは大人の理性で冷静な声を保つ。

「佐藤さん、今、職人手配が大変なんです。まさか遅れるなんてことはありませんよね？」

「め、滅相もない！　間に合います、間に合うんですが……」

「ですが？」

「えーっと、実は……その……ご注文いただいたのは五本で、そのうち三本は大丈夫なんですが、残り二本がちょっとした手違いで……」

五本注文して納められるのが三本……。そういうのを間に合わないって言うのよ！

納品する現場は、あと半月で引き渡しだ。シャッターをつけたあと、塗装もしなければならない。取り付けから塗装まで職人も手配済みだ。シャッターの納品が間に合わなければ、その段取りがすべて狂ってしまう。夏場の繁忙期、あちこち拝み倒してようやく職人を確保したのに……。

「申し訳ありません！　再来週の月曜日には必ず！」

「職人の手配まで全部終わってるんですけど？」

「と、とりあえず納品できる分からつけてもらって……」

今回のシャッター取り付けのために、職人は五日間押さえてある。今回注文したシャッターはけっこう大きなもので、熟練工でも一日に一本をつけるのがやっとという仕様だ。

来週の月曜日から現場に入り、五日で五本をつけてその翌週に引き渡しの予定だった。だが五本のうち二本が遅れるとしたら、木、金の二日間は仕事がなくなる上に、再来週の月、火のスケジュールを押さえ直さなければならない。繁忙期で職人たちのスケジュールはがちがちだし、よほどのことがない限り、ひとつの現場に別々の職人を入れたくはない。工事管理部門からも文句の二つ三つは言われること請け合いだ。

こっちは完璧《かんぺき》に段取りしたのに、やってられるか!

「わかりました。ではうちの職人たちは今週の木、金の仕事がなくなるんですね。こういう場合は会社で日当を支払う規定になってますので、その分はそちらで」

「それは……」

「当然でしょう? うちはそちらに納期を確認した上で、大丈夫だとおっしゃったからスケジュールを組んだんですから」

「ちょ、ちょっと待ってください。上と相談して……」

「よろしくお願いします」

本当はガチャ切りしたかった。けれど、またしても大人の理性に阻まれ、和紗は極めて丁寧に受話器を戻す。ため息をひとつ漏らし、目を上げたところで柿本がこちらを見ていることに気がついた。部下への気配り、目配りは完璧な柿本のこと、和紗の電話もしっかり聞いていたのだろう。柿本は電話を置いた和紗に、早速質問してきた。

「どうした? 佐藤って、橋田軽金属の佐藤だろう?」

いつもながら話が早い。やっぱり課長ってすごい……。和紗は密《ひそ》かに柿本に十点ぐらい加点し、早速窮状を訴えた。

「ええ。例の、納期がいきなり二、三日ジャンプする橋田軽金属の佐藤です。五本中三本しかできないって……」

「また納期変更か」

納期は大丈夫と連絡が来てから、やっぱりだめだとなったのは初めてではない。柿本にしても、何度もそんな報告を受けているからこそ、眉間《みけん》に皺《しわ》が寄っているのだろう。

「大丈夫なのか？」

「正直微妙ですが、どうにかするしかないでしょうね。どうせ急な仕事が入ったからこっちは後回しで……とか考えてるんだと思います。まったく、現場が小さいと思って」

学校などの官公庁関係やショッピングセンターといった現場は大規模発注が基本だ。シャッターひとつとっても一度に何十本も発注される。橋田軽金属にしても大きな現場を優先したくなるのは道理かもしれない。実入りだって全然違うのだ。けれど、そのせいで毎度毎度後回しにされるのではたまったものではない。

営業二課は主に一般住宅や小規模集合住宅を担当している関係で、そうした憂き目に遭うことが多い。いちいち『はい、そうですか』と聞いていたらいつまで経っても工事が終わらないのだ。

「そうなるんじゃないかと思ってたんだが、やっぱりか……」

「どういうことですか？」

「向坂《さきさか》高校の体育館、大型電動シャッターが追加になったそうだ」

「向坂高校ってことは……」

「受注は営業一課、で、担当は村越だ」

「あのくっそ野郎ーーーー!!」

「口を慎め、滝田……と言いたいところだが、俺も同感だ。存分に罵《ののし》っていいぞ」

さすが柿本課長、私の気持ちをわかってくれてる！

和紗はまた柿本に加点し、その三倍以上の点数を村越からさっ引いた。やつの点数はとっくにマイナスゾーンで真っ赤。気分は、課長万歳、くたばれ村越、だった。

営業一課は、まさに営業二課を後回しにさせるような大規模現場を担当している。シャッターだけでも、一度に数十本とかそれ以上の数になることが多い。そんな現場で、しかも「緊急」で追加発注となったら、ちんけなマンションのシャッターなんてすっ飛ばされて当然である。

だがそれはあくまでも、会社の利益を鑑みれば、であって商業倫理及び和紗の心境からはほど遠い。しかも、村越に煮え湯を飲まされたのは今回が初めてじゃない。もう数え切れないほど、数えたくもないほどなのである。和紗や柿本が吠《ほ》えたくなるのは当然だった。

「いくらうちの会社の稼ぎ頭だからって、こんな横暴が通るんですか⁉」

「とはいっても、同じうちの仕事だし、あっちは納期がなあ……しかも、学校関係は竣《しゅん》工《こう》検査もうるさいし」

その分だけでもスケジュールがきつくなる、と柿本は既に諦《あきら》め顔である。普段なら、課にこだわらず会社全体の利益を考えられるなんて素敵、と思ったかもしれない。だが、後回しにされたのが自分の担当現場では、そうそう鷹揚《おうよう》にかまえてはいられない。

　柿本の言うとおり、橋田軽金属にしてみればどちらも同じ株式会社カジワラの仕事である。同じ会社からの受注で、より急ぐほうを優先したのであれば何とでも言い訳ができるだろう。しかも、村越のことだから『官公庁物件』を錦《にしき》の御旗《みはた》に掲げ、ごり押ししたに決まっている。

　これはもう直談判だ。どうあっても一言もの申さずにはいられない！　と営業二課のドアノブに手をかけようとしたところで勝手にドアが開いた。

「あいかわらずでっかい声だな、こっちまで筒抜けだぞ」

「出たな村越ーーーーーー!!」

「あーはいはい、わかったわかった。滝田係長の雄叫《おたけ》びは一課を通り抜けて、工事管理部まで響き渡ってる。おかげで早速、管理部の部長が文句を言いに来やがった」

「現場だってがっちがちで回してるのに、急にスケジュール変更させられたら工事管理部だって困るでしょ！　文句のひとつやふたつ出て当然！　どうしてくれるのよ、うちの現場！」

「申し訳ないと思ってるよ。だからこうしてわざわざ謝りに来たんじゃないか。なにもかもうちが突然受注した大型シャッターが悪い。たとえ利幅がピカイチで、請け負えばこの先二年ぐらいはあのゼネコンに大きな顔ができるとしても、だ」

　防火・防煙タイプの重量電動シャッター。間口は最大に近い十一メートル、高さだって十メートルもあるんだ、と村越は嬉《うれ》しそうに説明した。

「おかしいじゃない！　そんな大物がどうしていきなり入ってくるのよ！」

「発注漏れだとさ。すっかりオーダー流したつもりでいたんだって」

体育館の工事がどんどん進み、いよいよ建具取り付けとなったときにまさかの発注漏れが発覚した。この現場には複数の業者が入っているため、どこかが受注したのだろう……なんてみんなが思い込んでいて確認もしなかったそうだ。だが、ある日、現場を見に行った営業担当の村越が、着々と工事が進んでいるのに誰も手をつける気配がない開口部に疑問を抱いて、現場監督に確認したところ、発注されていないことがわかった。

村越はすっかり顔色が失《う》せた現場監督に、うちでなんとかします、とにじり寄って受注、橋田軽金属に直談判して作成させるに至ったというわけである。

「そんな調子で、よく間に合ったわね……図面から起こさなきゃならないのに」

「前に同じ仕様の製品を納めた現場がある。その図面を引っ張り出してちょいちょいっといじって、速攻で承認させた」

「さぞや設計部が喜んだでしょうね」

「ああ、前例丸パクリでも一件は一件。しかもでかいから作図実績も……」

販売に直接関与しない設計部や工事管理部は、作図や施工面積で実績をカウントする。たとえ数字をいじっただけでも実績は実績、設計部にしてみれば濡《ぬ》れ手に粟《あわ》だった。

「あーもう、わかったってば！　要するに泣き寝入りはうちと工事管理部だけってことでしょ」

「工事管理部だって別に泣き寝入りじゃない。空いた職人はそのまま向坂高校の現場に突っ込んでもらった。大きな仕事だから職人は喜ぶし、無駄な保証日当も発生しない。あのでかいシャッターを短時間でやっつけられるのは、あの職人班ぐらいしかいないから、俺も現場も大喜びだ」

「……まったく！　じゃあ、本当にうちだけなのね！　覚えときなさいよ！　絶対にどっかで借りを返してもらうから！」

「了解。本当にすまん。とりあえず今度一杯奢《おご》る」

「個人的な話じゃないっ！」

とりあえず、って言ってるだろう、部署がらみの話もおいおい……と軽く笑って、村越はドアから首を引っ込めた。見送った営業二課の面々は、うぐぐぐ……と唸《うな》り続けている和紗に気の毒そうな目を向けるだけだった。

「会社としては大型物件の追加受注はありがたい。おまえの現場はまだ納期に余裕があるからなんとかならなくもない。そこまで見越して橋田軽金属に無理を言いやがったんだな。本当に食えない男だ」

柿本は苦笑いをしている。これは村越のいつものやり方。結局、あっちのほうが一枚上手としか言いようがなかった。

「会社の利益！　そりゃそうでしょうよ。うちの現場のシャッター、五本まとめたってあちらの重量電動シャッターには及びませんから！　しかもあっちはゼネコン物件だし」

「まあ、そういうことだ。うちだって目に見えるような損失はないんだから、よしとしとけ」

「ああもう！　思いっきり高いものを奢らせてやる！」

和紗は、村越相手に奢ったり奢られたりはまっぴらだったが、今回はペナルティーだから……と例外規定を持ち出そうとした。ところが、そんな和紗の思惑を柿本はやんわりと封じる。

「プライベートと仕事は別だ。それに、そもそもおまえ、あいつに奢られるの嫌がっていなかったか？」

さすが柿本課長、こっちの話なんてろくに聞かない村越とは大違いだ、と和紗はまたしても荒い鼻息を吐きそうになる。柿本の言うことは正しい。

「おっしゃるとおりです。それに、どんな美味《おい》しいものでも、あいつの得意げな顔を見ながら食べたら美味しさ半減。それぐらいなら職人に缶コーヒーの一本でも差し入れてもらったほうがマシ！」

「あーそっちのほうがいいな。職人も喜ぶだろう。俺としても……いや、なんでもない」

何かをごまかすように笑ったあと、柿本は注意を目の前の書類に戻した。日頃からこんなに吠えている部下の相手はこれまで、といったところだろう。日頃からこんなに吠えまくる姿を見られていなければ、もうちょっと慰めてくれません？　としなだれかかりたいところであるが、さすがにキャラじゃないことぐらいわかっていた。

――あんのクソ野郎。接待酒の飲み過ぎでビール腹になってしまえ！

心の中で呪いの言葉を発しつつ、和紗も業務に戻る。口から出したところで、柿本の苦笑を誘うだけだろう。ただでさえ『口を慎め』と言われまくっているのに、これ以上自分の点数を下げるのは嫌だった。

＊＊＊＊＊

「滝田、今晩暇だよな？」

涙の納期変更があってから二日後、村越が営業二課の入り口から顔を出したのは、終業時刻を十分ほど過ぎたころだった。やつへの怒りは依然として継続中である。

なんでこの男はこんなにしょっちゅううちの課に顔を出すんだ。こいつのために緩める表情筋は一本もない、とばかりに、和紗は仏頂面のまま返事をする。

「暇じゃない」

「またまたー、何の予定もないくせに。あ、もしかしてまた誰かに仕事を押しつけられたのか？」

村越はそもそも、うちよりずっと受注が少ないのになんでそんな時間がかかるんだよ、なんて、ラリアットでも食わせたくなるようなことを言う。

とはいえ、こんなやつのためにわざわざドアのところまで行くなんて馬鹿馬鹿しい、そこらにある製品カタログでも投げつけるべきだ。写真をたっぷり載せるために紙は最上質、サイズだってA4判だからかなり重い。推理小説なら意外な凶器としてトリックに使用できそうな代物だった。

これをぶつければいかにあの男といえども……いや、さすがにそれはだめだ。村越以前にこっちの腕がダメージを受けるし、カタログは大事な商売道具だ。

三・五秒ぐらいでそんな判断をし、和紗は製品カタログによる攻撃を断念した。かわりに、速やかなる撤退を祈りつつ、極めて平和的な会話を目指す。

「すみませんねえ……無能で」

「あれ？　マジで仕事が終わってないの？」

「終わってないの。だから営業一課のエリート営業マン様は、さっさとお帰りくださいませ」

「どうした？　なんか、トラブルか？」

ずばりトラブルだった。例の無能な電話番、田中がやらかした失敗の後始末でてんやわんや。だが、この男にそんな説明をする必要はない。

「お構いなく。こっちでなんとか出来るから。あんたは、帰ってカレーでもシチューでも作りなよ」

「は……？」

しまった、口が滑った……と思ったが、時既に遅し。村越はいつもなら顔を突き出すに止《とど》める営業二課の入り口から身体ごと侵入、つかつかと和紗の机のそばまでやってきた。

「カレーってどういうこと？　なんでおまえ、俺がカレー作ると思ったの？」

「だって、先週、スーパーで買い物してたじゃん。ってか、何でいきなり料理しようと思ったの？」

「男の嗜《たしな》み？」

「うわ……意外。っていうか、似合わない？」

「ほっとけ。ま、本当のところは、トークネタ。最近やたらと料理する男が増えてきてるだろ？　話題を振られたときに、料理は門外漢ですなんて言ってらんなくなってきてさ」

「あーなるほど……わからんでもない……」

「ま、俺はそういう事情。そっちこそ、スーパーでなにしてたんだ？」

「買い物。さすがにスーパーにシャッターを売りつけに行ったりしない」

改装あるいは修理予定でもない限り、営業中のスーパーに建具屋はお呼びじゃない。

和紗の意見に案外素直に頷《うなず》いて、村越はさらに質問してくる。

「なに買ったんだ？」

「材料ーー⁉ おまえ、料理したのか⁉ 今まで外食女王だったじゃないか！」

いい加減、このうるさい男をどこかに持っていってくれ、と神に祈りたくなった。だが、いかに日本が八百万《やおよろず》の神の国とはいえ、そんなに暇な神はいなかったらしく、目の前の男はちっとも消えてくれない。やむを得ず、和紗は村越が欲しがっている回答を与えた。

「晩ご飯の材料」

「健康診断でメタボのレッテル貼られたの。食生活改善のため、やむを得ない場合を除いて自炊することにしたってわけ」

その言葉を聞いた村越は目が点になり、さらに数秒後、笑いを炸裂《さくれつ》させた。

「早すぎるだろー‼ どうなってんだよ、おまえの身体！」

「うるさいわねー。正確にはまだ予備軍寸前ってところ。だからこそ本格的にメタボにならないように努力中なんでしょ」

「だったら冷食とか見てんじゃねーよ」

やっぱり気付いてたのか……と和紗はがっくり肩を落とした。あの場にいたことを知っていながら、こんな会話を仕掛けてくるなんてあまりにも性格が悪い。

「冷食は見てただけ。買ったのは別のもの」

「へえー、なに？」

「なんでもいいでしょ。とにかく今忙しいの。これ、さっさと片付けないと……」

　本当は、村越のカレーの出来について聞いてみたい気持ちはあった。だが、あの日の記憶がそれを阻む。

　包丁を使う余地すらないレトルトソースを使ったパスタですら大惨敗だったのだ。この上、カレーの成功談など聞きたくもない。どうせ何事にも如才ない村越のことだから、あの手この手を使って珠玉のカレーを作り上げたのだろう。

　ところが、そんな和紗の想像に反して、村越はひどく情けなさそうな顔になった。

「カレーって曲者《くせもの》だぜ、あんなに簡単そうに見えて意外と奥が深い」

「ちゃんとカレーになったのならいいじゃない」

　カレーなら茹《ゆ》ですぎでぐにゃぐにゃになったりしない。むしろ煮込めば煮込むほど旨《うま》くなる。

「あーあ……私もカレーかシチューにしておけばよかった。それなら顔にボロネーゼソース爆弾を食らうこともなかったのに……」

「ボロネーゼソース爆弾……？　おまえ、パスタと戦ったのか？」

「はいはい、戦った戦った、でもって惨敗！　私は仕事も時間内に終わらせられないし、料理もできないんです！」

「仕事はとにかく、料理に関しては俺も似たり寄ったりだ」

　安心してください、とどこかのお笑い芸人のように仁王立ちで言ったあと、村越は意図せずスープになってしまったカレーの話を始めた。

「まずはタマネギな、あれで一泣き……」

どこかの景品でもらったようなお粗末な包丁で大ぶりなタマネギを切ろうとしたら、涙の大洪水となった。これはたまらない、と適当に切って鍋《なべ》に放り込み、人参やジャガイモと一緒に炒《いた》めようとしたら鍋が小さすぎてうまくまぜられなかったそうだ。

「鍋からもくもく煙が出てきやがって、これはヤバイ！って水をだばだば入れて……」

「だばだば……ってそれちゃんと量ったの？」

「量ったさ！」

「へえ、計量カップとか持ってるんだ。普段から料理してるんだね」

「普段から料理してたら、タマネギも切れない包丁しかないってことはないだろう」

「じゃあどうやって量ったの？」

「ペットボトル。七〇〇ccって書いてあったから、一・五リットルの半分よりちょっと少ないぐらいかなって」

計算上はそれで合っている。しかも、カレーなら多少の誤差はどうってことないはずだ。話を聞く限り、材料を切って炒めて水を入れるところまでは順調のように思えた。

「あとは煮込むだけじゃない。おめでとう、さぞや美味《おい》しいカレーができたことでしょう」

カレーの作り方ぐらいは知っている。小学校の自然教室以来作ってはいないけれど、材料を切って炒めて煮込んでルーを入れるという工程に間違いはないはずだ。市販のルーを使わない本格的なカレーについては皆目見当もつかないけれど……。

和紗は、わかったからさっさと帰れ、と手で追い払おうとした。だが、村越の話はちっとも終わらない。

「俺もそう思った。ここまでやったらあとはコンロが勝手にやってくれる、放っておいてもカレーの出来上がり、ってな。ところがどっこい、火にかけた鍋っていうのは、あれでけっこう手がかかるんだぜ」

ちょっと目を離すと吹きこぼれる。火を弱めてもうっかり忘れているとどんどん煮詰まって、焦げ付きそうになる。にもかかわらず、焦げたのは鍋の底だけで上のほうは生煮え……。慌てて水を足したけれど、どうやら分量が多すぎて、ルーを入れてもちっともとろみが出ない。もちろん、味だって薄くてどうにもならない。

「結局、塩だの醬油《しょうゆ》だのぶち込んでごまかそうとしたけど、どう考えても飯にかけて食う味じゃなかったな」

「カレー味のリゾットってことにすればいいじゃない」

「巨大な人参やタマネギが大量に入った？」

「なんでそんなに大量に？　箱の裏側に分量ぐらい書いてあったでしょうに」

ペットボトルで水を量ったぐらいだから、材料の分量だって読んだはずだ。それならば人参やタマネギが常識外の分量になるはずがない。普段から料理をしない和紗にだって、それぐらいのことはわかった。けれど、村越はここでも大きく首を横に振った。

「書いてあったさ。でもな、タマネギ中一個、とか人参小一本、とか書いてあっても意味がないと思わないか？　知るかよ、タマネギの大小なんて！」

かといって、グラム数が書いてあったところで秤《はかり》がなければ無意味だ。料理の初歩と言われるカレーで、こんな不親切な表記があるものか！　と村越は憤っている。

「せめて直径何センチ、とか書いてくれよ、って思ったね。大とか小とか、相対的すぎる」

「同意。三から五分じゃなくて、四分十五秒、とかはっきり書くべき！」

なんでこんなところで、しかも村越なんかと意気投合してるんだろう……。

和紗はついつい笑ってしまった。そもそも、さっさと出て行ってくれ、と思っていたはずなのに、気がつけばすっかり話し込んでいる。

「なんだその四分十五秒ってのは……。まあいい、そのあたりの話を含めて一杯付き合え」

「だから、残業なんだってば！」

ふと時計を見ると、村越がやってきてから既に十分が経過していた。これではいつまで経っても仕事が終わらない。さっさと仕事をしないと……と思った和紗は、再び村越の目の前で手をひらひらさせた。

「どうだ、田中、滝田？」

そのとき、柿本の声がした。

いかに電話の相手の名前すらまともに訊《き》けない新人とはいえ、いつまでも電話番にしておくわけにもいかない。ということで、田中に得意先に届ける見積書を作らせてみた。意気揚々と作り上げてきたのはいいが、出てきたトータル金額がおかしい。どう考えてもそんな金額になるわけがない、ということで田中と和紗がふたりがかりでチェックしていたのだ。

柿本がふたりの名前を呼んだのも、暗に和紗の邪魔をしている村越を牽制《けんせい》してのことだろう。なんとスマートなやり方だ、と和紗は本日も元気に柿本に加点した。

「今、やってるところですが……」

田中はモニター画面と睨《にら》めっこ状態で、申し訳なさそうな声を出す。和紗も自分のモニターに目を戻し、再びチェックを始めようとしたところで、後ろから村越がぐいっと乗り出してきた。そのまま、和紗が手にしていたマウスを奪い、かちっかちっとクリック、見積書のページを瞬く間にめくっていく。しばらくして、マウスのクリック音が止んだ。

「ここ、品番指定が間違ってる。こんなところをアルミにしたら馬鹿高くなって当然だ」

「え……？」

慌てて確かめると、打ち合わせでは鉄と指定されていた箇所にアルミ素材の品番が入っていた。アルミは軽くて錆《さ》びないが、鉄よりもコストが高い。見積もりの金額が大きく違ったのはそのせいだった。

「ほんとだ……こんな初歩的な……」

いくら新人といえどもひどすぎる。開いた口がふさがらない、とはこのことだった。

「す、すみません！」

「まあいいわ。原因がわかったんだから、そこを直してプリントしておいて。今度から気をつけてね」

和紗は苦笑い最上級でそう言うと、大きくのびをした。

「ありがとう、助かったわ」

いくら敵認定中の村越でも、助けてもらった礼を言わずに済ませるわけにはいかない。潔く頭を下げて、和紗は帰り支度を始めた。

「仕事は終わったってことだな。よし、飯行くぞ、飯！」

「行かないってば」

「この前の借りが残ってて気持ち悪いんだよ」

「仕事のことで身銭切る必要なんてないって。それに今のでチャラ。十分借りは返してもらったよ。どっちにしても私、今日はちょっとやらなきゃならないことがあるから無理」

その『やらなければならないこと』が料理チャレンジだなんて言う必要はない。

一昨日《おととい》、セカンドチャレンジとして取り組んだ味噌汁《みそしる》とご飯と肉入り野菜炒めという小学校の調理実習みたいなメニューは、またしても惨敗。味噌汁はワカメの味噌煮みたいになってしまった。

生のワカメなんてハードルが高すぎるし、使い切れるかどうかもわからない。ここはひとつ『お手軽簡単』と名高い乾燥ワカメにしよう、と買ってみたのだが、どれぐらいの量を入れればいいのかわからない。ひとつまみ入れてみたがあまりにも少ない気がしてもうひとつまみ追加。それでも鍋の中でちらほら……にしかならず、さらに足して火を止めた。その後、野菜炒め用のキャベツやらタマネギを切って、ふと見たら味噌汁の表面はすっかりワカメで覆われていたのだ。

恐るべし百円均一の乾燥ワカメ。この分量でこの価格なんてお得すぎるが、ちょっと膨らみすぎなんじゃ……。

脱力しつつも味見してみた味噌汁は、なぜだか前面に味噌の味だけが押し出され、ちっとも出汁《だし》の味がしない。しっかり昆布で出汁を取ったはずなのに……と昆布の袋を見てみると、そこには『早煮え昆布』と書いてあり、出汁ではなく昆布巻きなどの煮物に使う昆布だと判明。どうりで出汁が味噌に負けっ放しになるはずである。

味噌汁もといワカメの味噌煮から目を逸《そ》らして挑んだ野菜炒めは、炒めすぎで前回のパスタ同様ぐったりした仕上がり。これを失敗するわけがない、と思った炊飯器まかせのご飯までも水の量を間違えてアウトだった。

野菜炒《いた》めは肉を先に炒めるなんて知らなかったし、炊飯器の釜《かま》についている目盛りに『おかゆ』用があるなんて反則過ぎる。

とはいえ、何度失敗しても諦《あきら》めないのが和紗の長所。母の『自分が食べる物ぐらい自分で作りなさい』攻撃を黙らせた給与明細は、この粘り腰に支えられているのだ。

ということで本日はサードトライ、まずは買い物だ！　とばかりにスーパー経由で帰宅する予定だった。

ところが粘り腰は和紗だけではなかったらしく、目の前のエリート営業マンは諦める気配すらなかった。

「おまえに限って急ぎの用事なんてあるわけない。スケジュール管理はばっちり、プライベートで突発事態が起こるほど華やかな生活はしてないだろうし……」

「大きなお世話だ！　とにかくそこをどいて。私はさくさく帰って鍋釜《なべかま》包丁と仲良くしたいの！」

「鍋釜包丁……おまえ、マジで料理してるのか？」

「言ったでしょ、メタボりたくないって！」

「それは覚えてるけど、おまえの料理って聞くだに身体に悪そう。本当に誰かを毒殺……いってー！」

突然の攻撃に、村越が悲鳴じみた声を上げた。

思わず目の前にあった唇をひねり上げてしまったのは、断じて和紗のせいじゃない。

こんなに悪い口はお仕置きされて当然だ。親の顔が見てみたいぐらいである。

「古来、人類が料理をおこなう主たる動機は『食べるため』と決まってるのよ！　そうでなければ誰かに食べさせるため。毒殺目的で料理から始めるなんて愚の骨頂。それぐらいなら誰かが作った料理に青酸カリでもぶち込んだ方が簡単でしょ」

「いやーその青酸カリの入手が難しいのかと思って。おまえが作る料理ならそれと同等の破壊力があるかもしれない」

「本当に減らない口ね！　そのうち性格の悪さが顔に出て、トップセールスの看板下ろすはめになるわよ」

「心配ご無用。腹黒いのは営業の特質。むしろそうでなければ、ってやつだ」

こいつ、今、世界中の営業マンを敵に回しやがった……。

入社以来、かれこれ十一年の付き合いになるが、この男の口の悪さはどんどんひどくなる。というか、もはや毒舌大王と言っていいほどだ。冷静かつ常に紳士的な柿本とは大違いだ。即座に、そして継続的に柿本の爪の垢《あか》を供給してやりたい。

ただ、他の人間に言わせると、村越がここまでぞんざいな口をきくのは和紗限定らしく、他の社員、特に女性相手ではけっこう上質なオブラートを使っているそうだ。私だってたまにはその高品質オブラートを使われてみたいと思うものの、やつは一向にその気はないらしく、寄ると触ると口から散弾銃を乱射してくる。

それが楽しいと思えるときもないではないが、今はそんな気分じゃない。こんなに不機嫌そのものの顔をしているのに、大人しく一緒にご飯を食べに行くと思っているとしたら、こいつの頭は三月の房総半島並みのお花畑である。『できれば関わりたくない男』と付き合えるのはせいぜい二ヶ月に一度。そしてその一度は、この間のラーメン屋で消化済みだった。

「とにかく、私は家に帰ってメタボ予備軍入りを阻止すべく、健康一直線の料理を作るの！　あんたはどこなりと行って、グルメ三昧《ざんまい》しなさい」

そう言い放つやいなや、和紗はバッグをひっつかみ、営業二課をあとにした。

後ろから『健康一直線って、失敗して絶食ってことか？』と笑いこけている村越の声が聞こえたが、この際それはどうでもいい。あの男を振り切れたという事実が大事だった。


ワライカワセミみたいになっている村越を置き去りに営業二課を出た和紗は、エレベーターホールで戸塚由美《とつかゆみ》に遭遇した。

由美は入社三年目で、昨年四月から営業一課で事務を執っている。それまで営業一課には久代風花《くしろふうか》という事務員がいたのだが、営業二課の事務員の退職に伴って営業二課にスライドした。その後任として配属されたのが戸塚由美である。

それなら最初から戸塚を営業二課に入れればいいようなものだが、久代風花は入社してからずっと同じ部署にいるため、そろそろ異動させようと会社が判断したのではないか、というのがもっぱらの噂だった。

由美はエレベーターの所在を表す数字を見上げることもせず、ただじっと自分の足下を見つめている。

「由美ちゃん、お疲れ様。今帰り？」

「あ、滝田さん……お疲れ様でした」

「珍しいわね、こんな時間まで」

村越と長々と料理談義をしていたせいで、時刻はすでに午後七時を大きく回っている。由美はよほどのことがない限り定時で退社する。村越の言い草ではないが、仕事が終わらなくて残業、なんて羽目には陥らないのだ。

月末の締め日でもないし、決算期でもない。それなのにこんな時間まで会社にいるなんて、いったいなにがあったのだろう……と思いながら、和紗は由美の様子を窺《うかが》った。

彼女は大人しいけれどとても有能だ。久代風花との関係も良好だし、和紗のことも慕ってくれているらしく、仕事やプライベートの相談を受けることも多い。たまたま和紗が在社したときは三人で昼食に出かけることもあるし、休憩時間に自販機のコーヒー片手に談笑にふけることもあった。

それなのに、今日の由美はなんだか思い詰めたような顔で俯《うつむ》いている。声をかけられて初めて和紗の存在に気付くなんて、これまた珍しいことだった。

「急な仕事でも入った？」

まさかあの馬鹿タレが無理難題を押しつけたわけじゃあるまいな、と思いながら訊《たず》ねてみたが、由美は小さく首を振る。

「いいえ……私が手間取って遅くなっちゃっただけです」

「由美ちゃんに限ってそんな……」

「本当にそれだけなんです。私、最近なんだかぼうっとしてて……」

「そう？　ならいいんだけど……」

本当はよくなんかない。就業中にぼうっとしていること自体が問題だ。悩みがあるなら相談にのるよ、と普段なら言っただろう。だが、今日の由美はそれすら口にできないほど思い詰めた顔をしていた。

今はそっとしておいたほうがいい。幸い週末だし、ゆっくり休めば気持ちも落ち着くだろう。来週になっても様子が変わらなければ、もう一度声をかけてみよう。

そう判断した和紗は、エレベーターでの短い沈黙を経て、反対方向に帰る由美と別れた。

「うーん……やっぱりヘルシーといえば魚よねえ……」

自宅近くのスーパーで、和紗はそんな呟《つぶや》きを漏らしながら魚売り場に足を向けた。

黄色の買い物籠《かご》の中には既に豆腐と油揚げが入っている。豆腐と油揚げなら鍋《なべ》の中で急膨張したりもしない。今夜の味噌汁に不安要素はなかった。

「あ、このマグロのお刺身美味《おい》しそう……でも高いな……テクがない人間はお金でなんとかするってのが常道だけど、さすがにお刺身は負けた気がしすぎる……」

「勝ち負け以前の問題。それトロだぞ。メタボ的にはどうなんだ？」

後ろから馬鹿にしきったような声がした。振り返って確かめるまでもない。声の主は、退社間際にまとわりついてきていた営業一課の毒舌大王だ。

「どわーっ！　なんでこんなとこにいるのよ！」

「いやー誰かさんが飯に付き合ってくれなかったから、今日は俺も自炊しようかなと思って」

ここは家から一番近いスーパーだし、品揃えもけっこういい。営業時間が長いから、多少遅くなっても売り場がすかすかということもない、と村越はこのスーパーの美点を並べ立てた。

「はいはい、男の嗜《たしな》みとトークネタね！　じゃあさっさと買い物してお互い自炊に励みましょう」

「おまえ、何を作る予定？　お、味噌汁《みそしる》っぽい……」

村越は和紗の買い物籠の中の豆腐と油揚げをじろじろ見る。

どうしてこいつはこうも絡んでくるかな……とは思ったけれど、買い物を終えなければ振り払うこともできない。やむなく和紗は魚売り場を見渡し、村越の質問に答えた。

「えーっと、この辺のやつって、フライパンで焼いたらなんとかならないかなって…

……」

尾頭付きの魚は無理でも、切り身になっているものならバターで焼いたら何とか食べられそうな気がした。

「豆腐と油揚げは味噌汁要員だろう？　味噌汁とバター焼きって合うの？」

「え……合わない？」

「バター焼きって洋風だからパンとスープのイメージだけどなあ……。そもそもメタボ予備軍にバター焼きはあんまりおすすめじゃない」

「そ、そうかな……」

「生活習慣病阻止なら断然和食。魚なら煮物だろう」

「無理！　魚の煮物なんてハードル高すぎ！」

「醤油《しょうゆ》と酒を煮立てて魚ぶち込むだけじゃねえの？　簡単簡単」

「マジ……？」

こいつまさかの料理男子？　と思いかけて即座に否定した。

料理男子がカレーを作り損ねるわけがない。タマネギの大小がわからないなんてことも……。

ということは、こいつのは単なる『知識』に過ぎず、こと料理に関して、経験の伴わない知識ほど役に立たないものはない。

「あのね、料理って、見てると簡単そうだけど、実はものすごーく奥深いんだよ。少なくとも私には『簡単』な料理なんてひとつもないわ」

「それはおまえが適当にやってるからだろう。世の中にはレシピってものがあるんだよ。そのとおりにやれば大丈夫」

なんて、村越は得意げに言う。だが、箱に作り方が書いてあるカレーですらまともに作れなかった人間が言ったところで説得力はゼロだ。

「レシピを忠実に再現するためにはいろいろグッズが必要なの。秤《はかり》だの鍋だの全部ね。でもうちにはそんなものはない。だから……」

「あー秤ね、心配ご無用。俺は全部揃えた」

カレーで惨敗を喫した村越は、即座に敗因は計量にありと悟ったらしい。そこで、早速ホームセンターに駆け込み、デジタルスケール、計量カップ、計量スプーンといった、いわゆる『秤』と呼ばれるものを揃えたそうだ。だから、何でもかんでも量りまくってレシピに書いてあるとおりにすればいいだけだ、と村越は鼻の穴を膨らませた。

「ふーん……計量さえちゃんとしてれば大丈夫ねえ……それですむなら苦労はないよ」

「あ、疑ってる？　よーし、じゃあおまえ、今から俺んちに来い。料理は計量にあり、っていう俺の理論が正しいかどうか確かめようぜ」

村越は至って気軽に誘ってくる。確かに、やつの部屋に行くのは初めてじゃない。入社したばかりのころは同期で呑《の》み会をしようにもお金がなくて、誰かの部屋ということが多かった。

そんな中、駅が近くて便利、近くに大きなスーパーがあるという条件が揃っていた和紗や村越の部屋は頻繁に利用されてきた。もっとも、購入されるのはもっぱら総菜や菓子の類《たぐ》いで、料理なんて冬場の闇鍋に近いごった煮ぐらいしか記憶になかったが……。

今にして思えば、同期の中にひとりも料理好きがいなかったのも敗因のひとつのような気がしてならない。家呑みの際に、ぱぱっとつまみを作れるような人間がいれば、見よう見まねで覚えるということもできただろうに。

自分のことを完璧《かんぺき》に棚に上げたまま、過去の回想に浸っていた和紗は、怪訝《けげん》そうにこちらを見ている村越の眼差《まなざ》しに出会い、はっと我に返った。

ヤバイ、今はそういうことを考えている場合じゃなかった！

とにかくこいつの部屋で料理なんてまっぴら。なんとか振り払わねば。

「あんたがやってみて、あとで報告してくれればいいじゃない。なにもいっしょにやらな……」

「そう言えば、俺んちの冷蔵庫に日本酒のいいのもあったなあ……確か、純米大吟……」

「なぜそれを先に言わない！」

思わず和紗は村越を絞め上げそうになった。

和紗は食べるのも好きだが、酒も大好きだ。酒と飯、どっちかしか選べないと言われれば、しばらく悩みはするが最終的に酒を取ってしまいそうな気がする。

そして、数ある酒の中で和紗が一番好むのが日本酒だ。入社以来の付き合いである村越は、和紗が大の日本酒党だと知っている。だからこそ、こんな殺し文句を囁《ささや》くのだ。

「純米大吟醸に煮魚！　上等じゃないの！　さっさと量りまくって魚を煮るわよ！」

かくして、和紗は豆腐と油揚げを、村越は『本日のお買い得品』と書かれた魚の切り身とほうれん草を買い込み、ふたりは村越の部屋に向かった。


「うわー散らかってる。あんたさー、人を連れてくるならもうちょっと片付けときなよ」

村越の部屋は、廊下とか間仕切りという概念が全く存在しないワンルームだ。本人は広々していていいと気に入っているらしいが、部屋の中は散らかり放題。いくら仕事が忙しくて時間がないにしても、もうちょっとなんとか……と言いたくなる有様だった。

誰かを家に招く場合は掃除のひとつぐらいしておくべきだ。その努力があって初めて、男のひとり暮らしにしてはきれいにしている、と驚くことができる。ところが、村越の部屋は埃《ほこり》が降り積もっているとまでは言わないにしても、あっちこっちに雑誌やらCD、DVDの類いが散らばり、パソコンが置かれている机にはビールやジュースの缶が放置されていた。

「突発事態だったんだから仕方ない。俺の部屋が汚いのは今に始まったことじゃないし、部屋が片付いてたからって、今更おまえが俺の評価を上げるわけでもない」

「なるほど、一理ある」

和紗は素直に同意した。『家呑み』のために村越の部屋に来たことは何度かあるが、今より少し床の露出が多いかな、と思えるぐらいで、ひどいときは同期か後輩の誰かが、座るスペースを確保するために慌てて片付けるほどなのだ。

「ちょっとぐらい否定しろよ！」

すかさず言葉が返ってきた。珍しく反論しなかったというのに、それはそれで面白くなかったらしい。村越は、ぶつぶつ言いながら買ってきた食材をレジ袋から出し始めた。

「えーっと……じゃあ、おまえ、味噌汁担当な」

「味噌汁のレシピってあるの？」

「味噌汁ぐらいレシピなしでできるだろう！」

「でも私、こないだ味噌汁を作ろうとしてワカメの味噌煮になっちゃったんだけど」

「マジか……」

軽い軽蔑《けいべつ》の視線を浴びながら、和紗は自分のスマホで味噌汁のレシピを検索した。

やつが何を言おうが、事実は事実。しかも本日の主題は、秤とレシピさえあれば旨《うま》い料理が作れる、という村越理論の実践なのだ。レシピなしでは実証不可能、はじめにレシピありきだった。

「まあ、それぐらい『メシマズ』なやつのほうが、レシピのありがたみが増すかもな」

自分だって相当な『メシマズ』のくせに！　という和紗の叫びを軽くスルーして、村越は調味料を量り始めた。

「魚は黄金比で煮ると失敗しません、だってさ。滝田、黄金比って知ってる？」

「黄金比？　パルテノン神殿とか？」

「即座にそのコメントが出るあたりが建具屋だな。だが、たぶん、煮魚にパルテノン神殿は関係ない。あ、注意書き発見！　水と調味料の比率のことだ。水四に対して醬油、酒、みりん各一」

「へえ……料理にも黄金比があるんだ。それはあんたにしてはいい発見ね。じゃあそれでやってみなよ」

「あんたにしては、ってのは余計。さて、じゃあ水は六〇ccにして……」

そのレシピには四人分の煮汁で水が一二〇ccと書いてあった。目の前にはふたり分の魚しかないのだからその半分でいい。村越は綿密な計算のもとに、鍋《なべ》に水や調味料を入れていく。

調味料の入った鍋を火にかけ、煮立ったところで魚を投入した。もちろん、スーパーで籠《かご》に入れたときから今に至るまで、ふたりの間で、それがいったい何という魚で、どういう料理に適しているか検討されることはなかった。おそらく名前ぐらいはラベルに書かれていたのだろうけれど。

「ねえ……これ……大丈夫なの？」

ダイニングキッチンとは名ばかりの狭い調理スペースは、不穏な空気に包まれていた。

計算は正しい。絶対に間違っていない。手順だってレシピどおりにやっていた。それは横で見ていた和紗もしっかり確認済みだった。落とし蓋《ぶた》なんてものが独身男の部屋に存在していることに驚愕《きょうがく》しつつ、あとは火を弱めて煮上がりを待つばかりとなっていたのだ。

それなのに……。

「うおーーーー!! なんで!? なんで焦げてんの!? 嘘だろーーーー!!」

タイマーを片手に待機していた村越は、ぴぴぴ……という音と同時に落とし蓋を取った。ふっくらと煮上がった魚とくつくつと小さく沸く煮汁を期待して覗《のぞ》き込んだ鍋の中は、真っ昼間の砂漠的惨状だった。煮汁は干上がり、魚はカラカラ。あまつさえ、鍋から怪しい煙が……。

「レシピどおりにやったよね?」

「おまえだって見てただろ? 俺はなにひとつ間違ってないはず……」

「でもこれ、どう見ても失敗じゃん」

諦《あきら》め悪く、村越は焦げた魚を皿に移そうとしている。ところが、切り身は焦げ付いてなかなか鍋から離れない。最後はフライ返しを投入して、でやーっとばかりに鍋から剝《は》がした。

「ぼろぼろ……。で、あんた、これを食べる気?」

チャレンジャーだねえ、と笑う和紗を尻目《しりめ》に、村越は箸《はし》で無理やり身を引っぺがし、えいやっとばかり口に運んだ。

「固っ！　てか……苦《にげ》え！」

「だろうね。そんなの見ただけでわかるでしょ」

「いや、世の中には見た目はひどいが食えば旨いって料理も……」

それはこれまで見たことがなかった料理の話だろう。煮魚なんて、生まれてから今までの間に何百回となく見ている。その経験に基づいて判断すれば、この形状の煮魚が旨いはずがなかった。

「いや、待て、ここ！　ここだけはいけそうだぞ！」

村越は切り身のど真ん中、一番肉厚そうな部分を狙い澄まして箸を入れた。確かに、他の部分と異なり、箸がすっと入ったし、身もすんなり剝がれた。

「旨い！」

自慢げに皿を差し出されて、和紗も恐る恐るほんの少し残っていた『無傷地帯』を箸でつまむ。

「……認める。この部分だけは美味《おい》しい」

「だよなー！」

「でもね、切り身一切れの中で可食部分が一箸オンリーだよ。私にはこれを成功とは認められない」

言い終わったあと和紗は、どんな反論が来るかと身構えていた。だが、村越は小さく、
やっぱりそうだよな……と呟《つぶや》くのみだった。

あんたの理論は間違ってた。レシピがあってもダメなものはだめ、ってことじゃない？

つい、そう言ってしまいそうになったが、辛うじて思いとどまった。珍しく村越は落ち込んでいる。これ以上は死者に鞭《むち》打つことになるし、逆ギレされるのも嫌だった。

「おかしい……敗因がわからない……。納得できない！　このレシピ、間違ってるんじゃ……」

村越は落ち込みつつも原因究明に励み、こともあろうにレシピそのものの責任にしようとしていた。

いくら世にも珍しい『盛大に落ち込み中の村越豪』を見物させていただいたとはいえ、さすがにそれは許せない。レシピ考案者に失礼すぎるし、このレシピはレシピサイトの『煮魚部門』の人気レシピトップテンに入っている。レシピそのものに問題があるなら、こんなに上位にランクインしないはずだ。

「あんたの目はどこに付いてるの？　みんな、美味しかったって書いてるじゃない」

レシピの下のほうに、このレシピに従って作ってみた人のコメントが山のように並んでいる。どのレポートも総じて『簡単なのに美味しかった！』である。つまり、レシピは間違っていない。失敗の原因はレシピではなく、作った人間にあることは明確だった。

「ぐわあああ!! なんでだよーーーー!!」

再び村越の雄叫《おたけ》びが響き渡った。和紗は呆《あき》れ果て、まだ作り始めてもいない味噌汁《みそしる》の具を見る。

「で、どうする？　お味噌汁、作ってみる？　それとも……」

だが村越は、和紗の声など耳に入らない様子で、レシピと焦げ付いた鍋を見比べている。

やれやれ……これじゃあお味噌汁どころじゃないわね……ほっといて帰っちゃおう。味噌汁は家で作ろう、と決断して、ごそごそと油揚げと豆腐をレジ袋に戻そうとしたとき、村越がまた大声を上げた。

「わかった！　原因は鍋だ！　またしても俺は大きさ表示に翻弄《ほんろう》されたんだ！」

鍋ごときで翻弄とか言うなよ、大げさな……と思ったものの、村越は、和紗の呆れた顔など知らぬふりで説明を開始した。

「見ろよ、これ。『中ぐらいの鍋』って書いてあるだろう？」

「ああ、そうだね」

「で、俺が使った鍋はこれ」

目の前の鍋は幾分大きめかな……とは思うが、なんとか『中ぐらい』の範疇《はんちゅう》に収まりそうなサイズだった。

「……中ぐらい……と呼ぶのもやぶさかじゃない……かな？」

「だよな？　でも、その『中ぐらい』の鍋は、四人分の魚を煮るために必要な大きさであって……」

「あー、そうか！　ふたり分には大きすぎるよね！」

「正解。煮汁だって半分しかない」

それなのに鍋の大きさが同じ、火にかける時間も同じであれば、焦げついても不思議はない。魚と煮汁の量を半分にしたならば、鍋の底面積だって減らすべきだったのだ。

「ちくしょー！　やられたぜー！」

村越が天井に向かって吠《ほ》えた。魚を煮損ねてここまで大騒ぎをする男というのは珍しいのではないか。もしかしたら狙っていた契約を他社に攫《さら》われたときよりも悔しがっているかもしれない。

「ということで、原因解明。よかったね、すっきりして」

さらば純米大吟醸……と内心、ひどくがっかりしながら、和紗は玄関に向かおうとした。ところが、じゃあこれで……と言うか言わないかのうちに、村越にむんずと腕を摑《つか》まれた。

「待てよ」

「なに？　正しいレシピがあっても失敗するときは失敗するって証明できたじゃない。次の秘策を思いついたらまた教えて。但し、今度はちゃんと有効なやつをね」

「飯食いに行こう」

「しつこいわねー！」

「俺たちに必要なのはレシピじゃない。いや、正しくは今必要なのは、って言うべきか」

「レシピは必要でしょ。もっと必要なのは仕様変更に伴う環境対応だけど」

「それはわかった。でも、おまえだって今から帰って味噌汁だけをおかずに飯を食うのは悲しすぎるだろ？」

「ご心配なく。冷蔵庫にお漬け物ぐらいあるわよ。一汁一菜、理想的なメタボ予備軍解消メニューよ」

「一汁一菜……坊さんじゃあるまいし……。とにかく俺は傷心のあまり腹が減った。近くに旨《うま》い煮魚を食わせる店があるから付き合え。そうそう、酒も良いのを揃えてる」

だったら最初からそこに行けばよかったじゃないか――

本当はそう言い放って帰るべきだったのかもしれない。けれど、なんだか一回り小さくなったような村越の姿に、つい同情してしまった。加えて、前回の背脂煮干しラーメンのときと同様、時間の壁に阻まれた。

時刻は九時に近づいている。これから帰ってご飯を炊き、味噌汁を作ったら、食べ始めるのは十時過ぎになるだろう。いくら一汁一菜というヘルシーな献立であっても、遅い時間の食事となれば効果も半減。それに、こいつは「先日のお詫《わ》びに奢《おご》る」と主張している。誕生日といい、今回といい、なぜそんなに和紗に奢りたいのかわからないが、とにかく一度奢るまでは付きまといかねない。

それぐらいなら『旨い煮魚』を出してくれる店に行って、やっと初志貫徹させてしまったほうがいい。

そう判断した和紗は、豆腐と油揚げは失意のエリート営業マンに進呈することにして冷蔵庫に突っ込み、村越とともに夜の街に出た。

「すごい……グラスに枡《ます》……しかもこんなに溢《あふ》れてる！」

目の前に置かれた二点セットに、和紗は喜びを隠せない。

品書きにある地酒を見ただけで、期待は膨らみまくっていた。よほど日本酒に興味がある人間でないと知らないような銘柄がずらりと並んでいた。しかもその大半は、東京では入手しづらく、日本酒好きを自任する和紗ですら呑《の》んだことがないものだった。保存にしても呑みごろの温度になるように、いくつかの冷蔵庫を使い分けているらしい。その上でグラスにたっぷり、枡まで溢れるほど酒が注がれた。これで喜ばないようなら、日本酒党とは呼べない。大人しく『とりビー』でも呑んでいろ、である。

「変わった店ねえ……」

和紗は身をかがめ、小声でそっと呟いた。

小さなテーブルの向かいに座った村越がにやりと笑う。

村越の馴染《なじ》みだというその店は、居酒屋ではなく食事処と言うべき場所だった。品書きにしても酒の肴《さかな》ではなく定食や丼物がメイン。それでいて酒の品揃えがこの調子なのだから、和紗の感想は当然のものだった。

「まあな。ここはもともと定食屋だったんだ。でも、おかずがあんまり旨いから、それを肴に酒を吞みたいって客が騒ぎだして、渋々酒を置いてるらしい」

「渋々……？　それにしてはすごい品揃えだけど……」

「そこが面白いところでさ……」

この店主、自分自身が相当な酒好きで、若いころから全国津々浦々の酒を吞み歩いてきた。舌は確かだし、選び出す酒に間違いはない。けれど、店主はその酒を売ることを嫌がっているそうだ。

「客に吞ませるぐらいなら自分が吞みたいそうだ。普通は逆だろ？」

村越はクスクスと笑いながら、そんな話をする。

確かに、『酒は吞むものではなく売るものだ』という酒屋は多い。居酒屋の店主にしても、同様の考え方をしている者のほうが多いだろう。客に吞ませるより自分が吞みたいなんて言う店主は、商売人としていかがなものかと思う。

「だからあそこにある酒の大半は、ここの親爺《おやじ》さんと女将《おかみ》さんの晩酌用。店を閉めたあとのお楽しみなんだってさ」

村越によると、この店は店舗併用住宅で主《あるじ》夫婦は二階に住んでいるそうだ。店を閉めたあと、売れ残りの料理を肴に差し向かいで晩酌する。それを楽しみに、夫婦は頑張って仕事をしているのだろう。いくつもある冷蔵庫も元々は自分たち用の酒を保存するために置かれていたのかもしれない。売る気なんて全然なくて、ただ場所がないからと店に置いていた。それに目を付けた客が呑ませろと騒ぎだし、泣く泣く……というのが真相ではないかと和紗は推測した。

いずれにしても、商いによって蓄積された緊張や疲れをほぐす時間……それを夫婦で持てることが、和紗は羨《うらや》ましかった。

「いいなあ……そういうのって憧《あこが》れる」

「だよな。あれだけの酒がよりどりみどりだもんなあ」

村越の言葉を聞いた瞬間、和紗は、この朴念仁《むとんちゃく》が！　と怒鳴りたくなる。こいつはどうしてこんなに人間の機微に無頓着なんだろう。

もっとも、こんな風だから『断った数絶賛更新中』なんてことになるのだ。相手の気持ちを考えたらそんなに次々ぶった切れるわけがない。いや、そんなことより、目の前の魚の煮付けが冷めるのも惜しい。

村越のお墨付きどおり、たっぷりの煮汁の中に横たわる切り身は、料理本の写真に使えそうなぐらいの仕上がりだった。

「さ、食おうぜ！」

自分のグラスの酒を一口『ずっ』と吸い込み、村越は箸《はし》を取り上げた。

乾杯もなしかよ……と再び呆《あき》れながら、和紗もそれに倣う。箸を入れた瞬間、皮の下に閉じ込められていた熱が湯気となって立ち上った。

「うまっ……じゃなくて美味《おい》しい！」

たぶんこれ、カレイよね……？

切り身になっているけれど、こんな形と色の魚はカレイかヒラメぐらいしかない。ヒラメとカレイは見分けにくいそうだけれど、ヒラメはカレイより大きいと聞いた。サイズから考えても、これはカレイに違いない。

さっき村越が煮た切り身はこんな形ではなかったから、きっと別の魚だろう。つくづく、違う魚でよかった、と和紗は思う。ちゃんと料理したらこんなに美味しくなるのに、あんなに焦げ焦げにするなんて！　と怒りが倍増するところだった。

食材から可燃ゴミへと変貌《へんぼう》させられた魚の冥福《めいふく》を祈りながら、和紗は魚、味噌汁《みそしる》、小鉢に入れられた青菜の和《あ》え物、さらにご飯と、箸を行ったり来たりさせた。もちろん、間を縫って酒も呑む。

「よく飯食いながら、酒が呑めるな」

今度は村越が呆れ顔になった。

「なによ」

和紗は向かいの男に面倒くさく思いながら答えた。酒か飯かと言われれば酒だが、両方あるなら一気に楽しんで何が悪い。

「平気よ。お酒も米、ご飯も米、同じものじゃない」

ビールやウイスキーを呑みながらクラッカーを食べるのと同じだ、と言う和紗に、村越は天井を仰いだ。

「どっちも麦だって言いたいのか？　大麦と小麦の違いとかあるだろう？」

「こまけえことはいいんだよ！」

「……ったく、大雑把なやつだなあ」

「なんとでも言って。仕事終わったあとまで、細かい気遣いとかやってられないわ」

「そんなだから男のひとりもできないんだよ」

「余計なお世話！　見てろ、そのうちあの上玉をゲットして……」

そうよ、料理上手になって頑張ってお弁当でもこしらえて柿本課長に差し出せば、『見直したよ、滝田！』なんて……。でも、ここで『見直した』って出てきちゃうところが悲しすぎるなあ……どんだけ自己評価が低いのよ、私……。

ふと見ると、村越が唖然《あぜん》としている。

「どうしたの？」

「いや、おまえの口からそんな発言が出るとは思わなかった。上玉ってやっぱ柿本さんのこと？」

「当然でしょ。我が社に課長以外の上玉はいない！」

「断言かよ！　俺がいるだろ、俺が！」

「論外。それより料理が冷めちゃうよ。食べないなら引き受けるけど？」

「それこそ大きなお世話だ。これは俺のだ！」

「だったらさっさと食べなさい」

「おう！」

そして和紗はしばし黙って酒と料理を堪能《たんのう》した。その間にも村越は、店の女将に先程失敗したばかりの煮魚について語り、初心者が挑むにはハードルが高い料理だと笑われていた。まったくそのとおりだと思うけれど、失敗談を披露しつつ、『煮崩れを防ぐためには蒟蒻《こんにゃく》を一緒に煮ればいい』なんてコツを聞き出すテクニックはさすがだ。

「あー美味しかった。満腹満腹。いい店に連れてきてくれてありがとう」

「どういたしまして。腹一杯になったところで、ちょっと相談があるんだが……」

「うわっ、やっぱり紐《ひも》付きか！　あんなに奢《おご》りにこだわるなんておかしいと思ったら……」

「人聞きの悪い。たまたま重なっただけだ」

「信用できない。でももう食べちゃったし、ここはあんたの縄張りだから割り勘っていうのもなんだし……」

「よく言うよ。この間の荻窪のラーメン屋だって俺の縄張りじゃねえか」

「あれは縄張りとは言わないでしょ。別に馴染みでもなさそうだったし」

「よく見てやがるな。ま、その観察眼を見込んで、相談に乗ってくれよ」

お願いいたします、滝田様！　と村越は両手を合わせて拝んでくる。

折好《よ》く食後の熱いお茶が運ばれてきた。このお茶がなくなるまでの間に終わるような話ならいいけど……と思いながら、和紗は村越の話を聞くことにした。

「事務員のことなんだけどな……」

「……って言われても……どの？」

「ああ、ごめん。うちの戸塚」

「由美ちゃん？」

「そう。実はさ……」

村越が声を潜めたのは、周りの客を気にしてのことだろうけれど、いささかやり過ぎで聞き取りにくい。

先程エレベーター前で出会った由美は、見るからに心配事を抱えているような感じだった。おそらく村越もそんな由美の様子が気になっているのだろう。これは話を聞かないわけにはいかない。でも、さすがにここでは……。

和紗は慌てて、話し始めようとする村越を遮った。

「ちょっと待った。それってここでして大丈夫な話？」

「あんまり……」

「まったく……だったらもうちょっと場所を考えなさいよ」

「考えたからこそ、うちに呼んだんだ。なのに……」

ここに至って、初めて和紗は、なぜ村越が煮魚と純米大吟醸を餌にしてまで自分の部屋に連れて行ったのかを理解した。人に聞かれる心配のないところで、この話をしたかったのだ。

店にはまだ客がたくさんいるし、店員は忙しそうにテーブルの間を行ったり来たりしている。何より、元々食堂だっただけに客の回転も速く、食事を終えたあと長々と居座れる感じではない。かといって、今から村越の部屋に戻るのは面倒だった。

「場所を変えるか……」

そう言いつつも、村越は近場に喫茶店もないしなあ、と思案顔である。和紗はふと思いついて口を開いた。

「この近くにカラオケボックスがあったよね？」

「カラオケ？　人が相談したいって言ってるのに、カラオケっておまえ……」

「ばっかねえ！　知らないの？　今時のカラオケボックスっていろんなことに使うのよ」

最近のカラオケボックスは、歌うだけが用途ではない。高い防音性を生かして楽器の練習をしたり、仮眠を取ったりする者もいる。学生が打ち合わせに使うこともあるそうだし、相談事にはもってこいだ。

「なるほど……確かにカラオケボックスなら何しゃべってても人には聞かれないな」

「でしょ？　あそこけっこう古くてガラガラみたいだし、空きがあるなら移動しようよ」

さくっと調べて、と和紗に命令され、村越は直ちにスマートフォンでカラオケボックスを検索し始める。幸い空室があり、その場で予約した。

「予約完了。じゃあ行こうか」

「了解。但し、そっちは私が払う」

「こだわるなあ……」

「あんたとの間は極力イーブンにしときたいの」

「へー」

カラオケボックスは二〇〇メートルぐらいしか離れておらず、村越の馬鹿にしたような返事にむかついている間に到着した。

「OK。で、由美ちゃん、どんな感じなの？」

注文した飲み物が届くのを待って、和紗は話を切り出した。

「なんか最近元気がなくてさ。今までは仕事中にぼんやりするような子じゃなかったのに……」

前任の久代風花が優秀な事務員だっただけに、営業一課の面々は彼女がいなくなったあとどうなるのだろうと不安を覚えたらしい。だが、由美の真面目で堅実な働きぶりを知り、これなら大丈夫と安堵《あんど》した。ところが、ここしばらく、由美の様子がおかしい。なんだか心ここにあらず、これまでなら考えられないような仕事上の失敗が目につくようになった。一時的なことかと思っていたが、その状態が一ヶ月近く続き、さすがにこれはおかしいと心配の声が上がり始めているらしい。

　要するに、いったい彼女に何が起こっているのだ、ちゃんと調べて可及的速やかに対処しろ！　だった。

「原因はわからないの？　小杉課長に訊《き》いてもらうとか？」

「課長も訊いてはみたらしいんだけど、埒《らち》があかなくてさ」

　小杉は女性だから由美も話がしやすいのではないかと思ったそうだ。だが、面談してみても、由美は小さくなって『気をつけます』と繰り返すばかりで、詳細について話そうとはしなかったらしい。

「課長に言えないような悩み事？　仕事のことじゃないのかな……」

「わからん。でも、実際に支障が出てる以上、仕事と無関係なんて言ってられない」

「だよね……プライベートであろうがなんであろうが、仕事が手に付かないようならなんとかするしかないよね」

「ってことで、よろしく頼むわ！」

「は？　私？」

「おまえ、彼女と仲いいだろ？　それとなく話を訊き出してくれよ。原因さえわかればあとはこっちでなんとかするから」

「えーそういうのって、風花ちゃんのほうがよくない？」

年も近いし、毎日のように昼食を共にしているのだから話す機会も多いだろう。だが、村越は首を横に振った。

「久代みたいに元気でしっかりした感じの子って、意外と戸塚みたいな子の悩みが理解できないと思わないか？　若いからぱんぱーんって割り切った、しかも優等生的な答えが出てきたりして。おまえは経験が豊富だから、ぐだぐだになっちまう人間の気持ちもわかるだろう？　上司でもないし、なにより彼女、普段からおまえのことを頼りにしてるみたいじゃないか。上手《うま》く訊き出せるんじゃないかなって」

経験が豊富……それは年食ってるってことか？　と微妙にむっとしながらも、和紗は同意した。

「うーん……まあ、そう言われればそうかも」

「な？　ということで、一度、彼女に話を訊いてやってくれ。頼むわ！」

村越がそう言ったとたん、小さく流れていたBGMの曲が変わった。

ヤバイ……これ、こいつのお気に入りのアーティストじゃん……と思う間もなく、村越はそこにあった端末で曲を検索し始める。

「これはちょっとスルーできない」

「え、マジで歌うの？」

「カラオケボックスで歌わずしてなんとする。接待に行くと二次会は必ずカラオケなんだぞ。みんな俺の美声が聞きたいんだってさ」

今日は接待ではないが特別に聞かせてやる、と偉そうに言うと、村越はコードを入力し送信ボタンを押す。心配事を丸投げしてすっきり、とその顔には書いてあった。

＊＊＊＊＊

あほすぎる……。

翌朝、目覚めたとたんに喉《のど》に微妙な違和感を覚え、和紗は大後悔に陥った。長年の営業職、しゃべりと喉には自信があったが、さすがに昨夜はやり過ぎた。

村越によるカラオケ独演会が三十分以上続いたところで、和紗は、入力端末を取り上げた。

もう勘弁ならん！　何が悲しくて、カラオケボックスで一方的に聴衆に甘んじなければならないんだ。どうせお金を払うなら、こっちだって楽しまなければ損だ！

割り込み入力でどかどか曲を入れた結果、ふたりが歌い終わるのにかかった時間は丸三時間。途中で終了時刻を知らせる電話がかかってきたが、村越はなんの相談もなしに勝手に延長し、その後も端末を奪い合いながらの歌合戦が続いた。

我ながら、そんなことでまで張り合ってどうする、と呆《あき》れるばかりだ。しかも、お土産が嗄《か》れ果てた喉ときた日には、営業の自覚があるのか！　と自分で自分を叱りつけたいほどである。せめてもの救いは、週末で誰とも会話せずにすみそうなことだった。

昨夜はまんまと村越の策に嵌《は》まり、自炊サードトライが叶《かな》わなかった。ここはひとつ、朝食にチャレンジだ。朝食なら夕食ほど大々的に失敗することもないだろう。村越に豆腐と油揚げを進呈したのは失敗だった。あれさえあれば純和風の朝食になったのに、と思いながら、和紗は冷蔵庫を開けた。

「パンよーし！　卵よーし！　コーヒーよーし！」

いちいち確認しながら取り出した食材を、シンクの隣にある調理スペースに運ぶ。小さなまな板を置くだけでいっぱいになってしまうぐらいの狭さだが、あるだけマシ。学生時代の友人など、このスペースすらなくて、シンクにまな板を渡して調理していた。それでも和紗よりもずっとまともな料理を作っていたから『弘法《こうぼう》筆を選ばず』という言葉はあながち間違っていないのだろう。

トーストを焼くことに失敗するとは思えない。週に一度や二度は焼いているのだから大丈夫に決まっている。ここに卵料理のひとつもつければ立派な朝食になる。

「あ、そういえばキャベツがあった……」

べちゃべちゃの野菜炒《いた》めを作ったときに買ったキャベツが残っているはずだ。あれを刻んで皿に敷き、卵をのっけてチンすれば巣ごもり玉子ができる。実家にいたころ、母親がよく朝ご飯に作ってくれたのだ。フライパンを持ち出す必要もないし、レンジだから多少熱しすぎても焦げたりしないだろう。

ざくざくざく……と言いたいところだが、ざく……ざく……ざ……く……ぐらいのたどたどしさでキャベツを刻む。野菜炒めと変わらないような大きさになってしまったけれど、あまり小さすぎると卵が固まる前にへなへなになってしまう。

少し歯ごたえが残るぐらいが好みなんだから、これでいいのだ！　と大きく頷《うなず》き、和紗はキャベツの上に卵を割り入れた。

和紗が黄身にダメージを与えずに卵を割れる確率は三分の一。幸運にも本日は三分の一にばっちり当たったらしく、卵はキャベツの上に美しく鎮座した。

「よっしゃ。あとはこれをチンして……確か時間は二分……その間にコーヒーを……」

二分というのは母親から聞いた。あー今日も学校か……と嫌々起き上がって台所に行くと、皿にはすでにキャベツと卵が乗っていて、洗濯物を干している母の声が飛んできた。

『自分でチンしなさい！　二分ね！』

週に三、四回は聞いていた言葉なのだから、忘れようがないのだ。

パンは既にトースターに入っている。今の間にコーヒーを用意すれば、パンと卵とコーヒーが同時に出来上がる。

コーヒーはインスタントだからポットのお湯を入れるだけ、今朝の私に死角はない！

ところが、ご機嫌でマグカップにお湯を注いでいた和紗の耳に飛び込んできたのは、どこかで聞いたような不吉な破裂音だった。

「おーまい、がーーーー！」

レンジの神はあくまでも和紗に微笑まない。ファーストトライでボロネーゼ爆弾を炸《さく》裂《れつ》させたレンジは、今日も元気に破壊活動中。和紗の大好きな巣ごもり玉子は、ぱんっ！　という乾いた音と共にレンジ全体に飛散していた。

「たまごおおーーー‼」

いったい何でこうなった……時間だって間違ってない。皿の大きさも実家で使っているのと同じなのに……。

そして和紗はキャベツとわずかな白身だけになった皿を取り出して、あっ！　と声を上げた。

「またか！　またラップなのか！」

母がレンジに入れるだけにしてくれていた皿には、必ずラップフィルムがかけられていた。目の前の皿にはそのラップがない。かけた覚えがないのだからあるはずがない。

かくして和紗の朝食はいつもどおり、トーストとコーヒーのみとなった。トーストはふっくら黄金色の焼き上がり、コーヒーだってインスタントにしては上等の味だったが、目の端に入り込むレンジの後始末を思ったら、味わうどころではなかった。

スマホがメッセージの着信を知らせたのは、和紗が巣ごもり玉子になり損ねた卵の片付けを終えたときだった。

送信者は村越。まさか、というよりも、やっぱりな、という感じで、思わず和紗はにやりとする。

あの『営業はまず会話ありき』がポリシーみたいな男が、電話ではなくメッセージをよこしたところを見ると、やつの声帯も幾ばくかのダメージを受けているのだろう。ざまあみろ、だ。

『昨日依頼の件、作戦会議が必要と思われる。煮魚のリベンジをかねて昼食作成予定。集合は十二時三十分、我が家までご足労乞《こ》う』

なんじゃこの上から目線なメッセージは。しかも、作戦会議ってなんだよ。由美ちゃんは難攻不落の要塞《ようさい》か！　ご飯にでも誘って話を聞くだけじゃいけないの？　乞う、とか書いてあるけど明らかに命令だよな、これは。

百歩譲って、作戦会議が必要だというのなら、なぜ昨日のうちに済ませなかった。十曲も二十曲もマイクを取り合いながら歌い狂ってる場合じゃなかっただろう。

いっそ華麗にスルーしてやろうかと思ったけれど、やつのしつこさは身に染みてわかっている。

和紗にしても由美は数少ない女性の同僚、年下だし、あの憂い顔を見たあとでは心配に決まっている。自分にできることなら何でもしてやりたかった。

ここはひとつ、由美ちゃんのために涙を飲んで共同戦線を張ろう。

そう判断し、和紗は直ちにメッセージを打つ。

『了解。昼食作成ご苦労。健闘を祈る』

微妙というよりも明らかに上から目線。もはや、頭の押さえ合いでしかなかった。

和紗は首を傾げる。

とはいえ……やつが昼食作成に成功するとは限らない。空《す》きっ腹で話し合いなんてごめん被りたい。ここは弁当持参だ！

時計はまだ午前十時になったばかり。村越のマンションは駅を挟んで向こう側だが、営業で鍛えた自慢の足なら十五分とかからない。十二時三十分……いや、五分前集合は社会人の常識だから十二時二十五分着として、出発時刻は十二時十分。弁当作成に割ける時間は二時間ある。

ＯＫ、問題ない。いくら私がメシマズ女王でも、二時間もあったら弁当ぐらい作れる、一回ぐらい失敗してもやり直せる……はずだ。

ということで弁当作成のための第一工程、食材ゲット……の前に、和紗はパソコンを立ち上げた。

「まずはメニュー確定、レシピ検索、それに従った買い物！　本日こそ死角なーし！」

死角なし、が本当だったためしはないけれど、何事にも初めてということがある。自炊大成功の『初めて』は今日このときだ！

根拠ゼロのままそう信じることにして、和紗は『簡単』『弁当』『失敗なし』という三つの単語を検索窓にたたき込んだ。

「失敗なしで彼も喜ぶ……？　うへえ……これ、デート弁当じゃん！　何が悲しくて、デート弁当を抱えてあの男を訪ねなきゃならんのだ！」

　それにしても、ひとり暮らしってほんっと、独り言が増えるな……と思いながら、和紗は『デート弁当』のレシピを確かめる。

　おにぎりは難しいから『おにぎらず』ね……。なるほど確かに、三角にしても俵形にしてもご飯を握るというのは難しいな。ひとつふたつならまだしも、ふたり分となったら四つや五つはいるだろう。形を揃えるなんて無理すぎる。それなら『おにぎらず』のほうがいい。でも、これって『おにぎらず』っていうよりご飯の海苔《のり》サンドじゃないの？　いくら簡単とはいえ、もしこれが『おにぎらず』っていう名前じゃなかったらここまで浸透しただろうか……。ううむ、販売戦略においてネーミングが果たす役割は大きい……って、なに仕事モードに入ってるんだ、そんな場合じゃない！

　ふと目をやった時計表示は既に十時三十分。ご飯を炊くとしたらすぐに取りかからなければならない時刻になっていた。だが、慌てて台所に行って米を洗おうとした和紗は、昨晩村越に進呈してきた豆腐と油揚げの存在を思い出した。

「たぶん、味噌汁《みそしる》は作ってる……」

　味噌汁を作るとなると当然主食は米だ。和紗の、ご飯と味噌汁と漬け物があればなんとかなる！　という主張に従うならば、献立は一汁一菜になるはず。だが、人を呼びつけておいて一汁一菜はひどい。いくらあの男でもそれぐらいの常識はあるだろう。おそらく、何か主菜を付けてくる。

さすがに炊飯器でご飯を炊き損ねるのは自分ぐらいだという自覚はある。やつが失敗するのは主菜のほうだろうから、お助けグッズとして持って行くべきはご飯やパンといった主食ではなくおかずだ。そもそも弁当全部を作るのは大変、というか、失敗の確率が上がるだけだ。それならなにか一品、ご飯のおかず作成に集中すべきだろう。

和紗は台所に向かいかけた足を戻し、今度は立ったままパソコンを操作する。呑気《のんき》に座って検索している時間はない。和紗はさっきの『デート弁当』のページをぐいぐいスクロールさせ、おかずのところに辿《たど》り着いた。

唐揚げ、エビフライ……？

昨今は年季の入った主婦でも揚げ物は嫌うと聞いた。自炊サードトライ、かつ二連敗中の私が揚げ物とか無理に決まってる。

照り焼き風ミニハンバーグ……？

挽肉《ひきにく》をこねて丸めて真ん中にマヨネーズを絞ってタレを絡ませ……。それのどこが『簡単』なの？　それにそういうの冷食売り場で見たことあるぞ。奇跡的に成功したとしても、あの毒舌大王に「これ、冷食だろ？」なんて言われかねない。そうなったら『同期営業マン殺人事件』が発生してしまう。

だし巻き玉子……？

すまんが当分卵は見たくない！

そんなこんなでどんどんパスしていき、最後に残ったのは『ウインナー炒《いた》め』。しかも幼稚園児もびっくりのタコ形である。

「うわあー懐かしい！　タコさんウインナーだ！　ちっちゃいころ、よくお弁当に入れてもらったなあ……」

しかも和紗の母が作ってくれたタコさんウインナーは赤いウインナーをタコの形に切って炒めただけのものではなかった。タコの形に切るのは同じだけれど、赤いウインナーではなくごく普通の茶色のやつをケチャップとソースで炒めて赤くしたものだった。出来たてはもちろん、冷めても美味《おい》しくお弁当にはぴったり。遠足や運動会でお弁当を開く度に、和紗はいの一番にウインナーに箸《はし》を伸ばしたものだ。

母のタコさんウインナーならご飯にもぴったりだし、万が一村越が、豆腐と油揚げを放置してサンドイッチ系に転んでも大丈夫だ。ウインナーはパンにも合うし、麺類《めんるい》がでてきたところで箸休めになるはずだ。作るのは極めて簡単、しかもウインナーならそこらのコンビニでも買える。連戦連敗中の和紗には分相応の素晴らしいメニューだった。

和紗は、アパートから一番近いコンビニでウインナーを二袋とケチャップを買い、意気揚々と帰宅した。幸いソースは冷蔵庫に入っている。賞味期限が怪しいかもしれないけれど、加熱するのだから大丈夫だろう。

「すごい……ちゃんとできた！　滝田和紗、遂《つい》に成功!!」

ウインナーはどれもきちんとタコ形になり、足一本の欠損もない。奇《く》しくも、『メシマズ』すなわち不器用ではないと証明した形である。和紗は子どものころから工作は得意だった。

味見と称して口に放り込んだウインナーは、ケチャップの甘さとウスターソースのぴりっとした刺激が見事に調和。まさに、かつて母が作ってくれたタコさんウインナーのケチャップ炒めそのものの味だった。

どうしてもお母さんの味にならないの～なんてほざく馬鹿女出てこい。私は見事に母の味を再現したぞ！

横断幕を張れ！　マスコミの取材はまだか！　そう叫びたくなるほどだった。

たかがウインナーを炒めたぐらいでなんの騒ぎだ、と言われそうだが、それぐらい嬉《うれ》しかった。とにかくひとつの料理をちゃんと完成させ、それが美味しかったことが……。

「たぶん、あいつは馬鹿にするんだろうけどな……」

他人の評価なんて関係ない、とにかく完成！　とタコさんウインナーズをプラスティック容器に入れ、和紗は鼻歌まじりで部屋をあとにした。

心なしか、かすれていた声が元に戻ったような気がする。朝から舐《な》め続けたのど飴《あめ》の効果、あるいは成功によるハイテンションによるものか。いずれにしても、余は満足じゃ、だった。

「ちーっす！　滝田和紗参上！」

上機嫌のまま村越のマンションに到着した和紗は、やつの部屋の呼び鈴を押し、インターホン越しに元気一杯で挨拶《あいさつ》をした。ところが、返ってきたのはこちらよりも二割増し元気な声だった。ただし、予想どおりやつの声は幾分かすれている。

「おー、早かったな！」

「別に早くない。十二時二十五分。五分前集合は原則でしょ」

「感心感心、まあ入りたまえ！」

なんだこの上機嫌……さては、こいつも料理に成功したんだな。失敗料理を食べるのは嫌だけど、私よりも上手にできてたら、それはそれでむかつくな……。

ウインナー炒めよりも簡単な料理なんて思いつかない。当然村越が作ったもののほうが難易度は高いはずだ。それで失敗してくれればなんとかイーブンだが、成功したとなると軍配は村越に上がってしまう。

和紗は微妙にテンションを下げつつ、ドアの向こうの家主に開門を要求した。

「とにかく開けてよ」

「開いてるー」

鍵《かぎ》もかけてないなんて不用心すぎるだろう！　と半分呆《あき》れながら、和紗は勢いよくドアを開け、部屋の中へと足を踏み入れた。

「あ……いい匂い……」

部屋の中には、醬油《しょうゆ》がほどよく焦げた匂いが満ちていた。

部屋の広さは八畳、もしかしたら十畳ぐらいあるのだろうか。相変わらず雑然として足の踏み場もない。それでも、とりあえず食卓兼用のこたつの上からは雑多なものが取り除かれ、真ん中に大盛りの生姜《しょうが》焼きの皿が置かれていた。多少大雑把に見えるけれど、刻んだキャベツも添えられている。

「まずは昼飯だ！」

ご機嫌な村越はさくさくとご飯を茶碗《ちゃわん》に盛り、続いて味噌汁も注ぎ分ける。具は昨日進呈した豆腐と油揚げ、さらにはワカメまで入っている。しかも、ワカメの量は適正。出汁《だし》の香りもほのかに漂い、和紗のようにワカメの味噌煮と見まがうような仕上がりではなかった。

「よっしゃ、できた！　さあ座れ！」

あーあ……なにこれ、完璧《かんぺき》じゃん。週末に男の手料理でもてなされるって、女としてどうなの？　さすがにへこむわー。

微妙に落ち込みつつ、冷める前に食え！　とうるさい男に言われるまま、和紗は席に着いて箸を取った。

まずは生姜焼き、と口に入れ、もぐもぐと噛《か》みしめたところで微妙な落ち込みはふっとんだ。村越が作り上げた料理は、確かに豚肉の生姜焼きだった。だがタレ全体が醬油に乗っ取られ、甘みの欠片《かけら》もない。あまりに醬油の香りが濃すぎて、豚肉本来の風味すら行方不明になっていた。

「む、村越……これはちょっと……」

「え……旨《うま》くない？」

絶賛されると思っていたのか、村越はあからさまに不機嫌な顔になった。こいつはほんとに味音痴……と言わんばかりの顔で席に着き、生姜焼きを一切れ口に入れる。

「なんじゃこりゃーーー！」

あんたは往年のドラマの殉職刑事か！　と突っ込みたくなるような声を上げ、村越は冷蔵庫に直行。中から取りだしたミネラルウォーターをごくごくと直飲みした。

その水を私にも寄越せ！

調味料の加減が決定的に間違っているとしか思えなかった。外で食べる生姜焼き定食の味とは比べものにならない。まるで村越の毒舌のように、とんがった味わいだった。

煮魚を作ったときは、レシピがあれば大丈夫と言い張って失敗した。そのせいで、今回はレシピを無視して作ったのだろうか……。

「これって自己流？」

「いや……煮物じゃないからフライパンの大きさは関係ないし、調味料だってちゃんと量って……ほら、そこに出てるだろ？」

そう言いながら、村越は出しっ放しになっている計量スプーンや調味料のペットボトルを顎《あご》で示した。そこには醬油、酒、みりんといった生姜焼きのタレに欠かせない調味料が並んでいた。

「やっぱり量り間違えたとしか思えないけど……あれ？　ねえ村越、あんた、みりんを使わなかったんじゃないの？」

ペットボトルに残っているみりんの量が、明らかに酒よりも多かった。酒とみりんの使用量が同じとは限らないし、これまでにも他の料理に使ったのかもしれない。だが、みりんの容器はほとんど減っていない。というよりも真新しいままなのだ。村越が料理を始めたのは和紗と似たり寄ったりの時期である。一本使い切って、買い足した新しいボトルというわけではないはずだ。

「そんなわけ……あぁっ！」

和紗に指摘され、怪訝《けげん》な顔でペットボトルを持ち上げた村越が大声を上げた。何事かと覗《のぞ》き込んでみると、みりんのペットボトルは真新しいどころか、まったくの未開封だった。

「要するに、みりんは入れてないってことだよね？」

「でもちゃんと量って入れたんだぞ！」

「……名探偵滝田和紗は、お酒をダブルで入れたのではないかと推察しました！」

「そういうことか……」

レシピと首っ引きで量っていたから、ペットボトル自体を間違えた。酒とみりんは容器も中身もよく似ている。ありがちと言えばありがちな失敗だ。

「味見しなかったの？」

「レシピどおりだから大丈夫だと思って……」

　メシマズのメシマズたる所以《ゆえん》ここにあり。味見をしない料理人なんてもってのほか、としか言いようがない。

　村越はがっかりしたまま椅子に座り込んでいる。和紗に水を提供する気はないらしい。やむなくご飯を食べてみたら、口の中の濃厚な醤油味が和らぎ、なんとか食べられないこともない、というレベルに落ち着いた。

「あ、これ大丈夫だよ。こういう味だと思えば、けっこうおかずになる……」

「いいよ、慰めてくれなくても。昨日の煮魚に続き、またしても失敗だ」

「昨日のより数段マシ！　固くもないし、焦げ臭くもない。ご飯と一緒に食べてみなよ」

　但し、肉一切れに対してご飯三口以上で、という和紗の忠告に従い、村越は生姜焼きを口に入れたあと、ご飯を大量に掻《か》き込んだ。

「ふほ……これならなんとか……」

「でしょ？　いっそ丼だと思えば……」

　グッドアイデア！　とばかりにふたりは茶碗の上に生姜焼きを載せ、わしわしと食べ進む。ご飯の比率を増やしたことで、濃すぎる味も和らいだ。

「あー美味《おい》しかった。ごちそうさま！」

　レシピどおりに作られた正しい味噌汁《みそしる》も飲み終わり、和紗はめでたし、めでたし……

と箸《はし》を置いた。肉汁と合わせて食べたキャベツが予想外に美味しく、総評すれば大満足に近い昼食だった。

「なんとかなってよかった……にしても、なんでこんなに似たパッケージにするんだ！」

「ちゃんと確かめないほうが悪いでしょ。でも前の煮魚と比べれば格段の進歩だよ。すごいすごい」

「褒められてるような気がしないが、捨てずに済んだだけよしとするか」

「そういうこと。ということで、そろそろ本題に入ってよ。ご飯はついでだったんだから！」

本題は戸塚由美救済作戦で、大量のご飯でとんがった生姜焼きをねじ伏せることではなかったはずだ。

「とりあえず、あんたの『作戦』とやらを聞かせてもらおうか」

和紗は腕組みをして、正面から村越を見据えた。ところがやつは微妙に目を逸《そ》らし、珍しくしどろもどろし始めた。

「あー作戦ね、えーっと作戦……」

「なに？　まさかのノープラン？」

じゃあいったい何のために呼びつけたの！　と怒鳴られ、村越は気まずそうに笑った。

「いやー、ただ『飯作ったから食いに来い』って言ってもおまえ絶対来ないと思って」

「当たり前でしょ！　由美ちゃんが心配だからわざわざ来てやったの！　そうでなきゃ誰が……」

「まったく不届きなやつだな。俺の手料理が食えるとなったら大喜びでやって来る女が山ほどいるってのに」

「じゃあ、そっちを呼んでやればよかったじゃない」

カラオケはともかく、ついさっきも酒ダブルの生姜焼《しょうが》きを披露したばかりなのに、何でこんなに自信満々なんだと呆《あき》れてしまう。

村越ファンクラブの一員であれば、どんな生姜焼きであっても『きゃー、美味しい！』なんてありがたく召し上がったことだろう。何が悲しくて、『馬鹿じゃないの、あんた！』なんてこき下ろす女を呼ぶのだ。マゾかこいつ、だった。

「そういうの呼んだって料理の評価なんてできないだろう？　そういう意味ではおまえが最適。不味《まず》けりゃ不味いって言うし」

「ご飯を大量に食べれば大丈夫ってフォローもしたよ」

「それも感謝。意外にいいやつだな、おまえ」

「意外にって……」

「いや、一口食って、けちょんけちょんに貶《けな》した上で、こんなもの食えるか！　って放り出すかと」

「あんたねー！　ちょっとそこの包丁貸しなさい！」

「うおっ！　凶器はいかん、素手で来い、素手で！」

それから先はお約束の展開。食器を洗っている村越の膝裏《ひざ》に軽い蹴《け》りを食らわせ、呵々大笑《かかたいしょう》。『女のくせに、足ってどういうことだ！』と呆れる村越を尻目《しりめ》に、和紗は帰り支度を始めた。そこで初めて、大ぶりのトートバッグに突っ込んできたプラスティック容器のことを思い出した。

「あ……忘れてた……」

すまん、タコさんウインナーズ。インパクトありすぎの生姜焼きのせいで君らの出番は全くなかった。でも、ちゃんと持って帰って晩ご飯に食べてあげるから安心してね！　初めて成功した『手料理』。だが、甲乙つけるとしたら、たとえインパクトありすぎだとしても村越の生姜焼きのほうが上だろう。なんと言ってもあちらは主菜、お弁当の隙間埋め要員のタコさんウインナーでは太刀打ちできない。出番がなくてよかったんだ……。

そして和紗は、小さなため息とともに、プラスティック容器をバッグの奥に突っ込み直そうとした。ところが、そのとき、後ろから長い腕が伸びてきた。

「なにこれ？」

素早くプラスティック容器を取り出し、村越は中身をじっと見た。半透明な容器だけに、蓋《ふた》を開けるまでもなくタコさんウインナーズが目に入る。

「タコウインナー！　懐かしーい!!　おまえが作ったの？」

他に作ってくれる人がいたら苦労はない！　とぶっきらぼうに答えた和紗に、村越は、まったくだ！　と完全同意だった。

「これ、食っていい？」

「さっき、お腹いっぱい食べたじゃん」

「世の中には別腹ってものがある！　おー赤い。だがこれは、明らかに他力本願による赤さであるな。ケチャップに頼るとは卑怯《ひきょう》なり滝田和紗！」

「なに言ってんの……」

確かに赤いウインナーを使わずケチャップで色をつけた。だからといって、他力本願という言い方はどうなんだ。他力本願というなら着色料に頼っている赤いウインナーだって同じだろう。

和紗のそんな思いをよそに、村越は嬉《うれ》しそうにプラスティック容器の蓋を開けている。まさかこいつがここまでウインナー好きとは思いもしなかった。

「うわーこれやばっ！　ビールが欲しくなる！」

「あ、わかる！　出来たてのときとか、マジでやばかった」

熱々のが食べてみたい、と言う村越に、簡単だから今度やってみなよ、ウインナーをケチャップとソースで炒《いた》めるだけだから、と伝えた。ところが、村越は微妙な顔をしている。親指と人差し指でタコさんをひとつつまみ上げ、マジマジと見入っている。

「この味加減はウインナーがタコ形に切ってあるからこそだ。適当に斜めに切っただけじゃこうはいかないだろう。俺には無理っぽい……おまえ、この足、よくこんなに揃えて切れたな」

そこか……ってか、手づかみはよせ、行儀悪すぎだろう、と思っている間も村越のタコさんウインナー観察は止まらない。ひとつつまみ上げては足を数え、ちゃんと八本ある！　と呟《つぶや》いては口の中に……。そうこうしているうちに、ウインナーはすべて村越の胃に収まってしまった。

「ぜ……全滅!?　今晩のおかずにしようと思ったのに！」

「いいじゃねえか。どうせ、ここで食うために持ってきたんだろ？」

「あんたがしくじったときのためのフォロー要員だったの！　生姜焼きでなんとかなったんだから当然お持ち帰りでしょうに」

「失敗前提かよ……でも、よかったな。お互いになんとか一勝できて」

和紗は、次に出てくるのが、豚肉の生姜焼きに比べればウインナー炒めなんて、という台詞《せりふ》だったら、もう一発蹴りをお見舞いしようと身構えていた。だが、やつの口から出てきたのは意外な言葉だった。

「生姜焼きはインパクトありすぎて減点。ウインナー炒めは完璧《かんぺき》なタコの足で加点。まイーブンってとこだな」

この男にしては珍しすぎる謙虚さだ。いつもと異なる対応は気持ち悪い。熱でも出かかっているのかもしれない。夏風邪は馬鹿が引くものと決まっているが、こいつは仕事こそできるものの別な意味で大馬鹿者だから罹患《りかん》する可能性はなきにしもあらず。伝染《うつ》されないうちにさっさと退散するがよろし。

ということで、和紗は村越から空になったプラスティック容器を回収し、玄関に向かった。

「じゃあ、帰るわ。ごちそうさま、また月曜にね」

「おう。今度はガチで飯バトルやろうぜ」

「飯バトル？　なんで？」

「おまえも料理が上手《うま》くなりたいんだろ？　だったらひとりでやるより評価する人間がいたほうがいいじゃないか。目茶苦茶料理が上手いやつが出てきて貶しまくられたらへこむけど、俺たちならどっこいどっこいだと思わない？」

思いません！　と即答したかった。たぶん、チャレンジ精神まで含めれば今現在、料理の腕は村越のほうが上だ。だが、それを認めるのはあまりにも癪《しゃく》だし、この男とふたり並んで料理を作るなんてまっぴらだった。ところが、それを阻むような台詞が降ってきた。

「それともなに？　太刀打ちできない、とかで最初から白旗？」

どうしてこいつはこうもこっちの負けん気を煽《あお》ってくるかな……。だが売られたけんかは買わねばならぬ。営業成績では負けっ放しだけど、料理ならまだ勝てるかもしれない。

「んなわけないでしょ！　いいわよ！　上等よ！　絶対吠《ほ》え面かかせてやる！」

「よっしゃ。じゃあ来週、おまえんちな」

「なんでうち⁉」

「ハンデだ。ありがたく受け取れ。使い慣れた台所のほうが有利だろ」

使い慣れてればね……という屈辱的な台詞を呑《の》み込み、和紗は無言で手を振る。『バイバイ』と『しっしっ』のまさに中間の振り加減になって、正直すぎるだろう自分、と苦笑いが湧く。今週分の村越の持ち時間は終了、いや超過もいいところだった。

第三章　砂浜風味のアサリバター

戸塚由美と話せないままに一週間が過ぎた。気にはしていたものの、多忙のあまり昼食時に会社に戻ることができず、ようやく帰社したときには既に由美は退社していた。

そんなこんなで迎えた翌月曜日、外回りを終えて営業二課に戻った和紗は、そこにいた全員から拍手で迎えられた。

柿本が嬉しそうに声をかけてくる。

「さすがだな、滝田！」

えへへ……と思わず頬が緩む。和紗が勇者扱いされる理由は明白だ。このところ株式会社カジワラ営業二課は入札に連敗中だったが、今日は久々に快勝、大型物件の成約に漕《こ》ぎ着けた。担当した和紗が称賛されるのは当然だ。

和紗自身、入札数字については念には念を入れたものの、他社に出し抜かれるのではないかと気が気ではなかった。それだけに喜びは一入《ひとしお》、ついうっかり軽口を叩《たた》いてしまう。

「世界征服を狙う私に、入札のひとつやふたつ屁《へ》でもありません！」

「だから『屁』とか言うな！女のくせに」

「あ、『女のくせに』って言った！　セクハラでーす！」

こんな風に元気よすぎる会話を繰り広げず、素直に『ありがとうございます』と艶然《えんぜん》と微笑むことができれば、課長だって少しは私に傾いてくれるかもしれない。もしも恋人がいたとしても結婚してるわけじゃない。遠くの親戚《しんせき》より近くの他人というではないか。忙しくて会えない恋人よりも、毎日朝から晩まで顔を合わせている私のほうが有利……なんて言ったところで、急におしとやかになんてなれるはずもない。わかっていても変えられないことってあるよねえ……。

残念すぎる自分に複雑な思いを抱きつつ、和紗は呆《あき》れている柿本に入札関係の書類を差し出す。受け取ってぱらぱら捲《めく》った柿本は、ふう、と大きなため息をついた。

「よくやってくれた。さすがに四連敗は免れたかったから、正直ほっとした」

「私を誰だと思ってるんですか。目下営業賞争いまっただ中、当社きってのエリート営業マンですよ」

依然としてカラカラ笑い続ける和紗に、柿本は苦笑い。だが、和紗の台詞は、いきなり入ってきた例の男に否定された。

「異議あーり！　今期の営業賞はほぼ俺で決まり。当社きってのエリート営業マンはこの俺様だ」

「出たな村越！」

今日受注に漕ぎ着けた現場は、一般住宅とはいえ大規模分譲の建売で、金額的にも相当大きい。村越が一、二件受注に失敗すれば、一発逆転を狙える規模の契約だ。やつだって人間だ。何かの加減で受注し損ねる可能性だってゼロじゃない。もちろん、そうなれば会社としてはまったく洒落《しゃれ》にならない事態で、積極的に望みはしないけれど、結果としてそうなった場合に喜ばずにいられるほど自分は高潔じゃない。

「結果は最後の最後までわかんないでしょ！」

「へいへい、さいざんすねー、だ。柿本課長、ちょっと数字見せてもらっていいですか？」

村越の台詞は許可を求めるものではあったが、拒否されるなんてまったく考えていない。その証拠に、やつは言い終わると同時に、柿本の手にある書類を覗《のぞ》き込んだ。

「あーなるほど……この数字か。いいとこ突いたな……」

そして彼は握った右手の親指だけを立て、ＯＫサインを出した。

偉そうに……と思いはしたが、やつにしてみればこれは最大の称賛。褒める気持ちがあるだけマシと判断して、不問に付すことにした。

「ということで、本日は祝勝会！　さっさと仕事片付けて、呑みに行くぞー！」

柿本の一声で、営業二課の面々が歓声とも悲鳴ともつかない声を上げる。課長自ら呑み会を提案したのだから、なにがしかの資金投入はあるはずだ。自腹か会社経費か定かではないが、乗り遅れるわけにはいかない。とにかく目の前の仕事を終わらせねば！

とばかりに全員が机にかじり付いた。

にわかに仕事モードに切り替わった営業二課の室内を眺め、村越はなにやら頷《うなず》きつつ営業一課に戻っていった。さすがに、部外者がいつまでも居座る雰囲気じゃないことに気付いたのだろう。

ところが、ものの数分もしないうちに今度は小杉がやってきた。

「例の物件、取ったんですって？　久々の大型物件落札ね！　おめでとう！」

柿本はわざわざ隣の課長がやってきたことに驚きながらも、得意そうに応じる。

「どうも。いや、ここのところの入札、負け続きだったんで本当にほっとしました」

「滝田さんの担当なんですってね。さすが、営業二課のエースね」

「いやいや……そちらのエースには……」

その言葉を聞いたとたん、和紗は、それはないよ課長……と情けない気持ちになる。

謙遜《けんそん》は日本人の美徳ではあるが、かわいい部下、しかも大型物件を取ってきたばっかりなんだからもうちょっと褒め称《たた》えてくれてもいいじゃないの。いくら村越がすごい数字を積み上げまくっているとしても……。いや、ちょっと待てよ……あいつも今日なにやら慌ただしげに走り回ってたけど……。

まさか、また数字を伸ばしてきたんじゃ……という嫌な予感は、次の小杉の言葉で裏付けられた。

「まあ、うちも今日は快勝だったし」

「あー……やっぱりあの競技場、ゲットしましたか……」

競技場!?　ってことは、あの建て替えで大騒ぎのところか……あの物件、村越が取ったんだ……。

もうどうやっても追いつけない。これで今期の営業賞はやっに確定である。

柿本と小杉は、いやーめでたい！　なんてハイタッチで喜んでいる。会社としては大型物件がふたつも決まれば嬉《うれ》しいに決まっている。営業賞を誰が取るかなんて二の次なのだろう。

その証拠にふたりは合同祝勝会の相談まで始めてしまった。

「うちはこれから呑みに行こうって言ってるんですけど……」

「あ、ほんと？　実はうちもなの。じゃあ、合同祝勝会ってことにして、部長からなにがしか……」

「グッドアイデア！　親睦《しんぼく》費と部長のポケットマネーと両方かっさらいましょう！」

善は急げ、とふたりは連れだって部長室に行ってしまった。

さらに仕事モードに拍車がかかる中、やさぐれているのは和紗ひとりだった。

あーあ……なんなのよ、合同祝勝会って……。あの競技場と比べられたら私が取ってきた物件なんて半端もいいところ。どうせ祝ってくれるなら、ぱーっと私だけにスポットが当たるようにしてくれてもいいのに……。

ぶつぶつと文句を言いながら、業務日報を書いていると、ぽーんというメッセージの着信音が聞こえた。画面を確かめると、送信者は村越、件名は『よろしく』だった。

この期に及んで、なにをどうよろしくしろと言うのだ！　とメッセージを開けた和紗は、そこに並んでいる文章を読んで更に落ち込んでしまった。

『グッドタイミング！　戸塚の件、それとなく訊いてみてくれ』

村越、悔しいけどあんたは本当に抜かりがない。こんなに突発的な呑み会なのに、それに乗じてちゃんと案件を処理するんだね。さっきだって喜んでる私に水を差さないように、自分が契約を取ったことなんて匂わせもしなかった……。

合同祝勝会と聞いて、自分は、せっかく落札に漕ぎ着けたのに、大型物件を受注してきた村越と比べられるのが嫌だとしか思わなかった。それなのに村越は、由美と和紗が自然に話せる絶好の機会と捉《とら》え、由美の悩みの種を探ろうとした。まさに器の違いを見せつけられた気がした。

突発的合同祝勝会が始まったのは午後八時過ぎだった。本当はもう少し早い時間からスタートしたかったのだが、いかんせん二十人近い大人数、入れる店が見つからない。六時から始まる宴会のあとでなら、ということでなんとか店を押さえたのだ。そのおかげで時間に余裕ができ、それぞれが仕事をつつがなく終わらせられたのは幸いだった。

「大型物件受注を祝して、かんぱーい！」

「これで上半期の売上予算は達成だー！」

「ありがとう、村越、滝田！」

周り中からそんな声をかけられ、和紗は嬉しいよりも申し訳ない気持ちで一杯になる。営業なんだから仕事を取ってくるのは当たり前、ここまで大騒ぎしなくても……と思ってしまう。しかも自分の手柄なんて村越に比べれば数分の一でしかない。いや、申し訳ないというよりも、やるせないというほうが近いのかもしれない。

一方、村越は、部屋の向こう側で受注に至るあれこれを事細かに語っている。相手からの無理難題、それをどう切り抜けたか、果てはうっかりやらかした小さな失敗まで――それはまるで村越のトークショーのようだった。

面白おかしく語ることで場は盛り上がるし、後輩たちはノウハウを学ぶ。これはこれでひとつのレクチャーなんだな……と思わざるを得なかった。

「すごいなあ……村越さん」

隣に坐《すわ》っていた山埜俊之《やまのとしゆき》がため息をついた。

山埜は和紗の大学の後輩だ。五歳という年齢差もあって在学時に面識はなかったが、たまたま新入社員歓迎会で同じテーブルに着いた際、同窓だとわかった。それがきっかけで、ちょくちょく言葉を交わすようになり、悩み事の相談を受けたりもしている。

所属は営業一課、入社以来ずっと村越の直属の部下で、教育係だった村越を尊敬して止まない。あんな営業マンになりたいと日々努力はしているが、目標は遥《はる》か彼方《かなた》、さらにすごい勢いで遠ざかっている、といったところだろう。

「悔しいけど、そのとおりだね」

和紗は、この子もきっと私と似たり寄ったりの心境だろうな……なんて思いながら言葉を返す。そんな和紗に、山埜は慌てたように付け加えた。

「あ、でも、滝田先輩もすごいです！　二課ではダントツだし！」

「ありがとう。いつかその『二課では』が取れるといいなと思ってたけど、なんか無理そうだわ」

「そんなことわからないじゃないか」

そこに言葉を挟んできたのは、向かいに座っていた柿本だった。小杉となにやら話し込んでいたようだったのに、ちゃんと和紗たちの話も聞いていたらしい。

「だっておまえら、同じ土俵で戦ったことなんてないんだぞ。うちと一課じゃ対象物件が違うんだから成果だって違って当然だ」

「課長、庇《かば》ってくださるのは嬉しいんですけど、それ、虚《むな》しいだけです。あっちはゼネコン物件、こっちはそれ以外。そもそもゼネコンを担当させてもらえないってこと自体……っと、すみません！」

和紗は慌てて謝った。その指摘は営業二課全員に当てはまるからだ。だが、周囲は気にする様子もない。よく考えれば、和紗より若いメンバーは異動の可能性があるし、柿本自身は元々『それ以外』の強化要員としてスカウトされた。入社以来ずっと営業二課で異動の気配すらない和紗とは違うのだろう。

「まあ人には向き不向きがあるし、会社の意向もあるからな。俺は、おまえと村越が同じ土俵でやり合ったら、いい勝負になるはずだと思ってるが、パイの奪い合いになってはもったいない。だからこその現状、ま、あんまりあいつのことは気にするな」

「はい……」

柿本課長、あなたはなんていい上司なんだ。あなたの褒めて育てろ方針がなかったら、私はとっくに潰《つぶ》れてた。もう一生あとをついて行きます！

柿本の指摘はもっともだし、あらゆる意味で村越と張り合うのは時間と労力の無駄だとわかっている。せめて視界をうろうろするのを止めてくれればスルーもしやすいのに……そう思って目を上げると、ちょうど村越がこっちを見ていた。

目が合ったのを確認し、視線をついっと移動させる。その先にいたのは戸塚由美だった。彼女の隣にいた風花は酒を注ぎに回っているため、今は空席になっている。絶好のチャンス到来である。

了解、とばかりに村越に頷き、和紗は由美の隣に移動した。

「由ー美ちゃん！」

「あ、滝田さん……」

「ちゃんと食べてる？」

「あ、はい。皆さん、呑《の》んでばっかりみたいでけっこうお料理が余ってて……」

「だと思った！　私の周り、食いしん坊ばっかりで全然食べられなかったの。この辺なら残ってそうだなーって、遠征してきちゃった」

「あ、そうなんですか。どうぞどうぞ」

そう言いながら、由美は手近にあった割り箸《ばし》と使っていない取り皿を渡してくれた。

本当はこんな時間に揚げ物満載の居酒屋料理など食べてはいけない身の上だが、背に腹は替えられない。和紗は枝豆や豆腐サラダ、漬け物といったヘルシーそうな料理を中心に口に運び始めた。

しばらくとりとめもない話を続けたあと、何気ない風を装って和紗は訊《たず》ねた。

「あのさ、由美ちゃん、最近なんか困ってることとかある？」

由美は大皿の焼き鳥に伸ばしかけた手を止め、まじまじと和紗を見る。

「私、やっぱり変ですか……？」

「うーん……変っていうか、元気がないみたいに見えて」

「すみません……滝田さんの目につく程なんですね……」

「仕事のこと？　私でよければ話を聞こうか？」

「あの……」

由美が口を開いたとたん、部屋の向こうで歓声が上がった。きっとまた、村越が絶妙なトークで笑いを取ったのだろうが、由美の声はその騒ぎにかき消されてしまった。

「場所、変えたほうがいいみたいだね。あ、そうだ！　私、最近、ちょっといいカフェを見つけたんだ。あいつらうるさすぎるし、行ってみない？」

　そんな和紗の誘いに、由美は驚いたような顔をした。本日の主役のひとりが中締めも済まぬうちに抜け出すというのはありなのか、と顔に書いてある。それでもすぐに頷《うなず》いたのは、やはり悩みを打ち明けたい気持ちが大きかったからだろう。由美の同意を得た和紗は、なにやら真剣そうな面持ちで話し込んでいる柿本と小杉のところに行った。

「お話し中のところすみません。戸塚さん、具合が悪いようなので、先に送って行きます」

　このところの由美の覇気のなさなら、これぐらいの嘘は余裕で通る。そう判断してのことだったが、案の定、課長たちは疑う様子もない。由美が座っている方をちらりと見た小杉が、心配そうに言う。

「……随分顔色が悪いわ。大丈夫かしら？　私が送って行こうか？」

　小杉が、あなたは主役でしょ？　と腰を上げそうになり、和紗は慌てて押しとどめる。

「しっかり祝っていただきましたし、もう片方の主役が頑張ってるから十分でしょう。戸塚さんの家は私と同じ路線ですし、なにより課長方がいてくださらないと支払いとか困ります！」

　言うに事欠いてそれか、と柿本は脱力していたが、どうやらふたりもまだ続けたい話があったらしく、そのまま和紗を放免してくれた。

うわあ……こうきたか。

十五分後、合同祝賀会を抜け出した和紗と由美は、少し離れたところにあるカフェで向かい合っていた。自家焙煎《ばいせん》の薫り高いコーヒーを前に、由美の口から語られた問題の意外さに、和紗は戸惑いを隠せなかった。

「実は……仕事を辞めようかと思ってるんです」

「え……なんで⁉」

「実家に帰ろうかと……」

確か由美の実家は北陸だったはずだ。大学進学の際に東京に出てきて、そのまま就職したと聞いた。最近こそ仕事に集中できていない様子が見られたけれど、これまでは特に支障なく勤めてきていたし、周囲からも高評価を得ていたのだ。

「えーっと……もしかしてご両親か誰かが病気とか……？」

あるいは病気ではなく老齢による介護の問題かとも思ったけれど、由美はそうではないのだと言う。

「恥ずかしい話ですけど、単純にお金の問題なんです」

東京はあらゆるものが高い。家賃にしても物価にしても郷里とは比べものにならない。自分の給料では生計を営むのが難しい、と由美は説明した。

「え、でも、うちの給料ってそんなに悪くないはずなんだけど……」

女性蔑視《べっし》の傾向があるとはいえ、単純に給料だけを比較するならば、株式会社カジワラは平均、いやそれ以上の待遇だと言える。もちろん、和紗は総合職、しかもそれなりに数字を上げているから高給といえる金額をもらっている。だが、一般事務職の由美や風花にしても、他社の同世代と比較して劣るとは思えなかった。

「由美ちゃん、すごく家賃の高いマンションとかに住んでる？　それとも欲しいものがいっぱいあって大変だとか？」

由美は浪費家には見えないし、住居にしても分不相応なところに住みたがるタイプでもない。他に要因が思いつかず、否定されることを前提に繰り出した質問に、由美は小さく笑った。

「でもないです」

「だよね……じゃあなんで？」

「借金があるんです」

「はあーーっ⁉　しゃ……」

っきん⁉　と続けそうになった口を慌てて自分で塞《ふさ》ぐ。一瞬、周囲の目が自分たちに集まったものの、ふたりして曖昧《あいまい》に笑ってやり過ごす。

堅実そのものに見える由美が、いったいどんなわけがあって借金を抱えることになったのだろう。

右も左もわからない東京、しかも彼女が通っていたのは女子大らしいし、免疫もないままに悪い男に引っかかって……という三文小説のようなストーリーが頭に浮かぶ。

その男とは切れたのだろうか。それとも現在進行形で、借金は増え続けて……と妄想がふくれあがりそうになったところで、由美が吹き出した。

「滝田さん、頭の中が大変なことになってません？」

「だって……由美ちゃんみたいに若い子が借金とか言ったら、質《たち》の悪い男や悪徳商法に引っかかったのかなあって思うでしょ」

「違いますよ。借金は借金でも、私のは奨学金です」

「あー……そっちか……」

由美は三人姉弟《きょうだい》の長女で、下に弟がふたりいるらしい。実家は貧しいとまではいわないけれど、三人を大学にやるほどの経済力はない。それを察した由美は、自分は高校まで就職してもいいと思っていたが、高校の教師から奨学金を薦められたそうだ。

「私これでも、けっこう成績よかったし、勉強は嫌いじゃなかったんです。高校にしても、進学校だったから実績も欲しかったんでしょうね。今は奨学金を使って進学する人も多い、おまえぐらいの成績なら十分奨学金がもらえるって……」

「で、もらって進学したと……」

「そういうことです。でも奨学金って就職したら返さなきゃならないんですよね。私、考えなしに必要なだけ借りちゃったから、月に三万とか五万とかの返済になっちゃって……」

こんなことならもっと少なめに借りて、足りない分はバイトでもすればよかった、と由美はことさら大きなため息を漏らした。

いくら株式会社カジワラの給料がよくても所詮《しょせん》二十代の一般職女性、毎月その額を返しながらの一人暮らしは大変だ。できれば早く返してしまいたい。実家に帰れば住居費はいらなくなるし、食費や光熱費だって今よりは抑えられるだろうから、その分返済に回せる、というのが由美の考えだった。

「でも、仕事はどうするの？　あっちに就職のあてでもあるの？」

現金収入がなくなれば奨学金は返せない。それでは元も子もないではないか、という和紗の言葉に、由美は大きく頷いた。

「そうなんですよ……それがネックなんです」

「ご両親には相談したの？」

「いいえ……。そろそろ両親も年だし、心配だからそっちに帰りたい、とだけ。父も母も、奨学金を借りる羽目になったのは自分たちが不甲斐《ふがい》ないからだって思ってて、私が返済に苦労してるって知ったら、余計に自分たちを責めちゃいそうで……」

あのとき、大学に行くって決めたのは私ですし、と由美は意外に明るい笑顔を見せた。

「それでも私、大学に行ってよかったと思ってるんです。東京での暮らしに憧《あこが》れてたところもあるし、なにより勉強が面白かった。私が後悔してないんだから、お父さんやお母さんにもすまないなんて思って欲しくないんです」

「そっか……優しいね、由美ちゃん」

「それによく考えたら私、バイトなんてしてたら、まともに卒業できてたかどうかわからなかったんですよね」

ちょっと背伸びして受験したら、うっかり合格してしまった。周りはみんな自分より優秀、ついて行くのが大変で、勉強ばっかりしていた。バイトに時間を取られていたら、片っ端から単位を落として留年しまくった挙げ句、退学になっていたかもしれない、と由美は苦笑した。

「一生懸命考えてもちっともわからなくて、周りに訊《き》きまくったおかげで友達もたくさんできました。たぶん、呆《あき》れてたんでしょうけど、みんな親切でしたよ」

他人のことなど知ったことか、と見て見ぬ振りをするものも多い。大学生などその最たるものかもしれない。だが、難しい講義をなんとか理解しようと躍起になっている由美の姿は、そんな冷めた大学生たちをも動かしたのだろう。由美は周りが親切だったと言うが、和紗には本人の人徳としか思えなかった。

「どっちにしても、両親には返済が大変だなんて一言も言ってません。ただ、都会の暮らしも十分満喫したし、そろそろ田舎が恋しくなったって……」

「なるほど……そういう言い方ならご両親も不思議には思わないよね。賢いね……」

「ただの甲斐性《かいしょう》なしです」

「あ、でも、奨学金って返済額減らしたり、一時的に猶予してもらったりできるんじゃないの？」

勤続年数が増えれば給料だって上がるはずだ。それまでの間、返済猶予にするという手もある。だが、由美はあっさり首を横に振った。

「猶予は猶予です。結局は返さなきゃならないんなら、早く返しちゃいたいんです。結婚だってしたいし」

「え？」

結婚と奨学金の返済がどう結びつくのかわからず、和紗はきょとんとしてしまった。由美はそんな和紗を見て、ケラケラと笑う。

「結婚するのに、借金背負ったままなんて嫌じゃないですかー」

「でも奨学金でしょ？　サラ金とかじゃないんだし」

「気持ちの問題ですよ。少なくとも私は、自分が使ったお金を返しきらないままに結婚なんてしたくないんです。出産とかで働けなくなるかもしれないし、その間の返済を旦《だん》那《な》さんにお願いするなんて絶対嫌」

奨学金を返済しきるまで結婚は考えられない、と由美は主張した。

「で……でも、奨学金返しながら結婚する人だっていっぱい……」

「他人は他人、ですよ、滝田さん」

はい、そうですね、以外に言葉が出てこなかった。他人がどうであろうが、由美がそう思うならそれが真実なのだ。

もう三ヶ月以上仕事を探してるんですけど、やっぱり地元じゃこれって仕事がなくて、と由美は眉間《みけん》に皺《しわ》を寄せる。住居費その他諸々《もろもろ》が浮いたとしても、低賃金では返済はままならない。働く上でのやりがいだって無視できない。由美は株式会社カジワラの仕事を気に入っているようだし、この会社の待遇に慣れてもいるのだ。満足できる仕事を探すのは大変だろう。

由美の希望に添えば、地元でいい仕事が見つかるに越したことはない。けれど、もう何ヶ月も探していて見つからないというのならば簡単な話ではないし、和紗自身、いや、株式会社カジワラにとっても、由美を失うのは辛《つら》い。かといって、彼女の経済状況が急上昇するほどの昇給は見込めない。

由美の暗い顔の原因はここにあるらしかった。

けれど、実のところ和紗は、由美の思い詰めたような様子と悩みの内容が釣り合わないような気がしてならなかった。生活は苦しいなりにも、今はちゃんと月々の返済もできている。返済を早く終わらせたいという気持ちはわからないではないが、仕事が手に付かなくなるほどの問題ではないような気がする。とはいえ、悩みの重さは人それぞれだ。和紗には大した問題に思えなくても、由美にとっては大問題なのかもしれない。

「結局、今の仕事が好きだし、私に合ってるような気がします。お金の問題さえなければ、ずっとここでお世話になりたいんですけどね……」

ぽつりと漏らした言葉に、由美の切なさが溢《あふ》れていた。

＊＊＊＊＊＊

「あ、山埜くん、いいところに。ちょっとこれ運ぶの手伝って！」

突発的合同祝勝会の翌日、和紗は営業二課に入ってきた山埜に、旧版の製品カタログが入った段ボール箱を渡した。

半月ほど前に、新しい製品カタログが完成し、各部署に配布された。不要となった旧版カタログは、各部署でまとめて資源ゴミ置き場に運ぶようにと総務課から指示が出されている。

とりあえず箱に詰めたものの運ぶのが面倒で置きっ放しにしていたが、とうとう、いい加減邪魔だ、さっさと運べ、と柿本に言われてしまった。田中にでも運ばせようと思ったが、彼は取り込み中らしくパソコンにかじり付いている。仕方がないから自分で運ぶか、と重い腰を上げたところに山埜が入ってきたのだ。

飛んで火に入る……と大喜びで段ボール箱を渡すと、すぐさま柿本の声が飛んできた。

「滝田、よその人間を使うんじゃない！」

「立ってるものは親でも使えって言うじゃないですか」

和紗はカラカラと笑って、もうひとつの段ボールを持ち上げた。旧版カタログを詰め込んだ段ボール箱はふたつあったため、二往復するか、台車を取りに行くか迷っていたが、山埜を動員すれば一度で済む。

「山埜だって仕事があるだろう。そういえば、おまえ最近ちょくちょくうちに来てるが、そのたびに滝田に使われてないか？」

よその課の雑用なんて業務外もいいところだ、と柿本は言うが、そんな正論、山埜相手に振りかざす必要はない。そもそも山埜が営業二課にやって来る目的は業務外もいいところ、久代風花にあるのだ。

山埜は風花が入社してきたときから彼女をかわいがっていたが、営業二課に転属となったことをきっかけに、彼女への恋を認識。和紗に仲立ちを頼んできた。今日だって、山埜が営業二課にやって来たのは、和紗が在社しているのを知っていたからだろう。幸か不幸か、風花は席を外しているし、助っ人に使っている間に彼女が戻ってくれば、山埜だって嬉《うれ》しいはずだ。恩は十分売ってある、荷物ぐらい運ばしても支障はない！

和紗は段ボール箱をひとつ持ち上げ、山埜にどさっと渡した。

「山埜、運ばなくていいぞ。あとで田中にでも……」

そう言いながら、柿本は田中に目をやった。だが、当の田中は依然として難航中で、パソコンの前でうんうん唸《うな》っていた。

「あー見積もりか……。明日の朝一番でいるんだったな。田中は無理か」

「かまいませんよ。もう持たされちゃいましたから」

山埜は苦笑いしながらも、段ボール箱を下ろそうとはしなかった。あらゆる意味で、ここで和紗に逆らうのは得策じゃないとわかっているのだろう。

「そういうこと。じゃ、ちょっと行ってきます」

さくさく運べ！　と山埜を追い立て、和紗は営業二課のドアをお尻《しり》で閉めた。ふたりして、紙って何でこんなに重いんだろう、と嘆きながらエレベーターホールに向かう。

ホールに着くなりエレベーターの扉が開き、中から風花が出てきた。

「風花ちゃん、エレベーター止めて！」

「あ、はい」

風花はただちに『開』ボタンを押して、閉まりかけたドアをストップさせた。

「サンキュー、助かった」

「いいえ。あ、カタログですか？　なんで滝田さんがそんなもの!?」

私が持って行きますーと手を伸ばしてきた風花は、和紗の隣にいる山埜に気付いてさらに驚く。

「や、山埜さん!?　もしかして強制動員？」

「そういうこと。間が悪かったよ」

「ごめんなさい！　じゃあ、そっちを私が……」

「いいよ。これ、けっこう重いし、女の子が持つのは大変だよ」

「だって、滝田さんも……」

「この人はもはや『女の子』のカテゴリーじゃ……」

「今、何か言った？」

「なんでもありません。滝田先輩、さっさと運んじゃいましょう」

エレベーターを止めっぱなしにしておくのも迷惑ですし、と言いながら、山埜はさっさとエレベーターに乗り込む。風花はエレベーターの『B』ボタンを押したあと、和紗と入れ違いにエレベーターを降りた。

「じゃあ山埜さん、申し訳ありませんが、よろしくお願いします」

「了解、またね」

エレベーターのドアが閉まったあと、和紗はにやにや笑いながら隣の山埜を見上げる。案の定、山埜は脂下《やにさ》がっていた。

「よかったねえ、風花ちゃんとお話しできて。しかも力仕事を引き受けるかっこいい男のイメージもばっちり。それもこれも、私の……」

「はいはい、そのとおり。すべて滝田先輩のおかげです！」

ほんの短い間ではあったが、風花と言葉を交わせた山埜はとても嬉しそうにしている。微笑ましいなあ……なんてほっこりする。だがそれと同時に、柿本の先程の指摘を思い出した。

柿本の目から見ても、山埜はちょっと営業二課に現れすぎているらしい。せっかく嬉しそうにしているのに気の毒だったが、彼のためにも釘《くぎ》を刺しておくべきだろう。

和紗は、段ボール箱を資源ゴミ保管場所に運び込んだところで、おもむろに口を開いた。

「ありがとう。助かった。それとさあ……あんた、やっぱりちょっとうろちょろしすぎ」

「やっぱり、そうですか」

「私はあんたの気持ちがわかってるから、ああそうかーってなるけど、柿本課長の目につくほどってのはまずいでしょ」

無言になってしまった山埜を慰めるように、和紗は言葉を続けた。

「仕事中にうろうろ顔を見に来るよりも、仕事が終わったあとに時間を作ったほうがいいよ。あ、ご飯に誘ってみるとか？」

「前に誘ってみたこともあるんですけど、なんかまともに取り合ってくれなくて……」

「なるほど、けっこうガードが堅いところあるのね……」

風花は、会社の懇親会や忘年会ではそれなりに男性社員と打ち解けた態度を取っているが、男とふたりきりで呑《の》みに行ったりはしないらしい。

「じゃあさ、一対一じゃなくて、他にも誘って呑み会とかにしたら？　ってか、昨日はなにしてたのよ。合同祝勝会で話す機会があったでしょうに」

「俺もそう思ったんですけど、あそこまで人数が多いとかえってだめです。風花ちゃんのファンは多いし、なにより昨日は村越さんとこに行きっぱなしで」

確かに、女性が少ない営業部において、若くて愛想のいい風花は人気者だ。彼女の周りにはいつも人がいて、山埜が入り込む余地はなさそうだった。

「ふたりきりも大人数も駄目か。じゃあ、ワンテーブルで収まる人数ぐらい？」

「ですよね……あ、そうだ！　いっそのこと、滝田先輩が来てくださいよ。それならきっと風花ちゃんも……」

「風花ちゃんとあんたと私？　もうちょっと若い子を誘えば？」

「変に他の女の子を誘って、そっちに気があると思われても嫌じゃないですか。滝田先輩なら事情わかってるし」

「だったら男を誘えばいいじゃん」

「いやです」

「ま、そうだよね」

わざわざライバルを増やすなんて愚の骨頂という山埜の意見は、ひどく納得がいくものだった。

「というわけで、滝田先輩が適任。よろしくお願いします！」

「藪蛇《やぶへび》だったか……。まあ、しょうがない。一回だけは付き合うよ。そっから先は自力で。あと、よさそうなお店探しといて。お酒と肴《さかな》がちゃんとしてるとこだよ！　チェーンの居酒屋とか却下だからね」

和紗は、若い子が好きそうな店なんて知らないから、と自虐的な台詞《せりふ》を吐きつつ、踵《きびす》を返した。資源ゴミ置き場を出たところで危うく人にぶつかりそうになって、慌ててよける。

誰だ、こんなところに突っ立ってるやつは！　邪魔すぎる！　と憮然《ぶぜん》としながら確かめると、相手は和紗以上に不機嫌な顔をしていた。

「村越！　なにやってんの？」

「おまえこそなにやってんだ。こんなとこで」

「資源ゴミ捨てに来たんだよ。ゴミ置き場に他になんの用事が？」

「こいつとか？」

「あ……そっか。ごめん、無断借用だった」

山埜は営業一課所属で村越の部下だ。いくら気心が知れた後輩とはいえ、二課の雑用をさせたところを見つかったのでは申し開きのしようがない。和紗は潔く頭を下げた。

ところが村越の仏頂面は、微塵《みじん》も揺らがない。それどころか、彼はさらに不機嫌そうに言う。

「資源ゴミ云々《うんぬん》じゃなくて、おまえら今、呑みにいく相談してただろ？　昨日呑み会やったばっかりでまたそんな話かよ。ちょっとは真面目に仕事しろ」

誰がいつどこへ呑みに行こうが大きなお世話だ！　と怒鳴り返したくなった。だが、その打ち合わせを仕事中にするのはよろしくない。村越の非難は当然だった。

「あーそれも、ごめん。就業時間中にすべきことじゃなかった。山埜くん。手伝ってくれてありがとう。さっさと戻って仕事して。あと、例の件は決まったら連絡よろしく」

「了解です。ただ、俺、あんまり日本酒が旨《うま》い店は……」

「はいはい、日本酒じゃなくてもいいよ。ビールでもウイスキーでも焼酎《しょうちゅう》でも！ってことで、またね」

バイバイ、と手を振って和紗は資源ゴミ置き場の横にある階段に足を向けた。仏頂面の男と一緒にいるのが楽しいなんて思うほどマゾじゃない。両手が重い段ボール箱でふさがっているわけではないし、村越と同乗することになるエレベーターを待つ必要などない。山埜だって脱兎の勢いで階段を駆け上がっていった。ところが、さっさと逃げだそうとした和紗の後ろから、また不機嫌な男の声が飛んできた。

「ちょっと待て。おまえ、俺に言うべきことがあるだろう！」

「は？」

「戸塚の件はどうなったんだ？」

「あーあれか」

「あれか、じゃない！　気がついたらいなくなってるし。普通ならすぐに連絡寄越すだろ！」

こっちは精一杯久代を足止めしてたのに、と村越はいよいよ不機嫌である。

精一杯と言われても、それは単にあんたがそうしたかったからじゃないの？　と言い返したくなった。

昨夜、和紗が由美と話している間、村越は数人の営業マンや風花に取り巻かれ、大いに盛り上がっていた。由美の悩みを聞き出すなんてやっかいな仕事を押しつけておいて、あんたはお楽しみかよ！　私だって一応主役なんだぞ！

結局、由美の悩みもさることながら、自分の不満に耐えかねて、和紗はその場を抜け出すことを決めたのだ。

「由美ちゃんの話はちゃんと聞いた。報告しようとは思ったけど、時間も遅かったし、今日は朝からあんたいなかったし」

夜にでも連絡するつもりだったんだよ、と口を尖《とが》らせた和紗に、村越はにわかに低姿勢になった。

「それはすまなかった。俺はてっきり……」

「てっきり、なに？」

「山埜も一緒かと」

「え、あの子も抜けてたの？」

「おまえらがいないって気付いたときには、山埜もいなかった。だから一緒に抜けたのかと思ってた。抜けるのはいいにしても、なんでわざわざ山埜まで連れてくんだ、それじゃあ話なんてできないだろうって……」

あー……山埜も堪えかねたんだろうなあ……。

昨夜の祝勝会は、和紗にとって面白いものではなかったけれど、風花を想う山埜だって同じだ。

風花は村越にくっついて離れなかったし、村越も愛想良く応《こた》えていた。目の前で仲良くしているふたりを見ているうちに堪えがたい気分になった山埜は、和紗たちが抜けたのを機に自分も抜け出したに違いない。

「とにかく由美ちゃんとはふたりきりで話した。でもって、今はあんたの言うとおり『仕事中』だから詳細はあと」

だが、話を切り上げようとした和紗に、村越は平然と続きを要求した。

「呑み会のセッティングと一緒にするな。実際に支障が出ている以上、戸塚の話は業務範囲内だ」

なんて勝手な解釈、と呆《あき》れそうになった。けれど、村越は目の前に立ちふさがって動こうとしないし、こいつならいい案が出せるかもしれない。

そう思った和紗は、由美の状況についてかいつまんで説明することにした。

「奨学金かあ。そう言えば、俺の知り合いにも結婚が決まって、相手の子が奨学金返済中なのがわかってもめたってやつがいたわ」

「やっぱりもめるのか……」

「もともと共働きする気だったし、奥さんが自分の給料から返すって言うから問題ないだろうと思ってたらしい。でも、男の親のほうがうちの息子に返済を押しつける気か、って大騒ぎ」

「本人が了解してるならいいじゃん。親が口出すことじゃないよ」

「俺もそう思ったんだけど、共働きで結婚してみたら、あっという間に妊娠、経過があんまりよくなくて退職。結局、そいつが奥さんの奨学金を返すってことに」

子どもは生まれるし、収入は半減。かつかつの生活で、親の心配どおりになってしまった、とその知り合いは項垂《うなだ》れるし、奥さんもいたたまれない様子だそうだ。

「そっか……」

「今、もうひとつなんか問題が起こったら離婚一直線って感じらしい。そんな話を聞くと、結婚前に全部返しておきたいっていう戸塚の気持ちもわからんでもない。たぶん、誰か相手がいるんじゃないか？」

「あ……それでか！」

仕事を探すにあたって、由美は給与の額にとことんこだわっていた。正直和紗は、一円も返さないというわけではなし、少しぐらい減額して支払期間を延ばせばいいではないか、と思っていたのだ。今のままだって、なんとか生活できているんだからそのままでもいいとまで……。

だが、結婚したい相手が既にいるならば、急いで返済してしまいたいと思うのも無理はない。早く一緒になりたくて焦っているのだろう。

「相手の人も地元なのかも」

郷里に帰りたがっているのも、そのせいかもしれない、という和紗の意見に、村越も同意した。

「たぶんな。じゃなきゃ、東京を離れるとは言わないだろう。もしかしたら、相手は相手で事情があって急に地元に戻ったとか」

「会えない彼を想って仕事も手に付かなくなってる、ってことかな」

「まさか。戸塚に限って、公私混同とかないだろ」

いくら仕事ができてもそれとこれとは話が別、恋する乙女は複雑なのだ、と声を大にして言いたくなった。だが、この朴念仁がそんな心情を理解するとは思えない。和紗は説明を放棄して話を続けた。

「どう転んでも由美ちゃんは退職ってことか。いい仕事があればいいけど……」

「北陸にコネなんてないしなあ……」

「とかなんとか言って、実はささっと裏で手を回して由美ちゃんの就職先ゲット、とか？」

「ねえよ！」

俺をどこの御曹司だと思ってるんだ、と村越は呆れている。確かに、そんなにうまい話はそうそう転がっているものではない。

急《せ》いては事をし損じるって言葉もあるしなあ……と、考えたところで、和紗は由美の問題に派生するもっと直接的な問題があることに気付いた。

「ところで村越。由美ちゃんが辞めるってことは事務員が交替するってことだけど、それは大丈夫？　決算時期とか被《かぶ》っちゃったら大変じゃない？」

「そうか。俺としたことが、補充人事のことは全く考えてなかった。そうだよな。戸塚が辞めるってことは、うちの事務員が欠員になるってことだもんな。いや、困った……」

指摘されるまでそれに気付かないというのは、あまりにも迂闊《うかつ》だ。だが、悩みを抱えて辛《つら》そうにしている由美を見て、そこから救い出す方法以外考えられなくなったのだろう。

和紗にはひどい口ばかりきく村越の意外な一面に、和紗は思わず頬を緩めてしまった。

「やっぱりこれ、聞かなかったことにしようかな」

「まあそう言わずに、乗りかかった船でしょ」

「まさか辞めたいって話だとは思ってもなかったし、墓穴を掘ってしまった。いや、ちょっと待てよ。場合によっては熟練の久代が一課に戻って新人がそっちに行くってことも……」

営業事務としては二課よりもゼネコン物件中心の一課の方がずっと煩雑だ。事務員が不慣れで業務が滞る確率は、一課の方がずっと高いのだ。もしも由美の退職が繁忙期と重なったら、かつて営業一課に在籍し、事務を執っていた風花が返り咲く可能性も無きにしも非《あら》ずだった。

「うちの会社、前にも一課と二課の事務員をチェンジしたもんね！　それなら安心じゃない。よかったよかった……」

それなら村越の業務に支障はないし、山埜だって大喜びだ。

そう思って口にした台詞《せりふ》に、村越は怪訝《けげん》そうな顔を見せた。

「マジでそう思ってんの？　久代がうちに来ちゃったら、そっちが大変じゃん。うちが回らなくなるような時期ならそっちだってそれなりに忙しいだろう？　そんな時期に面接とか、教育とか、柿本課長が大変じゃないか」

「あ、そうか……」

和紗は思わず苦笑いした。

もしも風花が一課に戻るとしたら、欠員が出るのは二課である。

新しい事務員を選んだり、教育したりするのは柿本の、しかも明らかに時季外れ、予定外の仕事だ。二課の営業事務の混乱は目に見えている。

風花が一課に戻るなら安心、なんて呑気《のんき》に思っていた和紗は、村越と同じ穴のムジナ。しかも、二課の場合、困るのは和紗ではなく、課長の柿本である。

――今、私、柿本課長の『か』の字も考えてなかった。由美ちゃんが辞めたら村越のところは大変だけど、風花ちゃんが戻るなら万事解決だ、とか考えるなんてあり得ないでしょ。滝田和紗、あんた、本気で柿本課長が好きなんだよね？　それならもうちょっとやり方があるんじゃないの？　それもしないで村越とご飯を食べに行ったり、料理を作ったり、なんか間違ってないか⁉

和紗がうだうだと考えている横で、村越は、どっちにしても事務員交替は面倒でしかないんだよな……なんてぶつぶつ言っている。

要するに、こいつが私に絡んできすぎるのが悪いんだ。しょっちゅうそこらをうろうろしてるから、頭の中にインプットされちゃうんだよ。えーい、悪霊退散！

和紗は頭を大きく左右に振って、村越を追い払おうとした。急な動きに、村越が怪訝な目を向ける。

「なに？　どうした？」

「な、なんでもない。そろそろ課に戻らないと」

「ああ、そうだな。てか、やばい、もうこんな時間だ！」

打ち合わせがあるんだった、と叫んで、村越はゴミ置き場から駆けだしていった。エレベーターを待つ時間すら惜しかったのだろう。村越の靴音が遠ざかっていくのを聞きながら、和紗は深いため息を漏らす。

頭の中に、柿本課長より先にあいつがしゃしゃり出てきちゃうのは変すぎる。このところ、なんだかんだで一緒にいる時間が長すぎたせいに決まってる。これからは、一緒にご飯とか、呑《の》みに行くのも極力避けよう。料理対決なんてもっての外、あくまでも私のターゲットは柿本課長なんだから！

かくして和紗は改めて、業務上やむを得ない場合を除いて村越とは関わらない、と決意。徹底した『村越接近禁止令』を自分に課した。

山埜から店を決めたというメッセージが送られてきたのは、金曜日の夕方のことだった。

*****

終業直後だったのはぎりぎりの良心、あるいは村越の言葉を気にしたからに違いない。ま、仕事はもう終わったし、今なら大丈夫だよね。

和紗はそんなことを思いつつ、山埜のメッセージを開く。彼が指定してきたのは和紗が行ったことがない店だった。どんな店だろう……と検索して、和紗は思わず温《ぬる》い笑みを浮かべた。

いかにも女性受けしそうなこじゃれた店。居酒屋とカフェバーの中間ぐらいの雰囲気だったが、口コミの評価はけっこう高い。日本酒の品揃えについては特筆すべきこともなかったけれど、カクテルやサワー類の充実ぶりはすごい。さぞや甘い酒を好む風花を喜ばせることだろう。

『こんな感じでいいでしょうか？』という問いに、『大丈夫、風花ちゃんは絶対気に入るよ』と返信し、和紗は早速風花に声をかけた。

「風花ちゃん、来週の金曜、何か予定ある？」

「確か、営業部の合同会議が……」

それは仕事の予定だろう、と思わず和紗は脱力する。

若い子が『金曜の予定』を訊《き》かれたら、普通は遊びだと思うはずだ。いきなり業務予定が書かれたホワイトボードに目をやるなんて、この子はどこまで仕事熱心なんだ……と思ったものの、それはむしろ褒めるべき個性なのかもしれない。

「ごめん、訊き方が悪かったね。金曜日の夜、空いてるなら呑みに行かない？　山埜くんがいい店見つけたって言うんだけど、やつとふたりで呑みに行くってさすがにちょっと……」

実のところ、『ふたり』というのは和紗ではなく、風花と山埜の話だったが、そんなことをわざわざ告げる必要はない。とにかく彼女を引っ張り出すのが助っ人の務めだ、とばかりに、和紗は行ったこともない店の美点を数え上げた。

「お洒落《しゃれ》なカクテルやおつまみが揃ってて、コスパも抜群。なにより、店の雰囲気が落ち着いててゆっくり呑めそうなところが売りなんだって。最近接待で、親爺《おやじ》仕様の店ばっかり行ってるから、たまにはそういうお洒落な店で呑みたいんだよねー。風花ちゃんが付き合ってくれると嬉《うれ》しいんだけど」

「なんだ、そういうことですか。山埜さんと滝田さんなら別にふたりで行ったってかまわないと思いますけど？」

相手が気になっている男の場合、女性とふたりで呑みに行くという話を聞いたら多少は困惑するだろう。こんな発言が出てくる時点で、山埜に脈がないことは明白だ。しかも、微妙に迷惑そうにしているところが、さらに痛かった。

「かまわないかもしれないけど、私が嫌なの。変な誤解を受けたくないんだよね」

もちろん口から出任せ、だが、その言葉を口にした瞬間、和紗の脳裏に村越の顔が浮かんだ。

誤解と言えば、この間、ゴミ置き場で密談している山埜と和紗を見たとき、村越はやけに不快そうな顔をしていた。あれはもしや、自分と山埜の関係を勘ぐったせいではなかろうか……。

そこまで考えて、和紗は自分で自分を殴りつけたくなった。

どうしてそこで村越なんだ！　違うだろ、馬鹿和紗！　誤解を受けたくない相手ときたら課長に決まってるじゃない！　もう、そこらの壁に二、三回頭でもぶつけてこい！

参ったなあ……これじゃあ私、あいつのことが好きみたいじゃん。

『そんなはずない』と『やっぱりそうかも』が入り交じった気持ちの中、和紗は過去を振り返る。

……もしそうだとしたら、いつから？

村越は干支一回り分の記憶のいたるところに登場した。おそらくやつへの想いもずっとそこにあったのだろう。そして今、あまりにも突然、和紗はその存在に気がついた。

まるで、黒地に白で人間の顔が描かれているとばかり思っていた絵が、あるとき急に、白地に黒の壺《つぼ》が描かれた絵に見え始めたようなものだ。いったん黒い壺の存在を認めてしまえば、もうその絵は壷にしか見えなくなる。

今更、村越への想いを否定することはできなかった。

あーあ……滝田和紗、村越ファンクラブに入会の巻？　今更どの面下げてだよね……。

ファンクラブ入会どころか、自分がこんな感情を持っているなんて誰にも知られたくなかった。

そもそも干支一回りする間、色気の欠片《かけら》もなかった関係が、これから桃色に染まる可能性なんてゼロだ。あまりにも発展性がなさ過ぎる。柿本課長のほうがずっと望みがあるじゃないか。だからこそ……ああ、そういうことか……。

村越なんて好きになっても仕方がない。それがわかっていたから無理やり柿本に目を向けた。やり手でそこそこ紳士的で、上司としてなんの文句もない柿本に……。でも、和紗の心の奥底にずっといたのは村越――馬鹿すぎて手の施しようがないとはこのことだった。

「滝田さん？」

怪訝そうな声に頭を上げると、風花がこちらを見ている。

ぼんやりしてた、ごめんごめん、と謝ったあと、和紗は風花の説得を再開した。

「……えーっとさ、どうやら山埜くん、恋愛関係で悩んでるらしいんだよね。仕事ならともかく、その手の恋バナ聞いても、私じゃ全く役に立たないし」

「なんだ、そうだったんですか！　へえ……山埜さんの恋バナ……ちょっと気になりますね。わかりました。私もご一緒します」

その『気になる』に少しでも焼き餅《もち》の要素が含まれていないだろうか、と目を皿のようにして観察してみたが、風花からは好奇心以外のなにものも読み取れなかった。

あーあ……山埜、脈なしか……。ま、まあいい。とにかく誘い出すことには成功した！

スマホのスケジュールにさくさくと金曜日の予定を入力する風花を見ながら、和紗はセッティングに成功したことにほっとした。

ところが、さて日報でも書くか……とペンを取り上げた和紗に、風花がまた声をかけた。

「えーっと……滝田さん」

「どうしたの？　お店でも気に入らない？」

「いいえ。お店は素敵です。でもやっぱり、三人ってなんとなく収まりが悪いし……もうひとり誘ったり……したら……どうかなあって？」

「例えば？　誰か誘いたい相手でもいるの？」

「……村越さん……とか、どうでしょう？　滝田さん、同期だし……」

さっと周りを見回し、最大限『こっそり』という感じで風花が口にした名前はある意味予想の範疇《はんちゅう》だった。

風花が営業一課に配属されたのは五年前、すでに村越はエリート営業マンの貫禄《かんろく》十分だった。唯一の欠点は、あの毒舌だが、それは和紗のように『慎みのない口』を持つ相手限定で、新入社員の女の子相手に炸裂《さくれつ》することはなかった。

有能で後輩の面倒見もいい村越の魅力に気付かぬほど、風花の目は節穴ではない。地の色を見間違えて、異なる絵を見続けていた和紗とは違うのだ。

「村越が、気になるの？」

「はい」

風花はあっさり頷《うなず》いた。だが、その答えは、ついさっき自分の気持ちを見つけたばかりの和紗にとっては致命傷というべきものだった。

よりにもよって村越……。

風花が村越を巡るライバルであることはかまわない。そんなもの誰が相手だって和紗が負けるに決まっている。和紗の家事スキルなんて限りなくゼロに近いのだから……。

問題は、風花が村越を想っていることを知った上で、山埜との仲を取り持とうとするなんてあざとすぎるのではないかということだ。

けれど、山埜の依頼を引き受けてしまった以上、途中で放り出すわけにもいかない。ここは山埜にも機会を与えるということで許してもらうしかなかった。

風花や山埜に気持ちを知られるわけにはいかない。こんな先のない想いは、どこかの山奥に深い穴でも掘って、可及的速やかに埋葬すべし！　和紗はそう心に誓った。

和紗の想いをよそに、風花は期待たっぷりの眼差《まなざ》しで言う。

「二課に移ってからあんまりお話もできなくなったし……個人的に誘うなんてできないし……たぶん私が誘っても来てくださらないし……」

この展開はゴミ捨て場で既に終わったんじゃ？ と言いたくなるほど、山埜と同じパターンだった。片想いの矢印は山埜、風花、村越の間で一直線、シンプルすぎる相関図の出来上がりである。

だが和紗は、その相関図が完成していないことを知っている。村越に向けてもう一本矢印を足し、その端に書き込むべき名前がある。けれど和紗は、その名前と矢印は近々地中深く埋める予定、と無視することに決めた。

「誘ってみていただけませんか？」

風花の声に含まれる『切望』の色が濃くなる。断るなんてできそうもなかった。

「あー……うん、声をかけてみるよ。但し、山埜くんに訊いてみてから、だけど」

「大丈夫ですよ。山埜さん、ものすごく村越さんにかわいがられてるし」

それとこれとは話が違うんだよ、風花ちゃん……と言いたくなる。

和紗としては、山埜と風花がくっつくよりも、村越と風花がくっついてくれたほうがいい。そうすればいつまでもうじうじ悩まずに済む。それでもやはり山埜を応援せずにはいられない。大学の後輩である以上に、山埜は先のない想いを抱えて足掻《あが》く同志だった。

——敵は最悪最強かもしれないけど、リングにすら上がれない私よりマシ。頑張れ、山埜！　奇跡的大逆転をかますもよし、玉砕するもよし。万が一の場合、骨はしっかり拾ってやる！

我ながら自分勝手かつ無責任すぎると呆《あき》れながら、和紗は山埜に誘い出し成功を知らせるメッセージを送った。返ってきたメッセージにはなぜかガッツポーズの絵文字。思わず『但し、村越同伴』という文字が目に入らなかったのかと疑ったが、その可能性は『大事なのは、とにかく風花ちゃんが来てくれることです』という一文で否定された。しかも追加で『村越さんには滝田さんから声をかけておいてください』とまで……。

こいつも相当な他力本願だな。いくら後輩といっても、私に似すぎじゃないの？　という間抜けな感想をよそに、村越の引っ張り出し役も和紗ということになってしまった。

確か我が校のモットーは『自助努力』だったはずだが、ちっとも実ってないぞ……と思いながらも、和紗は渋々メッセージを送る。スマホの画面をちらちら見ながら待っていたところ、意外にも返信は人力で届けられた。つまり、隣の部屋から村越本人がやってきたのだ。

「メッセージ見たけどさー」

「見たなら内容はわかってるでしょ。さくさく返事してよ。行くの？　行かないの？」

机の島の端っこにいる風花がこちらを窺《うかが》っている。村越が来てくれるかどうか、気になってならないのだろう。

もしも村越に別の予定があった場合、この呑《の》み会はどうなるのだろう。おそらく風花は来ないか、日時の変更を申し出るのではないだろうか。その場合、いったい山埜になんて説明しよう……。

ところが、そんな和紗の心配をよそに、村越はやたらと上機嫌だった。

「行くよ。その日は接待も入ってないし、合同会議があるから終業も似たり寄ったりの時間になるはず。たまには課を超えて呑むのもいいだろう」

「あ、そ。了解。でもわざわざこっちまで言いに来なくてもメッセージでよかったのに。あるいは山埜くんに直接言うとか。言い出しっぺはあの子なんだから」

「なんだ、山埜の発案なのか。じゃあ、ゴミ捨て場で話してたのはその件？」

「そうだよ。それがなにか？」

「ふーん……なんだ、俺はてっきり……まあいい。ところでおまえ、今日暇？」

む……やっぱり焼き餅？　だから、そんなわけないって！

和紗は自分で自分を蹴《け》飛ばしそうになりながら、素知らぬ顔で訊《き》き返す。

「なんで？」

「料理バトル第三弾とかどうだ？」

「こないだやったばっかりじゃん！」

「料理なんて毎日でもやらなきゃ上手《うま》くならないだろう」

「なるほど」

じゃあ、今日はうちで……と続けかけて、和紗は思わず口をつぐんだ。『村越接近禁止令』はどうした！　悔い改めよ和紗！　である。

「毎日でもやらなきゃ上手くならない、には同意する。でも、一緒にやる必要なし！」

「なんて冷たいことを！　入社以来営業という茨《いばら》の道をずっと一緒に歩んできたというのに！」

「へーえ、茨の道にしては随分楽々進んでるみたいに見えたけど？」

「そりゃあ、俺は有能だから」

「だったらその有能さを存分に発揮して、料理ぐらいひとりでやれ！」

「えーっと……滝田さん、それに村越さんも、お料理にチャレンジ中なんですか？」

風花の声がした。どうやら村越とやり合っている間に席を立ってきたらしい。

風花はちょっとためらった挙げ句、恐る恐る村越に話しかけた。

「あの……私、お料理はけっこう慣れてるんで、なんなら……」

「あ、そうか、風花ちゃんの趣味ってお料理だったよね？　じゃあ、村越の料理食べてやってよ」

中学、高校を通じて家庭部に所属し、料理も手芸もお手の物。大学は家政科で栄養士資格も持っていると聞いた。その経歴でなぜ建具会社の事務を執っているのかは大いなる謎だけれど、人には事情というものがある。もしかしたら『やり尽くした』感満載で、違うことがやりたくなったのかもしれない。

いずれにしても今の和紗には関係ない。必要なのは彼女の存在と料理の腕だ。風花なら、料理の腕向上を望んで止まない村越に的確なアドバイスができるだろうし、村越と過ごしたいという彼女の要望に応《こた》えることになる。山埜には気の毒な展開だが、なんなら試食係として山埜を送り込んでやればいい。村越の腕でも風花の指導つきなら大した失敗はしないだろうし、御希望とあらば胃薬のひとつやふたつ進呈しよう。

私のいないところで何が起ころうが、知ったことではない。なんせ私は、穴掘りで忙しいのだ！

この計画に隙はない、と和紗はほくほく顔で風花の返事を待った。だが、その隙のない計画は村越の言葉に阻まれた。

「俺の腕前は、まだまだ他人様《ひとさま》に披露できるようなものじゃない。せめてもうちょっと上達してからのほうが……」

「披露じゃなくて指導。謙虚な姿勢で風花先生の教えを乞《こ》いなさい」

「やだね。ドングリの背比べってわかってるおまえならまだしも、久代はプロ裸足《はだし》だろう？　そんなみっともないところ見せたくない」

「村越さん、誰だって初めは上手くないんですからそんなに気にされなくても……。あんなに忙しいのにお料理してみようと思っただけでもすごいです」

和紗が山埜の窮地に眉《まゆ》を顰《ひそ》める中、風花はあくまでも『自助努力』で活路を見出そうとしていた。同窓でもない風花が『自助努力』に徹しているなんて皮肉すぎる。

「そうかな……」

「そうですよ。村越さんぐらいの人って、ご飯は外食ばっかり、洗濯はクリーニング、掃除だってほとんどしない、って感じです。それすら面倒で実家住まいを続けてる人もたくさんいるでしょう？　村越さんは立派だと思いますよ」

本当は和紗だってそう思っている。村越は実家が都内にあるのにひとりで住んでいるだけでも立派なものだった。だが、今更褒めちぎるのは不自然すぎるし、風花の手前もある。和紗はやむなく、いつもどおりの舌戦に持ち込んだ。

「ひえー、立派！　あのゴミ箱みたいな部屋を見てもそう言えるのかな。やっぱり風花ちゃん、一回こいつの部屋を見に行ったほうがいいよ。すごいから」

「人のことが言えるか！　おまえの部屋だってひどいもんじゃないか！」

「あんたとこよりはマシ！　少なくとも床の露出度はうちのほうが大きい」

「それはおまえが何でもかんでも捨てちまうからだろ！」

「あ、あの！　おふたりともそのあたりで……」

堪《たま》りかねた風花がドローを宣告。同期二人組の言い合いはやっと終局を迎えた。

「どっちにしても、ご指導を仰ぐのはもう少しあとのほうがいい。ひとつぐらい自信作って呼べるような料理をゲットしてからにするよ」

「部屋も掃除してからね」

「おまえもだーーーー！」

うにゃ？　と首を傾げた和紗に目一杯脱力したあと、村越は営業一課に戻っていった。

結局、料理バトルへの風花の参入は見送り、和紗の部屋への村越乱入もうやむやとなった。

ところが満足顔の和紗をよそに、風花は村越の背を見送ったあとふう……とため息をついた。

和紗はその大きさに、はっとする。

「ごめん。村越に料理とか教えたかった……よね？」

せっかくの自助努力をいつもどおりの口げんかでぶっ潰《つぶ》してしまったことに気付き、和紗は後ろめたい気持ちで一杯になる。だが風花は、静かに首を横に振った。

「違うんです。まあ、ちょっと残念なことは確かですけど、またそのうち機会はあると思います。それより……」

「それより？」

「やっぱり滝田さんと村越さんって仲が良いなあ……って……」

今のやりとりのどこをどう見たら『仲が良い』ってことになる！

どう見ても罵《のの》り合いまくりの口げんかだったはずだ。最大限の努力で、そのように振る舞った。それなのに『仲が良い』なんて言われてしまっては立つ瀬がない。

「目茶苦茶失礼でしょ！　ひどすぎると思わなかった？」

「全然。言いたいことを言い合えていいなあって。村越さんって、普段はもっと大人って言うか紳士って言うか、ちょっと冷たい感じがするぐらいなんですよね。でも、滝田さんと話すときはすごく自然体。きっとあれが村越さんのありのままなんですね」

「やつのありのままなんて見たくない。開示したいならよそでやって。私の前では無理しまくってでも礼儀正しくしていただきたい！」

相手をするほうだって疲れるんだよ、と和紗は大げさに嘆いてみせる。けれど、風花の寂しげな笑みは少しも崩れない。

「誰が見たって、仲が良いですよ、おふたりは。一緒にご飯に行ったり、呑みに行ったり……」

「ああ、それは同期だからだよ。最初は同期みんなでつるんでたんだ。でも、だんだんあっちやこっちに転勤になって、残ってるのがあいつと私だけだから……」

「えーでも、それってちょっと変じゃないですか？」

男女が一対一で頻繁に行動をともにすれば、いらぬ誤解を受けかねない。それを気にせず呑みに行ったり、食事に行ったりできるのは、誤解を恐れていないか、そもそも誤解じゃないからだろう、と風花は言う。

「誤解とか正解とか以前に論外なんだよ。村越の頭の中で私はあくまでも同僚で同期でライバル」

それが本当のところなんだよね、と少々へこみながら和紗は説明を続けた。

「私と呑みに行くのも、山埜くんと呑みに行くのも同じ。周りが誤解するなんて想像もしてないと思う。で、それはこっちも同じ」

「でも、おふたりともお互いの部屋の様子までよく知ってるし、お料理だって一緒にしたことがあるんでしょう？　ただの同期ならそんなことにはならないと思います」

「あれは本当にただの成り行き！　あいつが面白がったのと、私が変な負けん気を出してしまった結果。でも、そんな風に思われちゃうなら止める！　っていうより、元々私はあいつと料理なんてしたくないの。だから、風花ちゃんがあいつに手取り足取り教えて……」

一息にそこまで話し続けたところで、和紗は口をつぐんだ。不意に、隣の部屋で書類と格闘しているであろう山埜のことを思い出したからだ。

現時点では風花の想いは村越にあるのは明白だ。だが、山埜と一緒に過ごす機会があれば、彼女の考えだって変わるかもしれない。それでも風花の想いが変わらなければ、それはそれで仕方がない。

和紗はそう判断し、山埜サイドに立って仕切り直すことにした。

「あー……えーっと風花ちゃん……村越はあんなこと言ってたけど、私は自力では料理上手になれそうにもないし、風花ちゃんさえよければ教えてもらえないかな？　できれば山埜くんも一緒に」

「山埜さん？　でも、山埜さんって実家にお住まいなんじゃ……」

「それはそうなんだけど、そろそろ独立したいんだって。それなら、やっぱり料理はできたほうがいいでしょ？」

すまん、山埜！　と和紗は心の中で手を合わせる。

彼が実家を出てひとり暮らしを始めたがっているなんて、聞いたこともないし、料理の腕前もさっぱり知らない。もしかしたらものすごく料理上手である可能性だってある。だが、こうでも言わなければ山埜も一緒にという話にはできないだろう。現に、和紗のソース皆無の発言に風花はうんうんと頷《うなず》いている。

「男の人でもお料理はできたほうがいいです。ひとり暮らしじゃなくても、家族が病気になったときとか心強いですよね。結婚するにしても、旦那《だんな》さんが料理をしてくれる人なら奥さんは大助かりです」

大助かり、という発言自体どうなの？　と和紗は密《ひそ》かに眉を寄せる。

男女共同参画が推進された結果、家事も男女ともに担うべきものとなった。『大助かり』という言葉は、家事の主たる担い手は女性だという感覚の表れのようで、いささか面白くない。けれど、風花のような考え方のほうが男性から見たらかわいい女に見えることぐらいはわかっていた。

自分の生き方にさらにだめ出しを食らったようで、微妙に落ち込みながらも、和紗は曖昧《あいまい》に頷いた。

「……だね。ということで、山埜くんも一緒でＯＫ？」

「了解です」

「じゃあ場所は私の部屋で、日程は調整するってことで」

風花はにっこり笑って頷き、自分の席に戻っていった。

山埜の席へ直接出向くか、メッセージにするか迷った挙げ句、和紗はスマホを取り出した。メッセージなら帰宅途中でも打てるし、一課の面々と顔を合わせる必要もない。せっかく早く仕事を切り上げられたのだから、今日も料理にチャレンジしたかった。

村越の言い分ではないが、風花の指導を仰ぐにしてもこのままでは恥ずかしすぎる。それこそ上司の面目もへったくれもあったものではない。

ここはひとつ、しっかり予習して臨まなくては！　でもまあ私のことだから、一度成功したところで二度目も上手《うま》くいく保証なんてないんだけどね……。

日報を書き終えた和紗は、親指で文字を叩《たた》きつつ、エレベーターに向かった。

『近日中に料理講習会開催の予定。場所は私の部屋、講師は久代風花嬢。空いてる日を連絡したまえ！』

一分も経たないうちに返信が来た。

どんだけ必死なのよ……と半ば呆《あき》れながらメッセージを開くと、そこには巨大なクラッカーの絵文字。続いてくまさんキャラが『ありがとう！』と両手を合わせているスタンプ。

「あーはい、はい、よかったね」

苦笑しつつ、先程確認した風花の予定と繰り合わせ、第一回目の料理講習会は週末、日曜日の昼と決まった。あまりにも早急とは思ったけれど、目的は山埜に少しでも風花との距離を詰めさせることにあるのだから、村越を交えての呑《の》み会より前でなければ意味がない。

風花には『早く料理を習得しないとメタボって大変！』とでも言って納得してもらうしかないだろう。

風花は優しいし、年中働き過ぎの傾向にある和紗の体調を気にしてくれているから、きっと大丈夫なはずだ。

案の定風花は『了解です。じゃあ、メタボ対策メニューを考えて、明日にでも連絡します』と返してきた。そのメッセージに安心し、和紗はタイミングよく入ってきた電車に乗り込んだ。


「さて、何を作ろうかなあ……っていうか、何を失敗しようかなあ……だけど」

自虐的な台詞《せりふ》を発しながら、和紗は買い物籠《かご》を手にスーパーの奥へと足を向けた。

目の前にあるのは野菜売り場だったけれど、和紗には野菜というのは副菜に使われるものだという認識がある。主菜が決まらなければ副菜が決まるはずがない。ということで、和紗のメニュー決めはまずは肉や魚を選んでから、ということになっていた。

肉か魚か。肉としたら鶏か豚か牛か。懐と身体に優しいのは鶏だけど、鶏にしても胸か腿《もも》か手羽か……いや、挽肉《ひきにく》というのもあるな……あ、なんてこった！　こんなところにアサリが!!

魚は手強《てごわ》い。煮たり焼いたりするだけでしょ？　なんて料理上手な人は言うけれど、和紗の場合、その焼いたり煮たりの過程に必ず『炭になる』が混入する。どういうわけだか、魚というのは肉よりも火が通りにくい気がして、もうちょっと、もうちょっと、とやっているうちに大惨事となってしまうのだ。

その点、肉というのはわかりやすい。特に和紗がチャレンジするような初心者向けメニューは薄切りや細切れの肉を使うことが多く、色が変わったらＯＫという目安がある。魚の切り身のように外側は焼けているのに中は生、なんてことはない。いっそ魚の薄切りを使った初心者メニューがあればいいのに、と思っては、『それは刺身だ！』と自分で突っ込みを入れる。調理不要、生上等の刺身は究極の初心者メニューだな、なんて苦笑いをしてしまう。ただ、買ってきた刺身を食卓に並べるだけでは料理はまったく上達しない。ということで刺身もパス、つまり和紗にとって魚売り場はスルー奨励コーナーと同義だった。

そんな和紗の目の前に現れた『アサリ』。実は和紗はアサリの酒蒸しやアサリバターが大好物だ。居酒屋のメニューに入っていようものなら、直ちに注文、皿ごと抱え込んでひとりじめ、なんて大人げないことまでやらかすほどである。そんなアサリ大好き女に『本日の目玉商品！』なんて貼り紙を添えて差し出された日には、籠に入れずにいられるわけがなかった。

何より、アサリをはじめとする貝類というのは、火が通ったかどうかがわかりやすいことこの上なし。やつらはそろいもそろって『できましたよーん』とぱっかり口を開けてくれるのだから……。

「アサリバターでビールをきゅーっ！　メタボが気になる身としては酒蒸しのほうがいいんだろうけど、ここはひとつ、あとはお茶漬けだけで我慢するってことで！」

頭の中がアサリバター一色となった和紗は、アサリを一袋、バターの一番小さい箱をひとつ、乾燥パセリを一瓶、買い物籠に投入してレジに向かう。

『野菜はどうした野菜は！　メタボ解消には野菜が欠かせないんじゃないのか？』という理性の声は、乾燥パセリだって元は野菜、文句ないでしょ！　とたたき伏せ、和紗は意気揚々と帰途についた。

幸いご飯はいつだったか炊き損ねたおかゆ飯が冷凍してある。うんざりして食べる気がせず、かといって捨てるのも罰当たりな気がして、とにかく視界から消えろ！　とばかりに冷凍してしまったのだ。

あれから半月ぐらい経っているから、もしかしたらいい感じに水分が抜けきっているかもしれない。なにより、どうせお茶をぶっかけるのだから多少の水分過多でもかまわないだろう。

アサリバターならタコさんウインナー炒めよりも遥《はる》かに見栄えがする。滝田和紗、料理上手への道を着実に進行中——

むふむふ……と喜びながらアサリとともに帰宅した和紗は、秒速で着替えて台所に立つ。

アサリバターのレシピなんて確かめるまでもない。アサリを洗ってフライパンに入れて蓋《ふた》をする。あとは口が開くのを待ってバター投入、醬油《しょうゆ》をくるり、『元野菜』の乾燥パセリを振りかければ出来上がりだ。ひとりで食べるのに一袋は多すぎるから半分残して、残りは明日にでもお味噌汁《みそしる》に入れよう。

すごいぞ、使い回しまで完璧《かんぺき》だ、とほくそ笑みながら、和紗はフライパンを取り出した。

和紗のイメージどおりに調理は進み、十分後、見事『アサリバター』が完成した。居酒屋で出てくるのとまったく同じ『アサリバター』を作れたことが嬉《うれ》しくて、和紗はスマホで写真を撮りまくる。

日曜日にやってくる予定の風花と山埜に見せてやろう。月曜になったら村越にも自慢しまくりだ！　いやいや、それよりもメッセージ、あるいはSNSにアップするという手もある。でも、とりあえず、冷めないうちに食べなくては！

日頃から和紗の女子力の低さを嘲笑《あざわら》う悪友どもの反応を思ってにまにまと笑いながら、缶ビールのプルタブをぷしゅっと引く。ごくごくごく……と三口呑んだあと、バターまみれのアサリをひとつつまみ上げて口へ。調子よく咀嚼《そしゃく》しようとしたとたん、上下の歯が動きを止めた。

じゃり。

口の中にバターと醬油の香り、そして明らかに食べ物ではない感触が広がった。行儀悪く、ペッと吐き出して確かめてみると、それはアサリのベッドと言うべき砂浜の一部だった。

「そういえば砂抜きって言葉をどこかで聞いたような……」

思わず部屋の中を踊り回りたくなった。嬉しくもなんともないが、そうでもしなければ自分で自分を殴りつけそうだったのだ。

アサリやシジミ、ハマグリといった貝類は水中、しかも砂の中に生息している。砂まじりの水を吸い上げて排出しつつ生きているのだから、体内には砂が残っている。その砂をきちんと吐かせないままに調理してしまえば、口の中がじゃりじゃりになっても仕方がない。

完璧なアサリバターだ！　と大喜びしたあとだけに失望は大きかった。しかも、味そのものは悪くない。むしろ醬油がしっかりきいていて、居酒屋で出てくるものより和紗好みだといえた。それなのに食うに食われぬアサリバター……。

和紗は虚《むな》しい思いで撮ったばかりの写真を消去する。見た目にはじゃりじゃりアサリバターとはわからない。けれど、これを『大成功』と銘打って人に見せられるほど嘘つきではない。なによりも、この写真を見る度に自分の間抜けさを思い出してしまう。そんな黒歴史はさっさと消す方が得策だ。

写真に続いてアサリバター本体もデリートしようとしたときドアチャイムが鳴った。

時計を確かめると、時刻は午後八時になるところ。週末にしてはまだ宵の口、家呑み目当てに誰かが押しかけてきたのだろうか。

アポなし突撃というのは失礼極まりないが、このやさぐれた気分を紛らわせてくれるのであれば、多少の無礼には目を瞑《つぶ》ろう。そんな気分でドアの覗《のぞ》き穴に目を当ててみると、向こうにいたのはなんと村越だった。

うわあ、村越！　ただでさえあんまりお目にかかりたくない相手なのに、よりにもよってこのタイミングで現れるとは！

一瞬、居留守を決め込もうかと思ったけれど、和紗の部屋はドアのすぐ隣が台所で、しかも通路に面した窓がある。灯りは漏れているし、窓の上の換気扇だって回りっぱなしになっている。これで居留守はさすがに無理だった。

やれやれ……と思いながらドアを開けたとたん、村越はどかどかと部屋に乱入してきた。狭いワンルームを一望し、ほっとしたように息を吐く。

「ひとりか」

「どうせひとりよ！　すみませんねえ、週末だって言うのにぼっち街道まっしぐらで！　ってか、なんなのよ、いったい!?」

「いや……帰りがけに山埜がおまえの部屋で料理教室やるって言ってたから……」

あの馬鹿タレが！　人がせっかく村越排除で料理教室をセッティングしてやったというのに、なんで当のあんたがばらしちゃうんだよ！　もしも今日ここで料理教室やってたら、あんたと風花ちゃんの接近作戦は台無しじゃないか！

　日曜日に会ったらデコピン食らわせてやる、とばかりに心の中で真っ赤に腫《は》れ上がる山埜の額を想像する。それと同時に、さっきは料理教室なんて時期尚早みたいなことを言っていたのに、なんでこんなに息せき切って駆けつけてくるのだ、という疑問が湧き上がる。

　いい大人のくせに『仲間はずれはいやー！』とでも言うのだろうか。それとも、場所が自分の部屋じゃなければいいのか？

　いずれにしても本日、料理教室は開催されないし、日曜日にしても村越を呼ぶつもりはない。ここはなんとしてでもしらばっくれておかないと——と思っていると、幸か不幸かあちらから話題を逸《そ》らしてくれた。

「いい匂いだな。何を作ってたんだ？」

　村越はずかずかと台所に入り込み、あっさり和紗の失敗作を見つけた。

「おー!?　アサリバターか！　なるほど考えたなー。確かにこれなら失敗は少ないな」

「ところがどっこい、見事に失敗した。すまんね、予想外で」

「は？　失敗？　だって見るからに旨《うま》そうじゃないか」

「うおっ！　止めとけ、村越！」

　慌てて皿を取り上げようとしたけれど時既に遅し。村越はアサリの殻をひとつ手に取り、バターたっぷりの汁ごとすすり込んだあとだった。

「だから止めとけって言ったじゃん！」

もう、と呆《あき》れながら和紗はペーパータオルを一枚ちぎり取った。だが、村越は差し出そうとする和紗を片手で押しとどめ、じゃりじゃりのアサリバターを潔く呑《の》み込んだ。

「いったん口に入れたものを吐き出すなんて行儀悪いだろう」

「そういうこと言ってると、簡単に毒殺されちゃうよ」

「安心しろ、俺を毒殺しようなんて度胸のあるやつはそうそういない。そもそも俺にそんなに敵はいない」

「ほんっと、自分をわかってないね。あんたが目障りだと思ってる人間なんていくらでもいるでしょ。特に上のほう」

すさまじい勢いで先輩営業マンをごぼう抜きにした男である。二番手に甘んじっぱなしの和紗ですら、時折嫌みを言われるほどだ。村越が恨みを買っていないはずがない。

だが、村越は平気の平左だった。

「後輩にすっ飛ばされるような間抜け連中が、毒殺なんて高度な技を仕掛けてくるわけないだろう。せいぜい陰口が関の山、直接手を下す度胸なんてない」

「いいよね、気楽で」

「気楽上等。ところでおまえ、砂抜きって言葉……」

「死者を鞭《むち》打たないでよ」

「げ……」

「アサリごときで死ぬような玉か。要するに忘れたんだな？」

俺ですら、貝類は砂を吐かせなきゃならないことぐらい知ってるのに、と村越はやたら嬉しそうにしている。

まったく！　人の失敗をここまであからさまに喜べるなんて、ある意味尊敬に値する。尊敬するあまり、固めて銅像にして部屋に飾りたくな……まて、飾るな！　飾っちゃだめだ！　せっかくいつもどおりの派手な言い合いに持ち込んでるのに、なんでそこで日和《ひよ》る！

和紗は行ってはならない方向に飛んでいきそうになる想いを無理やり引き戻す。

「持って帰ってすぐに料理できないようなものを売ってるほうが悪い！」

我ながら頭悪すぎ、と思うような台詞《せりふ》を吐いたあと、和紗は半分残っているアサリに目をやった。

半分残したのは大正解だ。こっちのアサリはちゃんと砂抜きしよう。砂抜きさえすれば、じゃりじゃりじゃないアサリの味噌汁が飲める。さすがに、もう一度アサリバターに挑戦する気にはなれなかった。

だが、そんな和紗の思いを完全に無視して、村越はボウルに残ったアサリを手に取った。

「こんなにいい匂いだけかがせておいて、食えないってのはひどすぎる。リベンジだ！」

「砂抜きしてないんだから、じゃりじゃりアサリバターアゲイン、になるだけだよ」

「すればいいじゃないか、砂抜き」

「だーかーらー！　砂抜きって一晩ぐらいかかるでしょ？」

一晩とは言わなくても、少なくとも一、二時間はかかるはずだ。どの料理レシピにだってそう書いてある。そんな和紗の主張に、村越はにやりと笑った。

「このまえネットで見たけど、五分で砂抜きできる方法があるんだって。いい機会だからやってみようぜ」

「マジ？　五分で？」

ダメ元じゃん、と人のアサリをどうする気だ、と言いたくなるような台詞を発し、村越は電気ポットに水を入れた。コップ一杯数十秒、というのが謳《うた》い文句の優れもの家電はポット一杯の水を二分半で沸騰させた。

「で、この湯を五十度に冷ます、と」

「どうやって？　うち、温度計ない……」

「まあ見ろって。鍋《なべ》ある？」

「鍋ぐらいあるわよ」

あまりにも訳がわからなくて、むくれながら取り出した小鍋に、村越は沸いた湯を半分ほど注いだ。そして同じ分量の水を足す。

「これでだいたい五十度だ」

「へえー、よく知ってるね」

「尊敬していいぞ、と言いたいところだが、これもネットから。ということで五十度の湯、完成」

　そして村越は、小鍋にアサリを一気に投入した。


「うわーほんとに砂が出てる！」

　時計と小鍋を交互に見ながら腕時計の秒針が五周するのを待った。念のために、ともう二回りほど秒針の動きを見守ったあと、村越はアサリを元々入っていたボウルに戻す。あとに残ったのは白濁した湯と大量の砂。小鍋の中には湯とアサリしか入っていなかったのだから、明らかにアサリが吐き出したものだろう。

「な、ちゃんとできただろう？」

「いや、まだわかんないよ。もしかしたら残ってるかもしれないし」

「まったく、負けん気の強いやつだな！」

　口ではそう言ったけれど、おそらくアサリの砂抜きはちゃんとできているのだろう。ネットに上げられるほどの裏技、しかも規定の五分より長い時間をかけたのだから失敗するわけがない。

　その証拠に、さっきと同じ手順で作り上げたアサリバターは、今度こそ完璧《かんぺき》な出来上がり。砂など一粒も感じられない上に、先程よりもぷりっぷり、心なしか身も大きいように見える。きっと先に湯を通したことで、身が縮むのが防がれたのだろう。

「どうだ、参ったか！」

「はいはい、参りました、村越様。あんたが大将！」

でも味をつけたのは私だからね！ と諦《あきら》め悪く反論しながら、アサリバターを肴《さかな》にふたりで呑んだ缶ビールは極上の味だった。旨かったのはアサリなのか、ビールなのか、それとも『ふたりで』だからなのか……和紗はもう考えたくもなかった。

「で、例の料理教室はいつやるんだ？」

缶ビールを呑み干した村越が、いきなり直球をぶつけてきた。せっかく話題が逸れたと思っていたのに、改めて持ち出すところを見ると、村越は本気で料理教室に参加したいのだろう。

「んー？ まだはっきり決まってないけど。あ、そうだ、呑み会のときにでも決めればいいんじゃない？」

呑み会は来週の金曜日だ。その前に一度、いや、もしかしたら二度ぐらい料理教室を開けるかもしれない。鉄は熱いうちに打て、とかなんとか和紗が言い出せば、風花だって嫌とは言わないだろう。二度の機会があっても山埜が自己アピールに失敗するなら、もはや手の施しようはない。

それにしても、こいつがここまで料理教室にこだわるとは意外だ。やっぱり、風花に気があるせいだろうか。えーい、面倒くさい、いっそ訊《き》いてしまえ！

「えーっと……村越」

「なんだよ？」

「なんだよ、はこっちの台詞だけど、まあいいわ。あんたさ、もしかして風花ちゃんを狙ってる？」

「はあ⁉」

　何でそんな話になるんだよ！　と村越は呆れ返っている。

「俺は料理が上手《うま》くなりたいだけだ！」

「まだ早いって言わなかった？」

「言ったけど、実際にやるなら当然参加するさ。おまえが……」

「あー」

　和紗は大きく頷《うなず》いた。村越の意図が読めたからだ。

　自分が参加しないままに料理教室を開かれれば、和紗だけが一気に上達しかねない。それは困る、つまりそういうことなのだ。

「大丈夫、一回や二回練習して急に上手くなるなら苦労はないよ。だって私、アサリの砂抜きすら忘れるようなレベルなんだよ。五十度のお湯で砂抜きができるって知ってただけでも、あんたのほうが上」

　ご心配なく、とにっこり笑ってやったというのに、なぜか村越は怒り出した。

「おまえの目は節穴かーーー!!」

「違うの!? じゃあ、やっぱり風花ちゃん？　それともまさかの山埜狙い!?」

あんたのごめんなさい記録絶賛更新中はそのせいだったのか！　と、和紗は大げさに天井を仰ぐ。山埜はたぶん女の子が好きなのにーとぶつぶつ呟《つぶや》いていると、村越はいよいよ呆《あき》れ果てたような表情になった。

「なあ、おまえさ、ほんっとうに、心の底から、頭の上から足の先まで馬鹿だろう!!」

「なんだとーーー!!」

呼びもしないのにいきなり乱入してきた男に、ここまで無礼な台詞を浴びせられるいわれはない。そっちこそ大馬鹿だ！と叫び返し、和紗は村越を部屋の外にぐいぐい押し出した。

「はいはい、お帰りはこちら。週末はしっかり休んで来週はまたばりばり働きたまえ！」

できれば来週末の呑《の》み会まで、こいつの顔を拝まずに済みますように！　と祈りながらドアの錠をガチャンとひねる。ついでに、普段は使うことなどないチェーンロックもしっかりかけた。

鼻息荒く台所の灯りを消し、部屋の一番奥まで戻った和紗はイヤフォンを耳に突っ込み、スマホを操作する。流れてきたのは、某アイドルグループの曲。

若いお嬢さんたちが元気に歌いまくる曲だから、たとえ村越がドアの外で大騒ぎをしていたところで、彼女らの歌声に阻まれて和紗の耳に入ることはない。もっとも、三十代も半ばのいい大人がそんな騒ぎ方をするとは思えなかったし、実際に三曲ほど聴き終わったあと、そっと覗《のぞ》いてみたドアの向こうに人影はなかった。

風花と山埜が今日ここに来るかもしれないと勘違いして突撃してきたものの、実際に彼らはいないし、その上和紗はあの剣幕だ。いかに村越といえども恐れをなして、帰っていったのだろう。週明けに一くさり文句ぐらいは言われるかも知れないが、悪いのはどう考えてもあっちだ。徹底抗戦もやむなし。ということで、和紗は、日曜日の料理教室で、どうやって山埜を風花にアピールするかという作戦を立て始めた。

第四章　天使のハンバーグ

「おはようございます！　滝田先輩、山埜でーっす！」

ご機嫌な挨拶《あいさつ》とともに和紗の部屋のドアを開けた山埜を見たとたん、和紗は『あーあ』と手を逆ハの字に上げたくなった。

「あんたひとり？」

「え？　そうですよ。それがなにか？」

「風花ちゃんと駅で待ち合わせるとか考えなかったの？」

「だって、滝田先輩の部屋に十一時って」

例の性悪口悪男ではないが、頭の上から足の先まで馬鹿かー！と怒鳴りたくなった。和紗の部屋に十一時に来いと言ったのは間違いない。だが、風花は和紗の部屋に来たことはない。つまり場所がわからない。もちろん、今は多彩なナビアプリがあるし、住所がわかっていればなんとかたどり着けないこともないだろう。それでも、同じ場所に行くとわかっているのだから、駅で待ち合わせとかすればいいではないか。場所がわからないだろ？　一緒に行こうよ、とかなんとか——

とはいえ、そんなことも思いつけないぐらいだから、本日の『料理講習会』が催行されることになったのだろう。

「駅で風花ちゃんを見かけなかった？」

「たぶん……」

「まだ時間は早いし、もう一本あとの電車かな。じゃあ、あんた迎えに行きなさい。駅で待ってるようにメッセージ入れるから！」

「は、はいっ！」

機会均等の見地から山埜の味方をすることに決めたものの、あまりにも遠い道のりに和紗は目眩《めまい》がしそうだった。それでも最寄り駅からここまで徒歩十二分、それだけあれば少しは話もできるだろう。

頑張れ、頑張れ、と山埜を応援しつつ待っていると、ほどなく玄関ブザーが鳴った。駅まで行ったにしては早いから、きっと途中で出会ったのだろう。案の定、風花がほっとしたように言う。

「来ていただいて助かりました」

なんでも和紗からのメッセージを受け取ったときにはすでに和紗の部屋に向けて歩き出していて、しかも道がわからなくて困っていたらしい。ナビを始動させようとしていたところに、山埜が息せき切って駆けてきて、無事誘導、到着と相成ったそうだ。

困っているところ颯爽《さっそう》と登場なんて、運が味方しているとしか思えない。よかったなあ、山埜、と和紗はにこにこしてしまった。

「では早速、料理にかかるとしますか！　風花ちゃん、今日は何を教えてくれるの？」

「そうですね、じゃあ……」

風花は抱えてきたエコバッグから次々に食材を取り出した。

挽肉《ひきにく》、豆腐、タマネギ、パン粉、そしてジャガイモに人参、グリーンアスパラその他いろいろおまけに調味料まで……。さすがは長年の家庭部所属、野菜の彩りまでばっちりだった。

材料をテーブルに並べたあと、風花はエプロンを取り出し、後ろ手で紐《ひも》を結んだ。手なれた仕草に、山埜どころか和紗までほうーっと見入ってしまう。

エプロンの紐ひとつでこんなにかわいらしさをアピールできるなんて思わなかった。そもそも和紗は、料理をするのにエプロンを着けようと思ったことすらない。太刀打ちできない、とはこのことだった。

ぼうっと見ているふたりに、風花がちょっと先生めいた口調で質問する。

「さて、問題です。この材料で作れるものはなんでしょう？」

「えーっと……」

「ハンバーグ？」

「山埜さん、正解です！　今日のメニューはお豆腐入りのハンバーグ、ヘルシーで食べ応《ごた》えたっぷり。メタボが気になる方でも安心して食べられます」

風花に褒められ、山埜が嬉《うれ》しそうに頷くのを尻目《しりめ》に、和紗はまじまじとテーブルの上の食材を見た。

言われてみれば……いや、本当は言われたところで、この材料でハンバーグができるかどうか和紗にはわからない。実家にいたころは月に一度ぐらいは母の手作りが登場していたが、ひとり暮らしになってからはハンバーグというのは外で食べるものになっていた。

山埜が華麗に先取点を決めたのはめでたいけど、私の料理スキルは山埜以下ってことか……。

情けなくて涙が出そうになるが、この際それは置いておく。要は山埜にどんどん点が入ればいいのだ。料理スキルを争うのは、やはり村越あたりが妥当。それも、今回ハンバーグを習得すれば圧倒的勝利間違いなし。なんと言ってもハンバーグはレストランでだって出てくる正統派主菜なのだから!!

ということで、和紗は気を取り直し、風花の指示を待った。

「滝田さん、牛乳と卵はあるっておっしゃってましたよね?」

「はいはい、今、出すね」

ストレスの多い生活にはカルシウムは必須《ひっす》。骨粗鬆症《こつそしょうしょう》だって気になる。カルシウムといえば乳製品という思い込みのもと、牛乳は和紗の隙間の多い冷蔵庫の中で、数少ない常備品となっていた。

問題は卵だ。ありますかと訊《き》かれて、即レスであると答えた。だが卵は、たぶん、例の爆裂巣ごもり玉子を作ったあと、買った覚えがない。

卵の賞味期限ってどれぐらいなんだろう……。

不安満載で確かめた卵に貼られていたシールの日付は明日。辛うじてセーフ、と安堵《あんど》の息を吐きながら、和紗は卵と牛乳を取り出した。

「じゃあ、滝田さんはお豆腐を水切りして、山埜さんはタマネギを刻んでください」

風花の指示に従って豆腐をペーパータオルで包み、皿にのせてレンジに入れる。このまま数分加熱すれば水切りは終わるらしい。あとは取り出して潰《つぶ》すだけ、初心者向けの至って簡単な作業だった。

隣では山埜がいかにも不本意そうにタマネギの皮を剝《む》いている。

「ラッキー！　私、みじん切りって本当に苦手なんだよね！」

「えーっ？　料理の腕を上げたいのは滝田先輩なんだから、刻むのは……」

ここで役割を入れ替えられたら大変、とばかりに和紗は包丁を山埜に渡した。山埜は諦《あきら》めたように包丁を受け取る。

先生というよりも和紗には逆らえないと思ったのだろう。

刻み始めた山埜を見て、風花が驚いたように言う。

「あ、山埜さんすごい。普段からお料理してるんですね」

山埜がタマネギを刻むスピードはものすごく速いというわけではなかった。和紗には何がすごいのかさっぱりわからない。自分よりは遥《はる》かにスムーズとはいえ、プロ裸足《はだし》の風花が驚くほどではないように思えた。第一、山埜はいの一番でタマネギの皮を剝き始めた。料理に慣れている者なら先に頭と根元を包丁で切り落とす。そのほうがずっと剝きやすいからだ。それすら知らなかった山埜が、慣れていると褒められるのは納得がいかない。

和紗が首を傾げていると、風花が、やっぱりね、という感じで少し笑いながら説明をしてくれた。

「タマネギを半分に切ったあと、縦横に包丁を入れたでしょ？」

「そういえば……」

「しかも、全然ためらわずに自然にやりましたよね。身体が覚えてるんです。普段からタマネギをみじん切りにしてる証拠です」

「なるほど」

「いや、そんなに頻繁にやってるわけじゃないけど、ちょっと前にお袋が手を切っちゃって」

しばらく水仕事ができなかったために、休日だけは山埜が台所仕事を引き受けたらしい。

「で、タマネギばっかり刻んでたの？　いったい何を作ってたのさ」

「炒飯《チャーハン》です」

山埜家の炒飯にはタマネギも人参もたっぷり入っていて、たとえ炒飯といえども卵とハムだけでさと一っというのは許されないそうだ。炒飯を作ると言えばまずタマネギ、そして人参のみじん切りから始まる。手は怪我しているが、口はなんの支障もない母親の厳重な監視の下、山埜はタマネギや野菜と格闘した。その結果、みじん切りのノウハウは身体にしみこみ、炒飯であろうが野菜スープであろうがお任せあれ、ということになった。ただ、その結果、タマネギが如何《いか》に『目に優しくない』野菜かを痛感。できれば遠慮したい、という心境に至ったそうだ。

「そうだったんですか、お母様の代わりにお料理を……」

風花は、山埜の母親を思う気持ちに打たれている。実際にタマネギを刻んでいるのは山埜だし、追加点もゲット。和紗に目に優しくないとわかっているタマネギを押しつけようとしたのは、癪《しゃく》に障るが、結果オーライだった。

山埜が手慣れた様子でみじん切りのタマネギを炒《いた》めている横で、和紗は豆腐を潰し終え、さらに別の器で割りほぐした卵と牛乳を混ぜる。ぐるぐると箸《はし》でかきまぜたあと、パン粉をさらさらと入れた。

「タマネギＯＫ。風花ちゃん、これ入れちゃっていい？」

山埜がフライパンを持ったまま質問している。和紗の気分は、あちゃー……である。不肖滝田和紗、料理はからっきしだが化学は得意だ。熱の冷めていないタマネギを溶き卵に投入したときの反応ぐらい心得ている。それがわかっていないとすれば、山埜はせっかくの追加点を帳消しにされてしまうだろう。

だが風花は第一印象重視タイプらしく、あら、ハンバーグはお得意じゃないんですね、なんて余裕の微笑みを浮かべている。やれやれ、とほっとしつつ、和紗は小さなボウルを山埜に差し出した。

「とりあえずここに入れといて、混ぜるのは冷めてからだよ。卵が固まっちゃうじゃない」

「あ、そうなんですか。なんだ、滝田先輩、意外と知ってるんですね」

「意外は余計だ！　で、あとはどうするの？」

「大きめのボウルってありますか？」

これが全部入るぐらいの、と風花は目でタマネギと挽肉を示す。材料は三人分、いやそれよりもかなり多そうな分量で、あいにく和紗の部屋にはそんなに大きなボウルはなかった。

「ごめん、ないわ」

「えーっと、じゃあ……」

何か代わりになりそうなもの、と風花は食器棚を物色し始めたが、ないものはない。

困りましたね、と途方に暮れかけたところで、山埜の声がした。

「ポリ袋は？　大きめのやつ、ありませんか？」

「山埜さん、グッドアイデア！」

風花がまた追加点を与えた。

何かを混ぜるとき、ボウルの代わりにポリ袋を使うというのはよく聞く。袋の上からグニャグニャ揉《も》めば手も汚れないし、あとで脂まみれのボウルを洗う手間もなくなる。

だが、ポリ袋なら何でもいいというわけではない。食材を混ぜる以上、すくなくとも未使用のものであるべきで、あいにく和紗の部屋にあるのは使用済みのレジ袋ぐらいだった。

こんなことならスーパーから、四、五枚かっぱらっておけばよかった……って、それは窃盗だ。窃盗はよくない。いや、そんなこと考えてる場合じゃない、ボウルだボウル！

我に返った和紗はなにかないかと台所の大捜索を開始した。だが、そもそも和紗の台所にはもの自体が大して置かれていない。代用品を見つけるのは至難の業だった。

ところが、諦めてふたつに分けて作ろうと思いかけたとき、後ろでごそごそやっていた山埜が嬉しそうな声を上げた。

「これ、使えるんじゃないですか⁉」

振り返ってみると、山埜が手にしているのは土鍋《どなべ》が入った紙箱だった。

「あーそれか。確かに大きさは十分だけど、それ、預かり物なんだよね」

「預かり物？　でもこの鍋、冬に呑《の》み会やるときって大抵使ってましたよね？　まあ、今はほとんどそういう呑み会もなくなりましたけど。俺、てっきり滝田先輩のものだと思ってました」

「確かに会社の呑み会のときはよく使ってた。でもそれは、持ち主が参加してたからだよ」

「……もしかして、持ち主って、村越さんですか？」

「ビンゴ」

風花の目がどんぐりになった。しかも、隠しきれない動揺の色が溢《あふ》れまくっている。無理もない。憎からず思っている男の所有物が、他の女の部屋から出てきたら動揺しないわけがない。

山埜の馬鹿タレ。なんだって土鍋の箱なんて見つけるんだ。わざわざ流し台の下、奥深くに突っ込んであったのに！　とため息をついたところで後の祭りだった。

「どうして村越さんの土鍋がここに？」

「あいつ、冬の家呑みに鍋は欠かせないとか言い張ってさー」

村越がこの土鍋を買ったのは、入社した年の冬のことだった。

そのころはふたりとも仕事に慣れるのに必死で、今以上に料理をすることなんて考えもしなかった。

同期を集めての呑み会もつまみはスナック菓子や珍味、買ってきた総菜ばかり。夏の間はそれでもよかったが、気温が下がるにつれて、さすがにそれでは侘《わび》しすぎる、ただでさえ話題は愚痴ばかりなんだから食べ物ぐらいほっとできるような温かい物がいい、なんて主張する者が出てきた。その筆頭が村越で、いくら料理下手でも鍋ならなんとかなるだろう、ということで土鍋を買ってきたのだ。

「だったら村越さんのところに置いておけばいいじゃないですか。なんで滝田先輩の部屋に？」

もっともな疑問だった。和紗だってそんな大物預かりたくなんてなかった。だが、村越は主張した。

『俺の部屋よりもここのほうが駅に近い。今までだって、集まるのはここのほうが多かったじゃないか。ここに置くほうが理に適《かな》ってる』

あまりにも正当、かつその場にいた同期全員に賛成され断り切れなくなった和紗は、やむなく土鍋を預かった。それから冬が来るたびに、土鍋は頻繁に使用された。だが、同期がちりぢりになり、家呑みする機会はどんどん減った。代わりに営業部の後輩たちを交えて鍋パーティを開いたこともあったが、それすらも今はほとんどおこなわれていない。和紗の記憶が正しければ、二年前の冬が最後だったはずだ。

実のところ、もう使う機会もなさそうだからそろそろ引き取ってくれ、と何度も村越に言ってはみた。だがやつは、重いだの面倒だの言い張り置きっ放しにしている。自分のものではないから使うわけにはいかず、持ち主は引き取らず、和紗にとっては負の遺産としか言いようのない鍋だった。

「というわけで、これはちょっと……なのよ。ごめん」

「本人の許可を取ればいいんじゃないですか？　連絡してみたらどうでしょう？」

風花の言葉に、和紗は思わず山埜を窺《うかが》った。山埜はわずかに動揺の色を見せたものの、精一杯何食わぬ顔で答える。

「なるほど……でも今日って日曜日だし、もしかしたら出かけてるかも」

「電話で連絡するだけならかまわないんじゃないですか？　山埜さん、番号とか御存知でしょ？」

スマホの番号なら和紗だって知っているし、土鍋を預かっているのも和紗だ。この場合、和紗が連絡を取るほうがずっと相応《ふさわ》しい。それなのに、あえて山埜を指定するあたりに風花の微妙な女心が窺えるようだった。

当然のことながら、山埜は気が乗らない様子だった。だが風花の期待たっぷりの様子を見て、小さなため息とともにスマートフォンを取り出す。せめて電話をかけた振りでもしてごまかせばいいのに、馬鹿正直に村越の番号を呼び出しタッチした。

出るな、出るな、面倒だから絶対出るな！

そんな和紗の祈りも虚《むな》しく、数コールの後、電話が繋《つな》がり、山埜がしどろもどろに話し始めた。

「山埜です。お休みのところ申し訳ありません。今大丈夫ですか？」

いっそ、取り込み中だ！　とでも叩《たた》き切ってくれないかと思ったが、いかに村越といえども、そこまで無礼ではなかったらしい。というよりも、休日に部下が電話をかけてくれば、なにか緊急事態でも起こったのかと心配するほうが先だ。

挨拶《あいさつ》を済ませ、山埜は村越の所在を確認している。どうやらやつは、自分のマンションにいるようだ。

日曜日だってのに、何をやってるんだ！　とっとと出かけてナンパのひとつでもかましてこい！　ってもうそんな年じゃないし、そもそもそういうキャラでもないな……。

あーあ……風花ちゃんの嬉《うれ》しそうなこと！

村越が電話に出た瞬間、風花の顔がぱっと明るくなった。これは本当にやつのことが好きなんだな、と確認させられる。休日に上司に、しかもとんでもなく不要不急の用事で電話をかけさせられた山埜に、風花の様子を気にする余裕が全くなかったのは不幸中の幸いだった。

営業の電話なら慣れているが、土鍋の使用許可なんて取ったことがないに決まっている。山埜は言葉を探しあぐね、縋《すが》るように和紗を見た。

「すみません、ちょっと滝田先輩に代わります！」

山埜に名指しされ、何で私!?　と素《す》っ頓狂《とんきょう》な声を上げたものの、結局和紗は電話を受け取ることになってしまった。なんてこったい、と我が身の不幸を嘆きつつ電話に出てみると、村越の機嫌は最悪だった。

「おまえら、なにやってんだ？」

「ごめん、寝てた……？」

時刻は十一時半になんなんとしていたが、たまの休日、家にいたのであれば寝ていても不思議はない。やつの寝起きの悪さは折り紙付きだ。入社した年の社員旅行で、村越は、朝食はおろか、チェックアウトの時間が近づいてもぴくりともせず、見かねて無理やり布団をひっ剝《ぱ》がした当時の上司に、猛烈な蹴《け》りを食わせて悶絶《もんぜつ》させたという前科がある。幸い嫌われ者の上司だったので、前科というよりも武勇伝扱いではあったが、とにかく村越の寝起きの悪さは社内に知れ渡り、それ以後、社員旅行で同室になった社員たちの顔色を曇らせる結果となっていた。

この機嫌の悪い声は鉄板で寝起き、そう判断して、和紗はひたすら低姿勢に徹した。

「ほんっと、ごめん！　あのさ、うちで預かってる土鍋、ちょっとだけ使わせてもらっていい？」

「土鍋？　おまえら、このクソ暑いのに鍋を食うのか？」

しかも日曜日の昼間っから、と吐き捨てるような声で言う。確かに土鍋を貸してくれといわれれば鍋料理を予想するだろう。まさかそれをボウルの代わりにするなんて思いもしないはずだ。

「うーん……鍋、じゃあないんだけど。まあ、いいじゃない。とにかくちょっと貸して？」

「話が見えない。土鍋を貸してくれって言うぐらいだから部屋にいるんだろ？」

「まあね」

「で、山埜はそこで何してるわけ？」

頼むからさっさと目を覚まして、普通にしゃべってくれ。そんなに不機嫌そうな声を出されたら、気が滅入《めい》る。こんなことなら、無断借用するんだった……と後悔しまくりながら、やむなく和紗は土鍋《どなべ》借用願いに至る経緯を説明した。

「ハンバーグ？　山埜とふたりで？」

「ふたりじゃないよ。風花先生降臨中」

「あ、なんだ、そうか」

とたんに電話の向こうの声が軽くなった。

山埜、残念だが、諦《あきら》めろ。やっぱり村越は風花ちゃん狙い。おまえの入り込む余地はない。心配するな、私も一緒だ。やけ酒ならとことん付き合うぜ。

村越と反比例するようにトーンダウンした和紗は、じゃあ、借りるね、と電話を切ろうとした。

ところが村越は、待て待て！　と大声で呼び止めた。

「俺の大事な土鍋で生肉なんて混ぜないでくれ！」

そんなに大事な土鍋なら、さっさと引き取ってくれ。第一、土鍋を借りられなくてはハンバーグが作れないではないか！　と和紗は軽く切れそうになる。

「だから－！　他に使えるものがないの！　いいでしょ、ちゃんときれいに洗って返すから！」

「却下！」

「意地悪！」

「うるさい。いいから待ってろ、五分で行く」

「はあ？　何しに？」

風花の笑顔がさらに輝いた。おそらく『何しに』という言葉で、村越の登場を予期したのだろう。一方山埜は、すっかり肩を落としている。

一から十まで面倒くさい。いっそ、山埜と風花を残してどこかに出かけてしまおうか、と思った。

「来なくていい！　引き続き、たーっぷり寝て、日頃の疲れを癒《い》やしたまえ！」

和紗はここぞとばかり大音量で言い放った。

村越はいらない。いるのは挽肉《ひきにく》を捏《こ》ねるボウルだ。本人が来たところで事態は好転しない。だが、村越の声はますます上機嫌、和紗にしてみれば気に入らないことこの上なしだった。

「いいのか？　そんなこと言って。せっかく俺様がゲットしたばかりの特大ステンレスボウルを貸してやろうと思ったのに。土鍋を挽肉まみれにされるのは嫌だが、ハンバーグが出来上がらないのも気の毒だ。俺のせいみたいで後味が悪いし」

「……お願い致します」

「よかろう」

カラカラと笑いながら、村越は電話を切った。

なんでこのタイミングで特大ボウルなんて買い込んでいるのか、営業一課係長村越豪。おまえはいったい何を目指しているのだ！　と小一時間問い詰めたかった。

けれど、土鍋の代わりにボウルを貸すという申し出はありがたい。そろそろお腹も空《す》いてきたし、さっさとハンバーグを完成させ、ワインの一本でも開けて優雅なランチとしゃれ込みたい。

「村越さん、いらっしゃるんですか？」

風花の、期待たっぷりの眼差《まなざ》しが痛かった。

「みたいだね。土鍋の代わりにボウルを貸してくれるってさ」

「よかったー！　材料、多めに持ってきて！　村越さんのマンションが近くだって聞いてたし、できたころに声をかけてみようかなーなんて思ってたんですよ！」

この子、ほんとに自助努力の塊だ。

和紗は、またため息をついた。もう本日何度目になったかも数え切れない上に、村越の登場でさらにその回数は増えそうだ。山埜のがっかりした顔を見ているだけで、カウンターが回りっぱなしになる。ボウルだけ置いて帰ってくれないだろうか、と思ったところで、実現可能性はゼロだった。

『ビー』と『ジー』の中間ぐらいの音で呼び鈴が鳴った。

駅からそう遠くないのに家賃が安いのには理由がある。言うまでもなく構造と築年数だ。かれこれ四十年近く風雪に耐えたアパートは、いつ取り壊しのための退去を求められても不思議はないような木造二階建てだった。但し、取り壊しというのは大家が老齢で、どうかすれば更地にして処分されかねないという事情による。建物自体は今時の手抜きマンションよりはよほどしっかりしているため、外観のお洒落《しゃれ》さにこだわりさえしなければかなり快適、和紗のお気に入りの住まいだった。

「ちーっす！　ハンバーグの救世主登場！」

「なんて半端な救世主！　どうせ救うなら、地球ぐらい救え！」

「せっかく来てやったのに、なんて言い草だ。しかもちゃんと五分で着いたぞ」

「そういえば早かったね。走ったの？」

この巨大なボウルを抱えて走るのは難しいし、自宅からここまで走ってきたにしては息も切れていない。

村越の答えは明快だった。

「ボウルと一緒にチャリも買った」

なんで？　こいつの生活に自転車なんて必要ないだろうに。

和紗が呆《あき》れている間に、村越は勝手知った様子でずかずかと中に入っていった。

「諸君、ご苦労！」

「村越さん！　すみません、せっかくのお休みなのに！」

「お疲れ様です」

あーなるほど、これぞ女の子が好きな男に見せる笑顔。そしてこちらが、告白前に失恋が確定した男の落胆顔……もしかしたら私も今、山埜みたいな顔してるのかな……。

風花と山埜を交互に見ながら、和紗がそんなことを思っていると、村越がこれまた勝手に冷蔵庫を開けた。

「よっしゃ、ちゃんとワインが冷えてるな」

「勝手に開けるんじゃない！」

「まあそう言うな。せっかく来てやったんだからさ！」

やけに嬉《うれ》しそうな村越を尻目《しりめ》に、和紗は気を取り直して挽肉のパックを開けた。ボウルにどさっと入れ、風花に指示を仰ぐ。

「タマネギも入れちゃっていい？　もうすっかり冷めたみたいだけど？」

「さきにお肉だけ捏ねてください。次にお豆腐、タマネギはそれからです」

「了解」

自慢するだけあって、村越のステンレスボウルは四人分以上ある挽肉を余裕で混ぜられる大きさだった。

風花は、これならタマネギや溶き卵に浸したパン粉を加えても、しっかり捏ねることができます、と持ち主に心酔するあまり、ボウルまで褒めまくった。

捏ね上がった種の成形は、山埜が引き受けた。キャッチボールさながらに、右手と左手の間で挽肉の塊をぺちぺちやっているが、そこに込められた必要以上の力から山埜の心境が窺《うかが》い知れた。

あーあ……挽肉に八つ当たりか……気持ちはわかるけどさ……。

気の毒すぎて涙がでそうになる。だが、山埜の気持ちなど考えもしない風花は満足げだ。

「あーいいですねえ、山埜さん。それぐらい力を込めてくださると空気がよく抜けて美《お》味《い》しくなります」

「そう？」

山埜は嬉しそうに、さらに手に力を込めた。

ちょっと褒められたぐらいでそんなに舞い上がるな。どう考えてもあんたに勝ち目はないってのに……。

それでもハンバーグは美味しいほうがいいに決まっている。せいぜい頑張って空気を抜いてくれ、と思いながら、和紗は付け合わせの野菜を皿に盛った。

真っ白な洋皿に野菜の色が映える。どうせ揃いの皿なんてないだろうから、と風花が持参してくれたものだった。

「おー旨《うま》そう！」

フライパンの中には、大きめのハンバーグが四つ。しっかり焦げ目がつき、しかも焦げすぎてはいないという絶妙の焼き加減だ。風花は慣れた手つきでハンバーグを皿に移し、残った肉汁にケチャップとソースを混ぜる。ちゃちゃっとソースまで作ってしまうなんてさすが、と村越に褒められて、微《かす》かに赤くなっている様はかわいいとしか表現のしようがない。

料理の腕は上げられても、こういうのはどうしようもない。誰かに褒められて顔を赤らめるなんて技は和紗にはないし、これまではほしいと思ったこともなかった。

もし顔を赤らめるとすれば、罵《ば》詈《り》雑《ぞう》言《ごん》を浴びせられても、その相手に対する怒りと興奮による体温上昇の結果、というのが関の山。恥ずかしそうに赤くなる自分なんて想像もできない。

頬を染める風花と、それを見守る村越がまるで新婚夫婦みたいに見えて、和紗はさらに落ち込んだ。

「滝田さん、召し上がらないんですか？　冷めちゃいますよ？」

「あ、うん」

風花に促されて口に運んだハンバーグは焼き加減ばっちり、幾分多めかなと思った脂分もケチャップの酸味によってさっぱりとした印象に変えられていた。口の中でほろっと崩れる食感はたっぷり混ぜ込んだ豆腐によるものだろう。

「くーっ！　滝田先輩、グッドチョイス！　このワイン、ハンバーグにぴったりです！」

山埜が堪《たま》らず声を上げた。

本来は赤ワインを合わせるべきかもしれないが、よく冷えた白ワインは意外に肉料理に合う。しかも甘みの少ないドライタイプを選んだおかげで、ハンバーグやソースの味を邪魔することもなかった。

皿まで持参するほど用意周到な風花のおかげで、メタボ対策ばっちりの豆腐ハンバーグは大成功。次に全部自力で取り組んだとしても、それなりの仕上がりは期待できそうだ。

タコさんウインナー炒《いた》めや砂抜き損ねアサリバターよりもずっと主菜らしいし、酒にも合う。今回はワインだったが、ビールだって合うし、ケチャップソースの代わりにポン酢をかけた大根おろしでものっけてしまえば、日本酒だってＯＫだろう。

なんて素敵なメニューを選んでくれたんだ、と感謝しながら、景気よくワイングラスを空けていた和紗は、そこにいたってやっと料理講習会開催の目的を思い出した。

えーっと……でも、これ、もう私のどうこうできるレベルじゃないよねえ……。

山埜と村越はハンバーグをワインでやっつけながら、なにやら来週の営業回りの相談をしている。風花は同じくワイングラスを片手に、その様子をうっとりと眺めているが、目に入っているのは村越のみで、山埜は背景とでも思っているに違いない。その証拠に、彼女が時々打つ相づちは、すべて村越の発言に対してだった。

「……だそうだけど、滝田？」

風花のつぶらな瞳《ひとみ》とぽってりとして艶々《つやつや》の唇が、大きく上下するのをぼんやり見ていた和紗は、突然名前を呼ばれて我に返った。三人の視線が自分に集まり、みんなして和紗の返事を待っているが、いったい何を訊《き》かれたのだろう。

「ごめん、聞いてなかった」

「おまえなー!! 何をぼけっとしてるんだ！」

村越は、俺の話を聞かないとはどういうことだ！ と怒っている。ぼうっとしていた自分が悪いし、言い返せばまた口げんかになる。和紗は素直に頭を下げた。

「悪い、悪い。あんまりハンバーグが美味しくって別世界に行ってた。で、なに？」

「まったく……まあ、おまえにしては珠玉の出来だからな。久代さんが教えてくれたにしても、陶然となる気持ちはわからんでもない」

「『おまえにしては』って失礼でしょ。あんただって似たり寄ったりのくせに！」

「俺はボロネーゼソースを爆発させたり、アサリの砂抜きを忘れたりしない」

「あーそうだね！ せいぜい魚を焦げつかせたり、生姜《しょうが》焼きのタレで酒とみりんを間違えたりするぐらいだよね！」

「あれは鍋《なべ》の大きさに言及しなかったレシピの手落ちだ！ それに焦げてない部分はそれなりに旨かったし、生姜焼きだって最終的には全部食えた。おまえみたいにアサリ一皿全滅させたりしないし、ボロネーゼソースを顔で食う羽目にも陥らない」

「ほっといてよ！」

せっかく素直に謝ったのに！　と和紗は憤慨する。あんたがそんなふうだから年がら年中言い合いになるんじゃない！　後輩の前でみっともないったらありゃしない。

ところが、その後輩はふたりの口げんかなどいつものことだと割り切っているらしく、全く違う角度からコメントを出した。

「滝田先輩と村越さんって、普段から一緒に料理してるんですか？」

疑問はもっともだ。今のやりとりを聞けば、ふたりが失敗続きとはいえ、しょっちゅう一緒に台所に立っているようにしか聞こえない。だが、実際に一緒に料理したと言えるものはひとつもない。

焦げ焦げ煮魚は監視していただけだし、アサリバターは完成後の闖入《ちんにゅう》。ボロネーゼソース爆弾に至っては話を聞かせただけなのだ。

「一緒に作ってなんていないよ。たまたまその場に居合わせたことはあるけど、少なくとも共同作業はしてない」

一緒に作るというのは今日のようなことを言うのだ。タマネギを刻む人、肉を捏《こ》ねる人、添え野菜を作る人、それらの分担があって初めて共同作業となる。和紗と村越の場合とは全然違った。

「だったらよけいに仲がいいってことですよね。別々にやったことをちゃんと知ってる、それだけコミュニケーションが取れてるってことでしょう？」

だから山埜、どうしてあんたはそんなに私と村越が仲良しだってことにしたいんだ！

と文句を言いかけて、はっと気付いた。

いくら山埜が鈍感でも、こんなに目をハート形にしている様子を見れば、風花の気持ちが誰に向いているかぐらいわかる。もしかしたら、元々彼女が村越狙いだと気付いていたのかもしれない。

圧倒的敗色を悟った山埜は、村越と和紗の仲の良さを強調することで、風花に村越を諦《あきら》めさせる作戦に出たのだろう。

うーむ……卑怯《ひきょう》なり山埜……さすが後輩、あんたは私にそっくりだ。でも、その作戦には無理がある。村越が仕事のライバルもどき以上の立場に私を置く可能性は極めて低い、というかゼロだ。

和紗は、またしても危ない方向に転がりそうな思考を必死で止める。そうこうしている間に、風花がバッグを片手に立ち上がった。

「もう少し呑《の》みたいですよね？　私、買いに行ってきます」

いくらフルボトルでも、四人がかりで呑めばあっという間になくなる。特に村越のような大酒飲みに参戦されたら、ひとたまりもない。だが当の村越は何食わぬ顔で言う。

「わざわざ買いに行かなくても、ビールなら冷蔵庫に山ほどあるぞ」

「村越！　自分のものみたいに言うな！」

「おまえの冷蔵庫にビールが入ってないとしたら地球滅亡の日は近い。実際、入ってたし」

「私の冷蔵庫の中身が地球の運命にどう関係するのか、レポート用紙三枚にまとめてこい！」

「一行空きでいいか？」

「認めん！　コピペも禁止！」

「おふたりとも止めてください。どっちにしても私、お酒を混ぜて呑みたくないんです。だからワインを買いに行ってきていいですか？」

でももうハンバーグもあらかた食べ終わったし、これ以上いらないんじゃ……と言いかけたところで、和紗は山埜の縋《すが》るような目に気付いた。

そうか、ふたりで行かせるって手があるな。

和紗は即座に方針を変更し、風花に同意した。

「確かに、もうちょっと呑みたいよね。でも、昼酒の上にちゃんぽんはよくない。私らみたいなウワバミならともかく、風花ちゃんはあんまりお酒に強くないし……」

「ですよね！」

「じゃあ風花ちゃん、悪いけどワインとおつまみ、適当に見繕ってきてくれる？　あ、山埜、あんたは荷物持ちね」

これは良策だ、と大いに満足しながら、和紗は山埜を追い立てた。ふたりで買い物、しかもワインは種類も多いし、おつまみだっていろいろある。あっちがいい、いやそれよりもこっち、なんて相談しながら選んでいるうちにふたりの距離も近づくだろう。

ところが、その良策はこともあろうに風花本人に蹴《け》っ飛ばされた。

「でも、山埜さん、このあたりのお店とか御存知ですか？　ビールならコンビニでもいいでしょうけど、ワインってそれなりのお酒屋さんじゃないと……」

風花は上目遣いに村越を見て、さらにだめ押しのように言う。

「村越さん、ワインもお好きですよね？　選び方とかお詳しいんでしょ？」

私や山埜さんではお好みじゃないのを選んじゃいそうですし、と言われ、村越は、じゃあ行ってくるか、と腰を上げた。

「山埜も来いよ。ラベルの読み方ぐらい教えてやるぞ」

「そこまでゆっくりしてる時間はありませんよ。それはまた今度ってことで」

あくまでもふたりで行きたい風花に死角はなかった。今度ちゃんとした講習会を開いてもらいましょうね、なんて山埜をなだめすかし、風花は村越を引きずるように出かけていった。


「大丈夫？」

和紗は、おそるおそる声をかけた。山埜は、しょんぼりを通り越してしおしおになっている。

「風花ちゃん、必死でしたね。村越さん、いい男ですから、気持ちはわかりますけど」

「えーっと、まあ……ね」

「やっぱり、望みなしですかねえ……。村越さん、風花ちゃんに興味なさそうなんだけどなあ」

「そうかなあ。あの子、かわいいし、性格もいいし、何より仕事頑張ってるでしょ？」

風花は営業事務員として入社してきたときから、少しでも早く仕事を覚えようと一生懸命だった。五年近く経った今ではすっかり仕事にも慣れ、激務に耐える営業マンのサポート役として重宝されている。たまにしくじって落ち込むことはあっても、基本的に仕事を楽しんでいるようだし、結婚退社など頭の隅にもないはずだ。村越がこれまで『ごめんなさい』を連発してきた、仕事は腰掛けなんて考えている女の子たちとは全然違う。

「仕事もすごくフォローしてくれてます。だからこそ、俺も……」

「わかるよ。あんたもいっぱい助けてもらってたもんね……ってか、後輩にフォローされるってどうなの？」

「ですよね。俺、ダメダメすぎ……」

「あ、でも、まあ、あんただって最近随分頑張ってるし！」

和紗はいたたまれなくなって慰めるように言った。だが山埜は、依然として肩を落としたままだ。

「頑張ってますよ、もちろん。最近は大きなミスもしてないし、受注だってかなり順調です。同期の中ではけっこういい線行ってるんです。でも、村越さんと比べられたら……

「……」

はあーっとまたため息をついたあと、山埜は不意に和紗の顔をじっと見た。

「……いっそのこと、滝田先輩が村越さんと付き合ってくれませんか？」

「あんたねえ」

山埜がそういう希望を持っていることには気付いていたが、まさか本当に口にするとは思わなかった。他力本願もここまで来ると罪である。

振られるならひとりで大人しく振られてくれ、私を巻き込むな。あんたに付き合って振られ組を結成する気なんてない！

だが和紗の半ば睨《にら》み付けるような視線に気付きもしないで、山埜は独り言のように語り続けた。

「かわいそうじゃないですか。先に滝田先輩たちが付き合い始めたら、風花ちゃんは告白することもないし、振られることにもならないでしょう？」

「たとえ私とどうにかなった、なんて聞いたとしても、風花ちゃんならダメ元で告白するよ。それに、村越だって相手が風花ちゃんならOKするかも」

「村越さんは、風花ちゃんの気持ちに気付いてるはずです。風花ちゃん、一課にいたときからけっこう積極的に近づいてたし」

「え、前からそうだったの？」

「ええ。それなのに村越さんはずっとスルーしてたんですよ。バレンタインとかだって、周りから見たら一発で本命チョコだってわかるようなのを差し出したのに『義理チョコにこれはやり過ぎだぞ』なんて、笑い飛ばしたんです」

「うわ、あいつは悪魔か」

「ちょっとかわいそうでした。でも、つまりそういうことなんです。もしも村越さんが風花ちゃんに気があるなら、とっくに付き合い始めてます。でも、実際はそうじゃない。かといって振られてもいない。つまり、告白なんてできない雰囲気に持ち込んでるってことです」

そこに俺は一縷《いちる》の望みをかけてるんです、と山埜は言った。万が一、鉄壁のディフェンスをかいくぐって風花が告白したところで、村越が応《こた》えることはない。和紗と村越が付き合い始めたと知れば、さすがに諦めるしかなくなるはずだ、と……。

「えーそれで済むならとっくに諦めてるんじゃない？　村越、スルーしっぱなしなんでしょ？」

風花は、呑み会なら村越も誘ってくれ、と和紗に頼み、今日だってメンバーに入っていない村越の分までハンバーグの材料を用意したぐらいなのである。はっきり振られるまでは、諦めるつもりなんてないとしか思えなかった。

「あの子、けっこう肉食系だと思わない？　むしろ、今までごめんなさい連発だった村越が、誰かと付き合いだしたって聞いたら、自分にもチャンスがあるかもって奮い立ちそうだよ。しかも、相手が私なんて圧勝確定だもん」

「少なくとも村越さんは滝田先輩のこと嫌いじゃないですよ。というか、俺のこと目の敵にするぐらいだから、絶対気があります。たぶん、風花ちゃんもそれに気付いてて……」

「はーーー!? 目の敵になんてしてないでしょ!」

目の敵どころか、随分かわいがっている。自分に同行させて交渉の進め方を見せたり、山埜が問題を抱えて困っていると自分の仕事そっちのけで相談に乗ったりもしている。その村越を捕まえて、そんな言い草はないだろう、と和紗は怒りを隠せなかった。

ところが山埜は、あくまでもそれは仕事上のことだと断言する。

「普段はね。村越さんは大人だし、できる人だから部下の扱いだってちゃんとしてますよ。でも、俺が滝田先輩と話してると、すごい目で睨んでくるんです。この間のゴミ捨てのときだってかなり怖かったじゃないですか」

「あれは自分の部下に雑用を押しつけられたからでしょ? あと、仕事中なのに呑《の》みに行く相談してたし」

もごもごと呟《つぶや》く和紗を、山埜は呆《あき》れたように見た。

「ほんっと、にぶちんですねえ。俺と滝田先輩がふたりでいたからです。ふたりでゴミ置き場でこそこそ話してた。しかも、中身は呑みに行く相談。さっきの電話だってものすごく機嫌悪かったじゃないですか。休みの日に俺と一緒にいるのが気にいらなかったんですよ。風花ちゃんがいるって聞いたとたん、思いっきり口調が変わったみたいだったし」

村越と山埜は風花を巡るライバルで、だからこそやつは怒濤《どとう》の勢いで乱入してきたのだと思っていた。だが、それは違うと山埜は言う。

考えてみれば、村越は風花がいると聞いてほっとしたような声を出した。そう、まさしく『ほっとした』声だったのだ。決して、風花が来ていて嬉《うれ》しい、という感じではなかった。

――でもやっぱりあり得ない。やつの本心なんてわからないけど、とにかくあり得ない。すべては山埜の思い込み、そうあってほしいと願うあまりの妄想だ。

「ああいう男は後輩に本心を悟らせるようなへまはしない。単に、告白は男のほうから……なんて昔気質《むかしかたぎ》なことを考えて、チャンスを窺《うかが》っているのかもよ」

「そうでしょうか」

セッティングに協力は厭《いと》わないし、骨も拾ってやる。だから正々堂々と告白してこい、と和紗は勧めた。だが、山埜はいい返事をしない。なんて踏ん切りの悪い男だ、と呆れ返っていると、山埜はちょっと上目遣いに和紗を見た。

「村越さんと滝田先輩って、入社して営業部に配属されて以来、ずっと一緒にやってきたんでしょ？　風花ちゃん……いや、他の誰でも同じですけど、村越さんが滝田先輩以外の誰かと付き合いだしたら、情報交換したり、呑みに行ったりする時間はなくなりますよ。今までみたいな壮絶な口げんかもなし。それでもいいんですか？」

上等だ！　と脊髄《せきずい》反射のスピードで返すべきだとはわかっていた。村越との侃々諤々《かんかんがくがく》が全くない日々。なんて静かで平和な生活だろう。出くわすたびどころか、営業二課に出張してきてまで絡んでくる男が大人しくなってくれたら、和紗の能率は上がりまくるはずだ。営業賞だって夢じゃない。村越が風花ちゃんと付き合ってくれれば、こっちは自由にやれて万々歳。

そう言って笑い飛ばすべきだとはわかっていた。きっぱり切り捨てればいい。だが、どうしても言葉が口から出ていかない。それどころか、村越と関わることのない日々を想像しただけで、気持ちがどんよりと落ち込むのだ。

たとえ村越の気持ちが他の人間に向いていたとしても、やっと過ごす時間がゼロあるいはそれに近くなるなんて、耐えられそうになかった。

黙り込んでしまった和紗を正面から見据えて、山埜はなおも言葉を続けた。

「けんかするほど仲がいいって、先輩たちのためにあるような言葉だと思うんですよね。自分では気付いてないんでしょうけど、けんかしてても楽しそうなんですよ、おふたり。村越さんだってきっと同じです。だからこそ、風花ちゃんをスルーして……」

「もういいよ。あいつの心情なんて知ったことか！　ってか、あんたは本当に自分に都合よく考えすぎ。そのご都合主義な妄想癖、なんとかしないとそれこそ仕事にも差し障るよ」

常に最悪を考え対策を打つ。それができて初めて客の信頼が得られるし、契約が取れる。それは営業マンとして当然の姿勢で、山埜のような思い込みに基づく楽観視は禁物――

和紗はここぞとばかり、山埜に説教を始めてしまった。ややこしい話を蒸し返されないように、株式会社カジワラの営業マンたるもの……なんて話を引っ張っていると、ようやく買い物に出かけたふたりが戻ってきた。

それまで神妙な顔で説教を受けていた山埜が玄関に飛んでいった。よっぽど村越とふたりきりだった風花が気になったか、あるいは終わりそうもない説教にうんざりしていたのだろう。

「おかえりー。いいのありました？」

「遅くなってすまなかったな」

時計を見ると、彼らが出かけてから既に三十分以上経っている。酒屋はそんなに離れていないはずなのに……と思っていると、風花が申し訳なさそうに言った。

「ごめんなさい……こんなに時間が経ってたなんて気がつきませんでした」

「どうせこいつが蘊蓄《うんちく》を広げまくったんでしょ」

無駄にいろいろ知ってるから、と笑う和紗に、村越は『無駄にとか言うな！』と厳重抗議の姿勢を見せる。ここで一言二言返せば、またいつもの舌戦だ。『けんかするほど仲がいい』と言われるのがいやで、和紗は村越をスルーしてワインを受け取った。

「あーこれか！」

袋から出てきたワインを見るなり、和紗は歓声を上げた。

「……やっぱり滝田さんのお気に入りですか」

風花の声のトーンが少し下がった。村越がちょっと気まずそうになったので、何事かと思っていると、風花が事情を説明してくれた。

「最初に行ったお店にこのワインがなかったんです。他のワインはたくさんあったから、私はそのうちのどれかでいいかなって思ってたんですけど、村越さんが別の店に行くっておっしゃって」

「それでこんなに時間がかかったんですか……なるほど」

山埜がにやりと笑った。こいつ、また変なほうに取ってるな、としか思えない表情だった。

さっき呑んだワインの酔いはもうすっかり醒《さ》めている。それが時間の経過によるものか、あるいは山埜の話を聞いてしまったせいか、はたまた風花と村越が仲良くワインを選ぶ様子を想像してしまったせいか、和紗には判断できなかった。いや、判断したくもなかったというべきだろう。わかっているのは、こんな面倒くさい心理戦は自分には向いていない、早急に戦線離脱したい、ということだけだった。

新しく買ってきた二本のワインが空になったのは、午後四時を過ぎた頃だった。

風花は村越とふたりで選んできたというチーズやサラミ、その他の総菜類にことごとく手を加え、お洒落《しゃれ》な一皿にして出した。

モッツァレラチーズはスライストマトの間に挟んでバジルを飾る。サラミは千切りにしてルッコラをあわせてオリーブオイルでサラダに。ところどころに見える赤はチーズを挟んだトマトの切れ端だろう。冷凍の唐揚げはとろけるチーズと重ねてレンジでチン。仕上げに黒胡椒《くろこしょう》をぱらぱら……。

見るからにワインに合いそうだし、どれも魔法みたいにあっという間に出来上がった。

村越たちが二軒目に行った酒屋は、チーズやサラミといったつまみ類も豊富に取りそろえている。日によってはハーブも並んでいるが、和紗は買おうと思ったことなんてない。それをあっさりゲットして帰ってくるあたり、さすがは風花ちゃん、とため息が漏れる。

袋を破っただけのスルメや柿ピー、スナック菓子の類《たぐ》いをつまんでいたこれまでの『家呑み』とは格段の差。

唯一の救いは、それらの料理を大喜びで食べていたのはもっぱら山埜で、村越は『お洒落だね～』なんて言うばかりで、大して箸《はし》が動いていなかったことぐらい。だがそれはきっと、昼ご飯にしてはボリュームがありすぎた豆腐ハンバーグのせいだろう。

呼んだのは自分だし、さっさと帰れと追い出すわけにもいかず、このまま夜に突入するのだろうか……と思い始めたころ、ようやく山埜が帰ると言い出した。どうやら呑みすぎて眠気が差してきたらしい。和紗の部屋に来てから既に五時間以上経っている。では、そろそろ……ということで、みんなで使ったグラスや皿を片付け、解散の運びとなった。

「じゃ、滝田先輩っ！　おっ邪魔しまーしたー。まーた明日《あした》～！」

大丈夫かこいつ、家までちゃんと帰れるのか？　と疑いながらも、和紗は客たちを玄関で見送った。

「はいはい、気をつけて帰ってね。風花ちゃん、ハンバーグの作り方を教えてくれてありがとう。あ、素敵なおつまみも！」

「とんでもありません。すごく、楽しかったです！　村越さんが来てくださるなんて、思いもしませんでした。この間は、乗り気じゃないような感じだったのに……」

風花がとても嬉しそうに笑った。おそらく、村越がボウルを持ってまで駆けつけてきたのは、自分に料理を習いたかったからだとでも思っているのだろう。

「まあ……どうせなら上手《うま》くなりたいし……」

「じゃあ、また近いうちになにか作りましょうね！」

「ああ、そうだな。できれば和食、ヘルシー路線で」

「滝田さんと同じことおっしゃるんですね。村越さんも健康診断ひっかかったんですか？」

メタボ予備軍寸前だということは、健康診断の結果を受け取った直後に、一緒にとったランチで暴露してあった。だからこそ風花は、豆腐ハンバーグという健康的かつ食べ応《こた》えのあるメニューを選んでくれたのだ。だが、村越が健康診断に引っかかったという話は聞いていない。元々はラーメンや焼き肉といったこってりメニューが好きな村越が、ヘルシー路線を主張するのは不思議だった。

「俺は今のところ問題ない。でも滝田とは同い年だし、忙しさも食ってる物も似たり寄ったり。こいつがアウトなら、俺だっていつ引っかかってもおかしくないだろう？」

「でも、そういうのって個人差がありますし……」

「ま、備えあれば憂いなし。それに、こいつは今まで料理なんてしたことないし、自力じゃ変な飯ばっかりになりそうだ。失敗だらけじゃ早々に諦《あきら》めかねない。バトルに持ち込んで負けん気を煽《あお》ったら、ちょっとは頑張るんじゃないかと思ってさ」

　元々、料理には興味を持っていた。いい機会だから、滝田を挑発がてら自分もやってみることにしたのだ、と村越は豪快に笑った。

　そうだったのか。

　村越があんなに頻繁に料理バトルを挑んできた理由が、和紗のメタボ対策だったと知ってついついにやけてしまいそうになった。けれど、あくまでもそれは同僚としての気遣い、そして村越自身の健康のためだ。勘違いは禁物！　そう自分に言い聞かせ、和紗は風花に話しかけた。

「ということで、また何か教えてね」

　半ば営業仕様の笑顔の裏で、和紗は、どうかこの言葉の白々しさが本人に伝わりませんように、と祈っていた。

もう自分は、彼女に料理の教えを請うことはないはずだ。村越狙いを表明し、和紗に助力を頼んだ時点で風花はオープンリーチ状態。今後は何かにつけ、村越の話題が増えることだろう。それをにこにこ笑いながら聞くなんて辛《つら》すぎる。自分の中にある村越への想いをどうにかしない限り、これまでのように彼女と接することはできない。

そんな和紗の想いを知ってか知らずか、風花はいつもどおりの笑顔で応えた。

「わかりました！　いつでも呼んでください。じゃあ、今日のハンバーグ、頑張ってマスターしてくださいね！」

「うー」

前向きに検討する……というどこかの政治家のような和紗の台詞《せりふ》にひとしきり笑って、風花は玄関で靴を履いた。

じゃあ失礼します、と一礼したあと、風花は和紗の後ろに目をやった。山埜はとっくにドアの外、残っているのは村越だけである。だが、村越は壁により掛かったまま、靴を履く気配すらない。やむなく和紗は村越に声をかけた。

「あんた、風花ちゃんを送ってあげてよ」

「山埜がいるじゃないか」

「だってあの子、しっかり出来上がってるよ？　何であんなに呑《の》ませるのよ」

「俺じゃない」

そういえばワインを頻繁に注いでいたのは風花だった。さてはこの子、山埜を潰《つぶ》して置き去りにするつもりだったんじゃ、と疑うほどである。

見事だよ、風花ちゃん。欲しいものに一歩でも近づくためにありとあらゆる手を使う。それぐらいじゃなきゃ、『ごめんなさい』連発男なんてゲットできない。

それでも、ここに山埜を置いていかれては困る。そう思った和紗は、ふらふらしている山埜に活を入れる。

「ちょっと山埜、しっかりしなさい！」

今日の料理教室は山埜のためにセッティングしたのだし、そもそも呑み会の時点で山埜が自力で誘い出せていれば、和紗の助力など必要なく、和紗と村越をくっつけようなんて卑怯《ひきょう》な作戦も出なかった。和紗はだまし絵の中の壺《つぼ》に気付くこともなく、依然としてふわふわと『ターゲットは柿本課長』なんて思っていられたはずだ。気分は、おのれ山埜、どうしてくれよう！　である。

これは多分に八つ当たりの要素が含まれているな、と自覚しつつ、和紗は普段より三割増しできつい口調になるのを止められなかった。

だが、すでに酔っ払いまくっている山埜は、和紗の言葉などおかまいなしだった。

「だーいじょーぶでーすよ～」

自分で大丈夫と言うやつが大丈夫だったためしがない。

ここはやはり、村越に送らせるしかない。

ところが和紗が村越を促すよりも先に、またしても風花の『自助努力』が発揮された。

「村越さんのお家《うち》って駅の向こうなんですよね？　山埜さんは帰るっておっしゃるし、道ばたで潰れちゃったら私ひとりではどうしようもありません。申し訳ないんですけど……」

その言葉を聞いた瞬間に感じた気持ちに、和紗は心底うんざりしてしまう。

今、まさに村越に風花を送るように言おうと思っていたくせに、彼女自身がそれを言い出したのが面白くなかった。

あーこれ、焼き餅《もち》ってやつだ。七つも年下の女の子相手になんてみっともない。

あまりにも情けなくて、和紗はとにかく目の前の状況から逃げ出したい気持ちでいっぱいになってしまった。気分は、もうどうでもいいから速やかに退場してくれ、だった。

「村越、よろしくね」

「おう。あ、悪いが、チャリ、置かせといてくれ」

「あんた、歩いて帰るの？」

「飲酒運転じゃん」

靴を履きながら応えた村越に、和紗は、それはヤバいね、と頷《うなず》いた。ところが、そのとき風花がまた口を開いた。

「あの、乗ってなければ飲酒運転にはならないんじゃないですか？　どうせ私たちも歩きですから、押して帰ったらどうでしょう？　私が押していってもいいし」

一瞬、風花を見たあと、村越はなぜかため息交じりの口調で言った。まさか後輩、しかも女性に自分の自転車を運ばせるわけにはいかないと思ったのだろう。

「大丈夫だよ。自転車ぐらい自分で押せる」

「そうですか。よかった」

風花がほっとしたように言った。

もしかしてこの子、村越が自転車を取りにまたここに来るのが嫌だったんじゃ……。

とっさにそう思ってしまった自分が、ほとほと嫌になった。これ以上、黒い自分を見たくなくて、和紗は三人に別れを告げた。

「じゃあみんな気をつけて」

「はーい。長々お邪魔しました～。さ、村越さん行きましょう！」

山埜さん、しっかりしてくださいよーなんて言いながら、風花は機嫌良く階段を降りていった。


リビングに戻るなり、和紗はやれやれ、と床に寝転んだ。

今日は本当に疲れた。なんだか身体が重いし、頭もずきずきしてきた。明日の仕事の段取りとか考えなきゃならないけど、とりあえずちょっとのんびりしよう。あ、でもニュースぐらいは見ておかないと……。

そう思った和紗は、ひとりになったとたんに襲ってきたけだるさと闘いながら、テレビのリモコンに手を伸ばした。

　ところが、ニュースの前の天気予報が終わるか終わらないかのうちに、またしても『ビー』と『ジー』の中間ぐらいの音で呼び鈴が鳴った。

　宅配便でも来たのだろうか……と思いながら、ドアスコープを覗《のぞ》くと、ドアの向こうに立っていたのは、さっき帰ったはずの村越だった。

「忘れ物？」

「ちょっと話があってさ」

　正直、今日はもう疲れたし、眠いんだけど、と言ってみたもののそれで引き下がるような男じゃない。村越はなぜか余裕たっぷりの声で話しかけてくる。

「いいのか？　そういうこと言ってて」

「は？」

「誰かさん切望の限定アイス、せっかく発見したんだけど、まあこれだってメタボにはあんまりよくないし、しょうがないから持って帰……」

　誰かさん切望の限定アイス――!?

「ちょっと待ったーーー!!!」

　頭痛も忘れて、反射的に叫んでしまった。誰かさんとは言うまでもなく和紗だ。メーカーとコンビニのコラボ商品で発売と同時に売り切れ続出。同系列のコンビニが目に入るたびに探しに入っていたが、見つけたことはなかった。その貴重なアイスが今ここにあると言われて、無視なんてできるわけがない。和紗は勢いよくドアを開けた。

「どこで見つけたの!?」

「うちの近所のコンビニ。おまえ、これ探してるって言ってたから」

「聞いてたんだ」

そういえば、先日の合同祝勝会のときも何かの流れでアイスクリームの話になって、和紗はしきりに『あのアイス、一度食べてみたいと思ってるのに、全然見つからない！』と嘆いた覚えがある。おそらく村越はそれを覚えていて、買ってきてくれたのだろう。

「山埜たちと別れたあと、駅前のコンビニに寄ったら、ふたつだけ残ってた。で、とりあえずゲットした」

レジで訊《き》いたところによると、今朝二十四個入りが一箱だけ入荷したという。朝から飛ぶように売れて、これが最後の二個。またしばらくは入荷予定がないらしく、村越は『お客さん運がよかったですね』なんて言われたそうだ。

「……村越、あんたもしかして自転車で戻ってきた？」

家に自転車を置きに行ったにしては、時間がかかっていない。自転車に乗ってきたとしか思えなかった。

「お？　あー、さすがにもう醒《さ》めただろ。ってか、ちんたら歩いてたら溶けるだろう！」

まったくこの男は……と呆《あき》れつつ、和紗は浮き立つ気持ちを止められなかった。

わざわざ買ってくれたばかりか、溶けないように自転車を飛ばしてきてくれるなんて。

「サンキュ。あんたって本当にこういうとこは気が回るよね」

「この気配りこそが、俺がトップセールスマンたる所以《ゆえん》だ」

「あーはいはい、そのとおり。見習わせていただきます」

和紗は適当に相づちを打って、早速アイスクリームを取り出した。ふたつ入っているからひとつは村越の分だろう、と思って差し出しても、やつは受け取らない。

「俺はいらない。冷凍庫に入れとけよ」

「え、いいの？　ラッキー！」

さらにほくほく顔になって冷凍庫にしまい、では予備もあることだし心置きなく、とカップの蓋《ふた》を開けた。村越が苦笑交じりに言う。

「本当に嬉《うれ》しそうだな」

「だってずっと探してたんだもん。で、話って？」

貴重なアイスで釣ってドアを開けさせてまで聞かせたかったのだから、よほど大事な話なのだろう。アイスを食べながら聞いていいのか悩むところだった。

「うん……これ、まだ内々の話なんだけど、おまえには言っておこうと思って」

「なに？」

「小杉課長が転勤になる」

「え……？」

突然の異動話に、和紗は言葉を失った。そんな和紗に、村越は言葉少なく説明を加えた。

「俺も詳しいことは聞いてないが、どうやら家庭の事情らしい。本人から異動願いがあったんだってさ」

「そう……それじゃあ仕方ないね」

確か小杉は結婚していて、夫は株式会社カジワラの近くに勤めていると聞いた。昼休みに待ち合わせてランチを取ることもあるし、呑《の》み会のあとに迎えに来たこともあった。見るからに仲睦《なかむつ》まじい夫婦だったから、もしかしたら夫に転勤話でも持ち上がって、ついて行きたいから……とでもいう理由かもしれない。

合同祝勝会のとき、柿本課長と話し込んでたのもその話題だったのかな、なんてぼんやり考えながら村越を見ると、やつはまだ何か言いたそうにしている。

そこに至って、ようやく和紗は村越がわざわざ戻ってきた理由に気がついた。ただアイスを届けに来てくれたわけではなかったのだ。

「小杉課長の後任って……」

村越は無言で小さく頷いた。ものすごく困ったような顔で……。

おそらく村越は和紗の手前、手放しで喜べない、あるいは喜んではいけないと思っているのだろう。

「そっか……」

「滝田……」

「あ、大丈夫、そんな顔しないで。あんたが先に課長になるのは当然だし……」

主任になったのも係長になったのも村越が先だし、実績だって断然上だ。柿本課長のほうが小杉課長よりも着任が早いから、もしかしたら柿本課長の昇進に伴って自分が先に繰り上がるかも、なんて、それこそ楽観的すぎる妄想だ。山埜をどうこう言える筋合いじゃない。

それに、冷静に考えれば、もしも柿本課長が昇進したからといって、和紗も昇進するとは限らない。同じ営業部所属、村越が課長になる可能性のほうがずっと高いだろう。その場合、和紗の直属の上司が村越になってしまう。さすがにそれは耐えられない。そんな事態を避けられたことを喜ぶべきだ。

村越は営業マンとしての実力も、上司としての指導力や人望もある。それが和紗に向けて発揮されないのはいかがなものかと思わないでもないけれど、今の営業一課にとって彼以上の人選はないだろう。

「おめでとう！　また置いてかれちゃったなあ」

「おまえだってすぐに……」

「そうだといいけどね。ま、せいぜい早く柿本課長が昇進するように祈りまくって」

「そうだな。でも柿本課長が昇進となったら、他の部署に行く可能性が高いな。となると、おまえの上司も替わるってことになるのか……」

課長までは部内で昇進させるが、その上となったら話は別だ。いずれ本社の営業部長になるにしても、その前にどこかの事業部の営業部長や事業部長になることのほうが多い。柿本の昇進は、すなわち彼が和紗の上司ではなくなるということだ。

村越にそれを指摘されても、大した感慨も湧かない。これが一週間前ならさぞや大騒ぎをしただろうにと、和紗は自分の感情が、決定的に変わってしまったことを改めて思い知らされた。

「そうか。長い付き合いだから、もうずっといるもんだと思ってたけど、確かにそのとおりだね」

「あと一年、長くても二年ってところだろう。まあ、それでおまえが繰り上がれれば万々歳だけどな」

「どうだろう。小杉課長みたいに、よその営業所から人が来るかもしれないよ」

小杉は極めて有能だ。その上、女性に求められがちな気配りだってたっぷりある。女性で課長まで昇進するにはあれほどでなければならないのか、と思うとちょっと憂鬱《ゆううつ》になるぐらいだ。今の自分は小杉は言うまでもなく、村越にだって十分劣る。自分が課長になるのは時期尚早、よそから新しい課長が来るに決まっている。

「なんだ、そのヘタれた発言は。おまえらしくない。いつもみたいに、待ってろこの野郎！　って中指ぐらい立ててくれないと調子が狂うじゃないか」

「そんな躾《しつけ》の悪いことしない、って言っても今更か。まあ、あれよ、私もちょっとここらで方針を変えるべきかもね。なんかこう、女性に求められがちなことに応える方向にさ」

風花といい、小杉といい、和紗とはまるで違う。彼女らの細やかさを前にすると、自分が戦車かブルドーザーみたいに見えてくる。同じ女性なのに、と思うと、やはり改めるべきところがあるような気がしてならないのだ。

ところがそんな和紗の方針変更宣言は、村越の目には奇異にしか映らなかったらしい。

「おまえ、なんか変なもの食った？」

「今日は、あんたと同じものしか食べてない」

「それもそうだな。じゃあ、熱でもあるのか？」

そう言いながら伸びてきた手が、額に乗った。とたんにびくっと肩が震える。

今までだってこんな風に触れられたことはあった。それどころか、腕を首筋にぶつけられたり、首の後ろに腕を回され頭ごと抱え込まれたりしたこともある。もちろん、それはラリアットとかチョークスリーパーといったプロレス技で、過ぎた口への制裁ではあったけれど……。

それなのに、なぜ今日に限ってこんなことになるのか。自分の反応のありえなさに、限定アイスではっきりしたはずの頭がまたくらくらしてくる。

あーなんか今日、こいつの手、冷たい……。いつももうちょっと体温高いような気がしてたけど、気のせいかな。まあ毒舌大王、冷たい言葉連発の男に相応《ふさわ》しすぎる体温だけど……。

「……田、滝田！」

名前を連呼され、改めて村越に目をやると、なぜかやつの目には心配の色が浮かんでいる。

「あ、ごめん……なに？」

「おまえ、熱あるぞ！」

「ええー……マジか。これぞまさしく鬼の霍乱《かくらん》……」

「自分で言うな！　てか、冗談言ってる場合じゃない！　いつから具合悪かったんだ！」

朝から素晴らしく元気でした。はい、完璧《かんぺき》に。具合が悪くなったのは、あんたたちが買い物に行った間に山埜の馬鹿タレと変な話をしたからです。ついでに小杉課長の転勤話に驚かされた挙げ句、改めて柿本課長がいなくなっても全然平気だと気付かされて打ちのめされたからです。あんたが買ってきてくれたアイスもほとんど味がわかりません。待望の限定品だったのにこんなに美味《おい》しくないなんて超がっかり――

なんて言えるわけがなかった。

精神の乱れがそのまま体調に影響するなんて、我ながらなんて『ヘタレ』っぷりだ。いっそあんたの手の下のおでこに『ヘタレ女王』とでも書き込みたいぐらいだ。って、いいからいい加減にその手を離してくれ。せっかく毒舌大王に相応しい体温だって面白がろうとしたのに、ただの当社比だったなんて洒落《しゃれ》にもならない。

　熱があると知らされたとたんに、アイスの到着で吹っ飛ばしたはずの気だるさが戻ってきた。どこまでも情けない自分を嗤《わら》いながら、和紗は村越の手から逃れた。

「あんたの昇進話を聞いて悔しくて熱が出た。でも大丈夫。半分知恵熱だから、寝れば治る。ということで可及的速やかにお引き取りください」

「引き取れるわけないだろ？　原因は俺みたいだし」

　あ、藪蛇《やぶへび》だった……と思ったが後の祭り。全面的に村越昇進ショックにしようと思ったのが裏目に出てしまった。

　村越は部屋の奥にあるベッドまで和紗を引っ張っていき、布団を剝《は》いで言った。

「とりあえず、横になれ。なんか食い物買ってくる」

「いいよそんなの……お腹いっぱいだし」

「よくない。食わなきゃ治らないし、時間が経てば腹も減る。昼間散々食い散らかしたから、食材ゼロだろ？」

　そういえば、風花はつまみを作るのにけっこう和紗の食材を使っていた。へえ、この食材をこんな風に……と感心したし、とても美味しかったことは確かだが、冷蔵庫やストックは空っぽになってしまった。

「適当に見繕ってくるから、おまえは着替えて寝てろ。薬はあるのか？」

「ない」

「じゃあそれも買ってくる」

「知恵熱に効く薬ってあるの？」

「風邪薬でいいだろ。熱は熱だし」

心配してくれているのかいないのかさっぱりわからないような台詞《せりふ》を吐いたあと、村越はどすどすと玄関に向かっ……たかと思いきや、すぐに引き返してきた。

「下駄《げた》箱の上の鍵《かぎ》、借りてく。開けっ放しは不用心だし、おまえに開け閉めさせるのも酷だからな」

「何から何までどうも……」

「いいから寝ろ。しおらしくされると気味が悪い」

言うに事欠いてそれかよ！　と怒鳴り返したくなるような言葉とともに、村越は出て行った。もっとも、怒鳴り返す気力は皆無だったけれど……。

熱なんて久しぶりだな。風邪が流行《はや》る時期でもないのに、ってこれ夏風邪ってやつか。馬鹿じゃん私。まあ、熱を出した意中の男を看病するならまだしも、その逆なんて馬鹿以外に言いようがないけど……。

そんなことを考えながらのろのろと着替える。乙女感たっぷりのふりふりパジャマじゃなくてよかった。村越に爆笑されるところだった、と思ったところで、今までそんな物を買ったことも着たこともないと気付いて苦笑する。

風花なら、レースたっぷりのピンクの花柄とか持っていそうだが、和紗のパジャマは、そのままジョギングにでも行けそうな感じの短パンとTシャツである。しかも色は黒、言うまでもなく部屋着兼用だ。腹黒が真っ黒なシャツ着てやがる！　とけたたましく笑う村越を思い浮かべながら、和紗は眠りに落ちていった。


がさがさ、というレジ袋がこすれる音で、和紗は目を覚ました。

首を伸ばして台所のほうを窺《うかが》うと、村越が冷蔵庫の前にしゃがみ込んでいた。おそらく買ってきたものをしまっているのだろう。ほぼ空っぽだからさぞやしまいやすいことだろう、なんて思っていると、村越が振り向いた。閉めたばかりの冷蔵庫からペットボトルを取り出し、こちらにやって来る。

「具合はどうだ？　薬飲むか？　あ、何か食ってからのほうがいいか」

「そうだね……」

「じゃあ、とりあえず水分補給だ。たっぷり飲め」

了解、とばかりに受け取って口をつける。わざわざ蓋《ふた》まで開けてくれるなんて親切すぎて、村越らしくないことこの上なし。だが『らしくない』にかけては人のことなど言えない状況なので、あえて口にはしなかった。

飲酒と熱の両方で渇き切った喉《のど》によく冷えたスポーツ飲料が心地よい。この一本を買ってきてくれただけでも次の口論に負けてやる理由になる、と和紗は感謝のため息を漏らした。

「サンキュ。なんか、生き返った気がする」

「簡単な身体だな。どれ……」

また村越の手が額に乗った。だが、あいかわらずやつの手は冷たい。夜に入っても暑さは去らない。それなのに、買い物から戻ってきたばかりの男の手がこんなに冷たいと感じるのだから、まだ熱は下がっていないのだろう。案の定、村越は額に皺《しわ》を寄せている。

「熱い。これ、さっきより上がったんじゃないか？」

「えーそうなの？　ちょっと寝たら楽になった気がするんだけど」

「『ザ・気のせい』ってやつだ。困ったな、病院に行くか？」

薬を買いに行くよりも病院に連れてくべきだった……と村越は後悔している。だが、どうせ日曜日で病院は閉まっているし、休日診療所はけっこう遠い。タクシーで往復することを考えただけでもぐったりしてくる。ただ熱があるだけなら、大人しく寝ているほうが良策に思えた。朝になっても快方に向かわなければ、近くの病院に行けばいい。

「このまま寝てる……。明日《あした》の朝まで待って、だめなら病院に行く」

「まあそれも手だな。腹は減ったか？」

「あんまり……午後一杯、散々呑《の》み食いしたし。それより、今、薬飲んで大丈夫かな？アルコールが残ってたらまずいよね」

「あーそうか……もうちょっと後のほうがいいな。でも、とりあえず粥《かゆ》ぐらい……」

そう言うと村越は立ち上がって台所に向かった。

「えーっと……まさか次期営業一課長殿自らお粥を炊いてくださる……？」

「んなわけないだろ。レトルトだ！　この暑いのにいつ食うかわからないようなお粥を作り置きできるか！」

作れないわけじゃないからな！　と村越は言うが、怪しいものだ。きっと水分の量が全く不適切なお粥が出てくるに違いない。

「よかった……胃にまでダメージ受けたくない」

「ほんとに減らない口だな！」

それでも、大して気にもしていないような顔で村越はお粥のレトルトを掲げる。

「梅と玉子とただの白粥、どれがいい？」

何でそんなにいっぱい買ってきてるのよ、と呆《あき》れながら、梅入りを選ぶ。子どものころから、具合の悪いときは決まってお粥と梅干しが出てきた。梅干しなんて家にはないから、最初から梅干しが入ったお粥はありがたかった。

「了解。ちょっと待ってろ、今温めるから。これレンジで大丈夫かな？」

「ラップ！　ラップを忘れないで～！」

なるほど、お粥爆弾は嫌だもんな、と頷《うなず》きながら、村越はサラダ用の皿にお粥をあけ、ラップフィルムを張る。ブーンというレンジ特有の音が続き、ほどなく仕上がりを知らせる電子音が鳴った。和紗のオーブンレンジには万能温めキーがついている。ラップフィルムさえ適正に使用すれば無敵なのだ。さぞや美味しく温まっていることだろう。

「よっしゃ、完璧。食わせてやろうか？」

村越が、笑いを含んだ顔で言う。勘弁してよ、と断り、和紗は皿とスプーンを受け取った。

「梅、美味《おい》しい……。やっぱり具合悪いときは梅干しだね」

「そりゃよかった。もうしばらくしたら薬も飲め」

とにかく『早く、よく効くやつをくれ』って頼んで買ってきたから、効かなかったら金返せって文句言う、と村越は本気とも冗談ともつかぬことを言って笑った。

「了解。あとは大丈夫だから……」

「おう。じゃあ俺も腹減ったから、これで帰るわ」

「もうお腹すいたの？　消化するの早いねー」

「じゃなくて、あのハンバーグ、旨《うま》かったけど実はちょっと足りなかった」

「え、でもそのあとだって散々おつまみが……」

和紗はそこで言葉を切った。風花が作ったつまみを、村越は大して食べていなかったことを思い出したからだ。

「なんで食べなかったの？　どれも美味しかったのに」

「うーん……なんかお洒落《しゃれ》すぎて傾向が違うというか……。ま、いいじゃん。山埜が嬉《うれ》しそうに全部食ってたし」

確かに最終的にすべての皿は山埜が空にした。美味しかったということ以上に、風花が作ったものを残してはならない、という気持ちが窺えて、なんだか微笑ましかった。だが、村越にはそういった気持ちは全くなかったらしい。正直、和紗はそれが嬉しかった。

ごめん風花ちゃん……ほら私、今、熱で頭いっちゃってるから……。

和紗は、とっさに喜んでしまったことを熱のせいにした。一方、村越は薬と水を和紗の枕元に置き玄関に向かう。せめて見送ろうとベッドから出ようとしたところで、村越の声が飛んできた。

「出てくんな。鍵は俺がかけて、新聞受けから放り込んどく」

「ありがとう。あんた、意外といいやつだよね」

「だから、今更なにを、だ。ま、気合いで治せ」

「へーい」

カチャン、というドアの内側に鍵が落とされた音とともに、村越は帰っていった。

あーなんだかぼんやりする。この熱、明日までに下がるかなあ……。

和紗は微妙に寒さを感じながら、そんなことを思う。きっとまた熱が少し上がったのだろう。明日は外せない商談がある。解熱剤を倍量飲んで、石にかじりついてでも出社しなければならない。とはいえ、このぼんやりした頭で商談ができるかどうか怪しいものである。柿本に同行を願うという手もあるが、入社したての新人でもあるまいし、具合が悪いから助けて、なんて言いづらい。何が何でも一晩で治さなければ……と、和紗は布団を頭から被《かぶ》る。少しでも温かく、いや暑くして汗をかけば熱もきっと下がるはずだ。

翌朝、和紗はアラームの音で目を覚ました。

微妙な倦怠《けんたい》感は残るものの、昨夜のような悪寒はない。明け方目が覚めて口に放り込んだ風邪薬が効いたのだろう。

無理やり押さえ込んでいる感がないでもないが、これならなんとか出社できそうだ。

ここ一番の大勝負だ。長い間、価格交渉が続いて、会社としてもこれ以上譲れないところまで来ている。今日という今日は、契約に漕《こ》ぎ着けたかった。

商談のあとは、帰社して事務処理。このところ外回りが続いていたから、机に書類が山積みだ。そろそろ処理しないと、柿本課長に叱られるし、事務だって困る。動けるうちにやっちゃおう！

和紗は、えいっ！　とばかりにベッドから起き上がった。ところが、着替えも終わらないうちにスマホが着信を告げる。こんな朝から何事だ、と覗《のぞ》き込んでみると発信者は村越だった。

「具合はどうだ？」

「なんとか。あ、昨日はサンキュー。あの薬、ばっちり効いたよ」

「ほんとにか？　人間の薬がおまえに効くとは思わなかった」

「失礼な！　じゃあ何で買ってきたのよ」

「冗談だ。薬、何時に飲んだ？」

「明け方……五時前？」

「……じゃあ、とりあえず薬が効いてるだけって可能性もあるのか」

「いいんだよ、とにかく熱が下がってればこっちのもの。あとは気力でなんとかする！」

「今日の予定は？　外回りもあるのか？」

「午前中に商談が一件。そのあと事務処理」

「商談の相手は？」

「三宅《みやけ》建設」

「三宅……担当は高宮《たかみや》？」

「よく知ってるね」

「前に三宅でゼネコン担当やってたやつだ。それから一般住宅に移った。けっこう難物だろ？」

「そうなんだよね。普通ならこのあたりでＯＫになるのにちっとも判子くれない」

「だよな」

同意のあと、少し考えているような沈黙が続いた。何事かと思っていると、不意に質問が来た。

「準備は出来てるのか？」

「完璧《かんぺき》。値引きも部長決裁でぎりぎりまで」

「隠し球、残したか？」

もうこれ以上値引きできません、と断ったあと、最後の最後で少しだけ値を下げる。それを『隠し球』と呼ぶのだが、上司の決裁で予定外の値引きを許可されると、舞い上がって隠し球を仕込み忘れることがある。村越が心配しているのは、そのことだった。

「失礼だよ、村越。何年営業やってると思ってんの？」

「念のためだ。で、何時の約束？」

「十一時」

「場所は三宅の本社だな。それならなんとかなるか……。よし、一緒に行ってやるよ」

「なんで⁉　私の現場なんだから自分で……」

「熱で惚《ほう》けた頭であいつとやり合うのは危険だ」

「惚けてないよ。準備だってしっかりできてたでしょ？」

「その準備は、熱がないときにやったんだろ？　今日とんでもない条件を突っ込まれたらどうする気だ？　病み上がりの状態でそれに気付けるのか？　俺ですら、前に一度無茶な納期で発注されそうになった。危うく未然に防いだが、やられちまって工場を大混乱させたやつはいくらでもいる。おまえのプライドの問題じゃない」

会社の利益に関わる、とまで言われたら反論の余地はない。和紗はこんなタイミングで熱を出した自分を呪いながら、村越の同行を認めざるを得なかった。

「普段のおまえならそんな間抜けなことにはならないってことぐらいわかってる。今回にしても大丈夫そうなら口なんて出さない。ま、とりあえずお手並み拝見だな」

じゃあ十時五十分に三宅建設の前でな、と村越は電話を切った。

こいつに来てもらってよかった……。

正午ちょうどに三宅建設を出たところで、和紗は深いため息をついた。

商談自体はなんとかまとまった。あらかじめ釘《くぎ》を刺されていたせいで、相手が書き出した契約条件を細かくチェックし、打ち合わせとは違う納期になっているのを見つけることができた。

三宅建設の高宮は、さも単純ミスのような顔で詫《わ》びてきたが、もしもこちらからの指摘がなければそのまま通すつもりだったのだろう。通常より一週間も短い納期だったから、製作も取り付けもてんやわんやになるところだった。そうならずにすんだのは、村越のおかげとしか言いようがなかった。

だが、それだけなら朝の電話の警告で十分だった。何より感謝したのは、無事商談を終えてほっとしたとたんに襲ってきた頭痛と悪寒のせいだった。

「ごめん、村越。ちょっと、歩けそうにない……」

「なんだその顔色！　大丈夫か!?」

「強がりも言えないぐらい具合悪い……」

「やっぱり薬で抑えてただけだったんだな！　ちょっと待て、今タクシー止めるから」

「うー……かたじけない……」

武士か！　とお笑い芸人のような突っ込みをしつつ、村越はタイミングよくやってきたタクシーに向かって手を上げた。

目の前に止まったタクシーに和紗を押し込み、村越は続いて自分も乗り込んだ。ひとりで大丈夫だという和紗の言葉など完全無視で、運転手に和紗の住所を告げる。

「家じゃなくて会社……正式な契約書を作らなきゃならないし、書類も山積み……」

「その状態で仕事なんてできるわけないだろ！　今日の首尾は連絡入れたし、契約書は俺がなんとかする。書類はもう一日、二日待ってくれって柿本さんに頼んどく」

「何から何まであいすまん……」

「まったくだ！　そもそも契約の大詰めで体調崩すなんて営業失格だぞ」

反論の余地もなければ体力もない。和紗はただ黙って、ぐったりとシートに沈む。体中にひりひりするような痛みが走っているところを見ると、また熱が上がってきたのだろう。頭痛まで加わって、まごう方なきノックアウト状態だった。

昨夜に引き続き、和紗の額に手をやった村越が叫ぶ。

「あー、また熱が上がってる！　昨日よりも高いぞ、これ！」

ねる。

「村越殿……すまんが、もちっと小さな声で頼む……拙者、頭が割れそうじゃ」

「だから、武士ごっこは止めろ！　おっと……すまん」

頭痛に顔をしかめた和紗を見て、村越は慌てて声量を控えた。さらに小声になって訊《たず》ねる。

「滝田、かかりつけの病院は？」

「かかりつけはござらんが……東山《ひがしやま》病院なら診てもらったことが……」

「ああ、駅のそばか。俺も予防接種とかで世話になってる」

あそこ、遅くまでやってていいよな、と頷《うなず》きながら、村越は運転手に告げる。

「すみません、行き先変更してもらって良いですか？」

「東山病院、ですね？」

察しの良い運転手は即座にカウンターを上げて次の交差点を左折、十分後にはふたりは東山病院のエントランスに降り立っていた。

受付の前にあった長椅子に和紗を座らせ、村越はぬっと手を差し出す。

「保険証。あと診察券とかあるか？」

「ござる……」

武士口調が抜けきらぬまま、和紗はごそごそと鞄《かばん》から保険証と診察券を取り出す。当然のようにそれを和紗の手から奪い、村越は窓口に向かった。

「空いてるからすぐだってさ。よかったな」

そう言われて見回してみると、待合室は患者もまばら。これならあまり待たずに診てもらえそうだ。

東山病院は小児科、内科、整形外科と何でも診てくれる病院だけあって、普段はとても混み合っている。熱と頭痛を抱えて一時間待ちとかだったら辛《つら》いなあ、と思っていただけに、嬉《うれ》しい誤算だった。

にしても……村越、ちょっと親切すぎる……。

昨夜、飲み物やお粥《かゆ》、薬を買いに行ってくれたこと、そのお粥を温めて食べさせてくれたこと、朝から電話で様子を訊ねてくれたこと……。それだけでも十分なのに、商談に同行してくれたばかりか、病院にまで連れてきてくれるなんて……。

これまでの毒舌大王、辛辣《しんらつ》魔神はどこへ消えた？　と目をこすらんばかりになる。それこそ『なんか変なものでも食ったのか？』と訊《き》きたくなるほどだった。

「村越……あんたもしかして、一昨日《おととい》の夜の記憶とかなかったりしない？」

「なんで？」

「いやあ、あんまり親切だから、宇宙人に攫《さら》われて別人格と入れ替えられたのかなあって……」

「なんだそりゃ。元々親切だよ、俺は」

「あーはいはい、これまで私向けに発動されなかっただけってことね……」

「それはおまえ……」

和紗の軽口に、村越はなぜだか急に口ごもった。

えーっと村越殿、何でござるかな、その反応は……と言いかけたところで、看護師が呼ぶ声が聞こえた。

「滝田さーん、滝田和紗さーん、二番診察室へどうぞー！」

「ほら、行ってこい。それとも一緒に行ってやろうか？」

「けっこうでござる」

「御意」

からからと笑う村越をあとに、和紗は診察室に向かった。

診察が終わったあと、村越は会社に戻るのかと思いきや、和紗を部屋まで送ってくれるという。やっぱり宇宙人に人格改造されたとしか思えなかったが、タクシーを拾う距離ではないし、正直、パソコンやらカタログを詰め込んだ鞄が重すぎる。同行者がいるのはありがたかった。

和紗の鞄や薬が入った袋をぶら下げて歩きながら、村越が話しかけてくる。

「ただの夏風邪で良かったな」

「うー……馬鹿の証明」

「そんなのわざわざ証明する必要ないだろ」

「やかましいぞ、村越」

「ま、しっかり薬ももらったし、あとはとにかく寝ろ」

これだけたくさん薬があれば瀕死《ひんし》の病人も秒速で復活だ、と村越は呆《あき》れたように言う。

確かに薬局でもらった薬は、馬にでも飲ませるのか？　と疑いたくなるような量だった。

「先生の方針らしいな。引き始めにがーっと薬飲ませて一気に治すんだとさ」

「賛否両論ありそうだけど、あんまり休めないときには嬉しい」

「三宅との契約が終われば、しばらくはそう忙しくもないはずだし、しっかり治せよ」

「了解。いろいろありがとう」

「おう。貸しはつけとく」

和紗を玄関前まで送ったあと、最後の最後でいかにも彼らしい台詞《せりふ》を吐き、村越は帰っていった。

村越の人格改造に関わった宇宙人は完璧《かんぺき》主義ではなかったのかもしれない。

馬対応の薬を大量の水で飲み下したあと、和紗はベッドに倒れ伏した。

徐々に薬が効き始めたのか、頭を締め付けていた鉄の輪が緩んでいくような感覚があった。そのまま眠りに落ち、気がついたときには辺りはすっかり暗くなっていた。

よく寝た……昼間っからこんなに寝たのは久しぶりだ……。

そうっと頭を振ってみても痛みはないし、ぴりぴりと皮膚を刺す感覚もない。けだるさは残っているものの、とにかく痛みがない状態に感謝するばかりだった。

治ったわけじゃないんだろうから……なんか食べて薬を飲まなきゃ……。

何か食べるものはあっただろうか……と考えながら台所に行ってみると、流しの横にレトルトのお粥がある。

そう言えば、昨日村越が買ってきてくれたんだっけ……。残ってるのは白粥と玉子粥か……でもやっぱり病気のときは梅干しがいいなあ……。

そんなことを思いながら、ふとテーブルに目をやると、スマホが放りっぱなしになっている。ジャケットのポケットに入れていたはずだから、帰宅して脱いだ際に取り出したのだろう。

メッセージの着信を知らせるランプがついているので、慌てて確認すると、発信者は村越だった。

『救援物資、ドアに引っかけといた』

慌ててドアを開けてみると、そこにはいつものスーパーと近所のコンビニのレジ袋。コンビニ袋には今まさに欲しいと思っていた梅干し、スーパーのほうには追加の白粥のレトルト、さらにミカンとパイナップルの缶詰が入っていた。

病気のときには梅干しだ、と言った和紗のために、梅干しを買ってきてくれた村越の気遣いに涙が出そうになる。しかも果物の缶詰付き。和紗が病気のときに食べたいのは桃缶だけど、この際それは問わない。ビタミンが補給できそう、かつ日持ちがする果物の缶詰を選んだだけ上等だ。起こさぬようにドアに引っかけていってくれたことまで含めて、完璧と言わざるを得なかった。

あいつ、マジで人格改造されたの？　それとも元からこんなやつだったのかな……あるいは、あいつのことが好きだって自覚したとたんに『あばたもえくぼ』大発生？　どっちにしても、あんまり親切にしないでよ、つけあがっちゃうから……。

今までずっと、うるさく付きまとわれて迷惑と思っていた。けれど心の根底に好意を敷いて眺め直してみれば、村越は極めて面倒見のいい男だと言えた。もしもやつが風花、あるいは他の誰かと付き合い始めて、和紗に関わる時間がなくなったら、さぞや寂しく感じることだろう。あの皮肉がふんだんにまぶされた毒舌すら懐かしいと思うに違いない。

白粥をレンジで温め、村越が届けてくれた梅干しをぽとりと落とす。梅干し特有の桃色がかった薄茶色は夏の盛りにしっかり日に干された証《あかし》。小さく囓《かじ》り取った果肉からほどよい塩気が伝わってきて、白粥のほのかな甘みを引き立てる。細《ささ》やかな夕食は、村越の心遣いを加えてさらに優しい味となり、病んだ身体に力をくれた。

『サンキュ。明日《あした》は出社できそう』

村越にそんなメッセージを送り、和紗は梅干しを添えた白粥を一匙《さじ》一匙大切に味わった。

いったん下がったと思われた熱は、夜の間にまた上がり始め、結局、和紗は火曜日も欠勤と相成った。

気になっていた契約書は作成済み、和紗が出社次第、三宅建設に出向いて判子をもらうことになっていた。村越が作ってくれたのかと思いきや、由美に丸投げしたそうだ。

『実は、俺も時々丸投げするんだ。あの子、契約条件とかざっと書いたメモを渡すと、全部ちゃんと盛り込んで完璧な契約書作ってくれる。今回はちょっと反則だったけど、おまえの物件だって言ったら快く引き受けてくれた』

快くどころか、一課の業務に支障が出ないように終業後、残業してまで作ってくれたらしい。村越からのメッセージでそれを知らされた和紗が、出社でき次第、何かお返しする……と返信すると、しばらくしてまたメッセージが返ってきた。

『滝田さんが話を聞いてくれて嬉《うれ》しかった、これはそのお返しです、って言ってた。でもまあ、どっかで昼飯ぐらい奢《おご》っとけ』

即座に、了解、と返し、和紗は安心して療養に励むことができた。

水曜日、けだるさの残る身体を引きずって、ようやく辿《たど》り着いた駅には村越がいた。

「お、鬼の霍乱《かくらん》は治まったか？」

「おかげさまで。いろいろありがとう」

「なんだ、やけにしおらしいな。まだ熱が残ってるのか？」

「うっさい！　人が素直に感謝してるのにどうしてあんたは！」

「おお、それそれ。そういう感じじゃないとな！　ま、ぶり返さないように頑張れ」

「……了解」

同じ路線を利用しているとはいえ、これまで駅で出くわしたことなどなかったのに、今日に限ってホームに並んだ和紗の後ろに村越がいたのだ。しかも、こともあろうにやつは和紗に『膝《ひざ》かっくん』攻撃をかけてきた。おまえは小学生か！　と叱りつけたい気持ちを抑えに抑えて礼を言ったというのに、結局いつもどおりのやりとりになってしまった。

要するに私とこいつって、こういう関係以外になりようがないんだよね……。

気分は『とほほ一直線』、電車は通勤ラッシュでぎゅうぎゅう詰め。和紗はドアとシートの隙間を確保したものの、病み上がりには微妙に厳しい状況だった。

あーきついなあ……いっそタクシーで出社すればよかった……と思っていると、不意にそれまで感じていた圧迫感がなくなった。ふと見ると目の前に村越がいて、ドア横の握り棒と壁に手を突いていた。

「もしかしてガードしてくれてる？」

「おう。紳士だろ？」

「全然あんたらしくないけど、正直助かる。ってか、鞄《かばん》、預かる」

和紗同様、村越の鞄も重そうだ。きっとパソコンも入っているのだろう。その鞄と和紗を同時にガードするのは至難の業だ。そう思った和紗は、返事を待たずに村越の鞄を奪い取った。

「重いだろ？」

「平気。腕力には自信がある」

「確かに、おまえのパンチとラリアットの破壊力はすごい」

「褒めるならもうちょっと違うところにして」

「見つかったらな」

がははっ！　と極めて嬉しそうに笑いながらも、村越は会社の最寄り駅に着くまで和紗のガード役を務めてくれた。もう何から何までありがとう、としか言いようがない。これまでになかったような女性扱いがくすぐったい反面、こんなことに馴《な》れたらあとが大変、今までどおりにしてよ……と焦りに似た気持ちを覚える和紗だった。

第五章　魔法のチキンソテー

木曜日、営業マンたちは出払い、事務の風花も銀行に出かけた。

今ひとつ体調が万全ではなかった和紗は、電話番がてら事務所に残っていた。これを機に、外回りが忙しくてついつい溜《た》めてしまった事務処理をこなすつもりだった。柿本から声をかけられたのはそんな午後のことである。

「滝田、今晩、予定あるか？」

「えーっと……夕方、設計と打ち合わせがありますが、それ以後はフリーです」

「よし、じゃあちょっと空けといてくれ」

なんだろう。接待でもあるのかな？　あるいは異動の内示……いや、さすがにそれは時期じゃないか、などと気にしながら業務を終え、日暮れ間近、和紗は柿本と一緒にタクシーに乗り込んだ。

しばらく走ったあと、タクシーは神楽坂《かぐらざか》の老舗《しにせ》鶏料理店に到着した。柿本が入り口で名を告げる。おそらく、予約がしてあったのだろう。

「えーっと、これはいったい……」

席に通されてみると、そこにはふたり分のセッティングしかない。どう見ても接待ではない状況に、和紗はつい柿本に怪訝《けげん》な眼差《まなざ》しを向けてしまった。

「そういう目で見るな。ちょっと訊《き》きたいことがあったし、病み上がりでくたびれているみたいだから、ついでに栄養をつけさせてやろうと思っただけだ。ここはうどんすきが旨《うま》いんだ。身体の芯《しん》から温まって風邪なんてふっとぶぞ」

「あ……そりゃどうも」

季節はずれのうどんすき、それはちょっと酔狂な。でも、部屋にはしっかり冷房も効いているし老舗の料理ならさぞや美味《おい》しいことだろう。普段から柿本は、打ち合わせと称して部下たちを食事に誘ってくれることが多かった。今日に限って和紗だけというのは、久々に大風邪をひいた部下への思いやりに違いない。

せっかくだからありがたくいただこう。

そう思った和紗は、まずは気になる案件について片付けることにした。

「で、私に訊きたいことって？」

「うん。実は一課の戸塚のことなんだけどな」

「由美ちゃん？　どうかしましたか？」

「例の三宅の契約書、彼女が作ったんだってな」

和紗の病欠中に、勝手によその課の仕事を引き受けたことを咎《とが》められたのだろうか。

それなら悪いのは由美に持ち込んだ村越……いや風邪なんかひいた自分だ。由美は残業までして和紗を助けてくれたのだから、責められる筋合いではなかった。

「あれは村越の指示です。そしてそれは私が……」

「ああ、違う、違う。戸塚は全然悪くないし、村越やおまえを責めてるわけでもない。あの件では村越にも戸塚にも非常に助けられた。本来なら俺が対処しなければならなかったのに、すまなかった」

「いえ、そんな……」

じゃあ訊きたいことって？　と怪訝な顔になった和紗に、柿本は意外な質問をした。

「おまえからみて戸塚ってどんな感じだ？」

「どんな感じって言われても……」

「営業でやれそうか？」

「え⁉」

和紗は思わず絶句した。

由美はもう二年以上営業事務をやっている。入社以来、それ以外の仕事などしたことがないし、事務員としてはなんの遜色《そんしょく》もない。それなのに、なぜ急にそんな質問をするのだろう。彼女が転職したがっているのを聞きつけて、事務という仕事が嫌になったとでも思ったのだろうか。それで営業に異動させることで目先を変え、転職を思いとどまらせようと……。

「由美ちゃん、いや、戸塚さんは優秀な事務員です！　あの子が辞めたがってるのは、事務って仕事がいやになったなんて理由じゃありません！」

「え、戸塚、辞めたがってるのか⁉」

「はい？」

　そこに至り、和紗と柿本は顔を見合わせてしまった。

「どうにも話が食い違ってるな。俺は戸塚が辞めたがってるなんて話は聞いてない。小杉課長も同様だろう。ただ、この間、契約書を作ったあと、彼女自身が営業の仕事に興味を持ったらしくて、あれこれ質問してくるようになったそうだ。私にも営業ってやれますかね？　とか訊かれた小杉課長が、俺に意見を求めてきた」

　和紗は女性営業職としてはダントツの業績を上げている。その和紗の上司である柿本は、女性営業の適性についてもしっかりした意見を持っているのではないか、と小杉は考えたらしい。

「戸塚は案外営業に向いているんじゃないかと思う。ただ、俺は男だから、女性営業の苦労はわからない。おまえならそのあたりの難しさも経験してるだろうし、それを踏まえた判断ができるんじゃないかと思ってな」

「そうですか、戸塚さん自身の希望……」

　なるほど。やっと腑《ふ》に落ちた。

　株式会社カジワラにおいて、営業事務員は一般職だ。営業に転向して総合職になれば、給与だって今よりうんと上がる。実家に帰るために見つからない仕事を探し続けるよりも、株式会社カジワラで昇給を目指すほうがずっといい。さすがは由美、すごい裏技を考えついたものだ、と和紗は感心してしまった。

「で、戸塚が退職したがってるというのは？」

「えーっとこれ、内密でお願いしたいのですが……」

本人の了解を得ていないので本来話せることではないが、この事情ではやむを得ない。和紗は、由美が奨学金の返済に悩んでいることについて、柿本に伝えた。

「なるほど、そういうことか。向き不向きはさておき、一課にとって戸塚の転向は痛いだろうと思っていたが、そういう事情なら、営業に移ったほうがいいな。そう都合良く地元で仕事は見つからないだろうし……。で、どうだ？　戸塚は営業としてやれそうか？」

「大丈夫だと思います。彼女、口数こそ少ないですが、大事なことはちゃんと伝えますし、なにより芯が強いです。現場で多少いじめられても、へこたれたりしないと思います」

営業として必要な知識はいくらでも習得できるが、性格はなかなか変えられない。取引先には女性蔑視《べっし》が強い担当者もいるし、現場に行けば言葉の荒い職人も多い。営業職をやる上で、まず問われるのは、彼らを相手にこちらの主張を貫けるか否かだ。だが、由美ならそれができる。それは、日頃から彼女と付き合い、その仕事ぶりを目の当たりにしている和紗には明らかだった。

「そうか。小杉課長も、彼女なら問題ないと思うけど念のため、って感じで訊いてきた。小杉課長と俺とおまえ、三人が太鼓判を押すなら大丈夫だろう」

「上手《うま》くいくといいんですけど……」

「まあ、こればっかりはな。ということで、悪いが暇を見て一度話を聞いてやってくれないか？」

「え、私がですか？」

由美は営業一課の人間だ。相談にしても、所属が違う自分が出る幕ではないと和紗は主張した。

「まあそう言うな。なんといっても彼女、おまえを見ていて営業をやってみたいと思ったらしいからな」

「はあ!? 嘘でしょ、あり得ませんって！」

「嘘かどうかはわからん。だが、小杉課長は戸塚からそう聞いたって言ってた。自分じゃなくておまえだったってのがけっこうショックだったたってさ」

「え……と、それはあの……小杉課長は既に管理職で、ご自分が走り回って契約を取ってきてる状態じゃないわけですから」

「それはそうなんだけどな。まあ上司としては複雑な心境なんだろう。俺にしても、もしもうちに入ってきた新人が『村越さんみたいな営業になりたい』とか言い出したらちょっとへこむ」

「なんでそこで村越？　言わないでしょう、そんなこと」

「どうかな……まあいい、とにかく、戸塚のことは頼んだぞ」

「わかりました」

近いうちに由美と話してみる約束をしたところで料理が届き始め、その話はそこで終わりとなった。


「ふう……もうお腹いっぱいです」

「ちょこちょこ残してたみたいだが、戸塚の話が気になったか？　食べる前にあんな話をして悪かったな」

「あ、いえ、そうじゃなくて……」

「じゃあ、料理そのものが口に合わなかったのか？」

「とんでもありません！　さすが老舗《しにせ》ってお味でした」

料理はどれも美味しかった。いや、美味しかったはずだと思う。

刺身は新鮮でぴかぴかだし、西京焼きはほんのり甘くて絶妙の味加減。煮物だって上品でふっくら、うどんすきに至っては鶏の濃厚な出汁《だし》がコシのあるうどんを包み込み、普段の和紗ならおかわり連発の出来だった。

ところがなぜか箸《はし》が進まない。

由美の話が気になってというならまだしも、頭の中に村越が焦がした煮魚や、みりんと酒を間違えた醤油《しょうゆ》味が強すぎる豚肉の生姜《しょうが》焼きがちらちら過《よ》ぎって、目の前の料理に集中できなかったのだ。

今だって、鮮やかなオレンジ色のマンゴーアイスを前に、限定とはいえコンビニアイスを思い浮かべているなんて、失礼極まりない。

柿本がちょっとやつの名前を持ち出しただけでこの体たらく。罹《かか》ったのは風邪だけじゃなくて恋の病か……滝田和紗三十四歳、遅まき、しかもあほすぎるぞ！

そんなことを思いながら、器の中で虚《むな》しく溶けていくマンゴーアイスを見つめていた和紗は、ふと目を上げて、こちらをじっと見ている柿本に気がついた。

「心ここにあらず……か」

柿本は、やれやれと言わんばかりに大きなため息をついた。

「この状態でこんな話をするのは自虐行為のような気もするが……なあ、滝田」

「なんですか？」

「おまえ、誰か付き合ってるやついるのか？」

「は？」

たっぷり五秒、黙ったまま和紗は柿本の顔を見つめてしまった。

聞き取れなかったわけではないし、この言葉から始まる展開は各種恋愛小説ならびに少女漫画で散々学習済みだ。とはいえ、経験したことはないし、リアルで自分に起こることなんて想像もしていなかった。しかも相手が柿本だなんて予想外もいいところだった。

　対処に困った挙げ句、和紗はいつもの調子で混ぜっ返す。

「課長……あのですねえ……もしかして御存知ないのかもしれませんけど、私って致命的にモテないんです。そんな相手がいるなら、とっくにひっ捕まえて高砂席に引きずり込んでます！」

　がさつで口は悪いし、料理も裁縫も下手。もちろん掃除だって大っ嫌い。それどころか、大抵の営業マンなら打ち負かしてしまうような業績を持ってくる。かわいくないことこの上なし、誰がこんな女と付き合いますか、と和紗はやさぐれてみせた。

　ところが、さすがは柿本、伊達《だて》に長年和紗の上司はやっていない。彼はひとしきり、やけに嬉《うれ》しそうに笑ったあと、正々堂々と恋愛小説の王道を貫く台詞《せりふ》を吐いた。

「俺と付き合えばいい。おまえに家事能力なんて求めてないし、業績だって俺の方が上だ。まあ過去の栄光だけどな」

「ごめんなさい。できません」

「即答か。参ったな」

　ちょっとは考えるとかしてくれよ、と柿本は苦笑いしている。

　冗談にしては質《たち》が悪いから、おそらく柿本は本気なのだろう。そもそも柿本はうっかりすればセクハラ、いやパワハラと取られかねないような冗談を仕掛ける男ではない。

　柿本ほどの男がフリーだったとは想定外すぎたが、もしかしたら最近恋人と別れたのかもしれない。つい寂しくて、手近にいた和紗に声をかけたというのが真相のような気がしてならなかった。

もう少し、せめて一週間前なら喜び勇んでOKしただろう。けれど、今の和紗には、白黒のだまし絵はもう壺《つぼ》にしか見えない。この状態で柿本と付き合うなんて、できそうになかった。

申し訳なさに顔も上げられなくなった和紗の頭上から、柿本の声がした。

「時既に遅し、だな」

和紗は、いったいなんの『時』だろう？　ときょとんとしてしまう。そんな和紗の表情をひとしきり笑ったあと、柿本はなんだか諦《あきら》めたような口調で訊《き》いてきた。

「おまえ、好きなやつがいるんだろう？」

「はい」

「村越か？」

「そうです」

「こっちも即答か」

いや、まいった……と、柿本は苦笑している。

「やっぱり私があいつを好きだなんてお笑いですよね」

和紗は半分やけっぱちで、それならそんな話題を振らないでください！　と文句を言う。だが、彼が笑っているのはそういう理由ではなかったらしい。

「すまない。絶句するとか、ちょっとは口ごもるかと思ったんだが……」

あまりにも即答過ぎて、思わず笑ってしまった、と柿本は頭を下げた。

「まあ、事実は事実です。でも、だからどうだ、って話ですよ。あいつと私は同期。干支が一回りしても入社当時と何ら変わらず侃々諤々《かんかんがくがく》、寄ると触ると口げんかの関係です。変わりようがありません。でも……」

発展性は皆無とわかっていても、村越を好きなことに違いはない、と和紗は断言した。

柿本の諦めたような口調がいよいよ著しくなる。

「ちょっと呑気《のんき》に構えすぎてた。もっと早く申し込んでおくんだったな」

「もっと早く……ですか」

「そう。おまえが俺を好きだったときに。それなら同じ即答でも違う台詞が聞けたかもしれない」

「私が課長のこと好きだって、知ってたんですか!?」

思わず大声を上げた和紗に、柿本はにやりと笑った。

「知ってた。『なんとなく』だけどな。その『なんとなく』が確信に変わるのを待ってたら、おまえはそれがただの勘違いだと気付いてしまった」

「勘違いじゃ……」

何を根拠に勘違いなんて言うのだ。確かに、今、和紗は柿本ではなく村越が好きだとわかっている。だがそれに気付いたのはつい最近だし、それ以前だって勘違いしていたわけじゃない。一枚から二枚の絵が読み取れるだまし絵だったにしても、片方の絵が柿本だったことに間違いはないのだ。

和紗には柿本が言わんとするところが理解できなかった。

「やっぱり気付いてなかったんだな……」

「何にですか？」

「おまえ、俺のどこが好きだった？」

「どこって……」

まさかルックスに惚《ほ》れました、なんて理由じゃないだろう？　と柿本は笑う。

柿本の容姿はごく普通よりもほんの少し上、といった感じだ。一目惚れするほどのイケメンじゃないことは確かで、もしそうだったとしても、和紗には皮一枚の美醜なんてどうでもいい。問題は中身だった。

「年の割には腹も出ていない自覚はあるが、俺のルックスなんてごく普通。だとしたらおまえにとっての俺の魅力ってなんだ？　難しい客を丸め込んで契約を取ってくる腕か？　すっとこどっこいな新人をいっぱしに育てる指導力か？　それともへこたれてる部下を旨《うま》い店に連れて行って栄養補給させる食餌《しょくじ》係としての機能か？」

「えーっと全部？」

またしても柿本は呆《あき》れた顔になったが、それ以外に答えようがなかった。

今、彼が並べ立てた美点はすべて柿本を好きになるための大事な要因だった。全部必要、どれが決定打ということもない。

「合わせ技ってことか……。いかにもおまえらしい。だがな、滝田。今の条件、そっくりそのまま村越にも当てはまるんだぞ」

「へ？」

「おまえは同僚としてしか見たことがないかもしれないが、山埜や久代から見たらあいつは上司だ。営業力も指導力も飯力もある」

「飯力って初めて聞きました」

「俺も初めて言った。いや、そんなことはどうでもいい。とにかくあいつは周りをよく見てるし、へこたれてるやつを励ますのも上手《うま》い。おまえだって、腐ってるときに飯に連れ出されたことも多いだろう？」

言われてみて初めて気がついた。

村越がしつこく絡んできて食事に行く羽目に陥るのは、大抵和紗が落ち込んでいるときだ。アラサー最後の誕生日なんてその最たるものだった。

「あいつは口が悪いから、けんかをふっかけられてるようにしか思えないかもしれないが、あいつとやり合うことでおまえは発憤する。こんなやつに負けて堪《たま》るか！　ってな。俺とはやり方が違うが、それもひとつの救済策だ」

「つまり、課長と村越は似てるってことですか？」

「そういうこと。俺とあいつは同じ要素を持っている。おまえが俺を好きになったというのなら、同じ理由で村越を好きになってもおかしくない」

そう言ったあと、柿本は実に寂しそうに笑った。

「というよりも、あいつが先なんだと思う。おまえはあいつが好きで、でもそれを認めたくなくて、身近にいた俺に目を向けた。俺の中にあるあいつと同じものを見つけて、それに惚れたと思い込んだ」

そんなことはない、と否定したかった。だが、柿本の話を聞けば聞くほど、自分は元々村越が好きだったのだと痛感してしまう。

好きだけど、どうにもならない。年がら年中、けんかばっかりの関係。だからこそ反発したし、まとわりつかれるのは迷惑だと思った。入社以来の付き合いが今更恋愛関係に変わるなんて思えなかったから。

「いっそ、勢い任せにおまえが告りに来ないかと思ってたよ。勘違いしたままでも、俺と付き合ってるうちに本当に俺を好きになるかもしれないってな。こんなことなら、もっと早くこっちから攻め込んでおくんだった」

おまえは頑張り屋だし、部下の面倒もよく見るし、同僚が困っていれば代わりに残業だって引き受ける。口の悪さは褒められたもんじゃないが、それだって一生懸命になるあまりだ。料理下手云々《うんぬん》なんて卑下する必要なんてない。おまえには人間としての魅力がたっぷりある。

柿本はいったいどんな閉店感謝セールだ、と言いたくなるようなサービス満載の台詞《せりふ》を連ねてくれた。本当にこれが先週ならどんなに嬉《うれ》しかっただろう。

「俺としたことが、なんたる失態。せめてもの救いは、カモフラージュに利用されなかったことだな」

「カモフラージュって？」

「あり得るだろう？　あいつが好きだって気付いたものの、さすがに今更過ぎる。だから俺を好きな振りをして……」

「私、そんなに器用じゃありません！」

「なんだよな。まったく器用じゃない。俺と付き合ってあいつに焼き餅《もち》を焼かせるって手もある。もっと言えば、おまえが勘違いするほどあいつに似てるところがあるんだし、取りあえず付き合っておくって考え方もある。それなのに、秒速で断りやがって。上司の申し込みを断ったりしたらあとが気まずいかも、ぐらい考えろよ」

「あー……そっか」

「ほらな。おまえはそういうやつだ。負けん気が強くてまっすぐで正直。だからこそ惚れた。だからこその『時既に遅し』だ」

「すみません……」

　謝らなくていい。謝られると余計に惨めになってくる、と柿本は言った。微《かす》かに笑った顔は、もうすっかりいつもの柿本で、和紗はそのことに心底ほっとした。

　この人は常識的、かつ優れた上司だ。こんな経緯があったとしても、扱いを変える人じゃない。明日からも今日までと変わらない態度で接してくれるだろう。

ところが、通常営業に戻った柿本は、まるで商談の成り行きを確認するかのように訊《たず》ねてきた。

「で、村越とはどうなってる？」

「どうって……別にどうにも……」

片思いに気付いてへこんだあまり、知恵熱が出ただけです、なんて言えるわけがない。

しかも心理的な側面を抜きにすれば、村越との仲はなにひとつ変わっていない。戯《ざ》れ合いから始まり口げんかに終わるという色気もくそもない関係のままだった。

「本当に？　とてもそうは思えないが」

「だからどうして？」

「月曜日、村越は午後一番の現場をすっ飛ばした」

「すっ飛ばした⁉　キャンセルしたんですか⁉」

「まさか。十三時の約束だったらしいが、遅れそうだからってとりあえず山埜に行かせただけだ」

「どこの現場ですか？」

「飛鳥組《あすか》」

「ええっ⁉」

ちょっと待て……それは業界三位の超大手ゼネコン、しかも担当者は業界一の古狸と名高いベテランじゃないか。そんな現場を一時的にしても山埜に任せるなんてどうかしてる！

「で、遅れた原因を訊《き》いたら、具合が悪かったおまえに同行した挙げ句、病院に連れてったせい、ときたもんだ」

ちょっと尋常じゃないだろう、と柿本は渋い顔で言う。

「午後一番で打ち合わせの予定があったなんて、全然知りませんでした。すみません」

「ま、幸い少々遅れたぐらいでなんとかなったし、山埜には良い経験になったみたいだから結果オーライだが、あまりにも村越らしくない」

仕事と友情を天秤《てんびん》にかけて友情を取るような男じゃない、と柿本は断言した。だからこそ、どうなってる？　という質問が出てきたのだろう。友情の枠からはみ出すような出来事があったのではないかと……。

「本当に何もありません。私があまりにも具合が悪そうだったんで、さすがに捨てていけなくて病院に連れて行ってくれたんでしょう」

熱はどんどん上がるし、このまま放置するのは同僚としていかがなものか、と誰だって思う。他に代わりがいるならともかく、あの場には村越しかいなかったのだから……。

あれで案外面倒見がいいんです、と庇《かば》うように言うと、柿本はまるで悪戯《いたずら》を企《たくら》む子どものような顔になった。

「俺は時既に遅しだったが、あいつはどうかな」

「は？　それってどういう……」

「ま、あとはあいつとおまえ次第。老兵は黙って去るのみ。ということで、飯も終わったし、帰るとするか」

柿本は、私の分、と財布を取り出そうとした和紗を一睨《にら》みで黙らせ、さっさと支払いを終えた。

「振られたからって今更割り勘なんて恰好《かっこう》悪すぎる。見栄《みえ》ぐらい張らせろ」

「はい。ごちそうさまでした」

軽く頷《うなず》くと、柿本は店の外に出た。そこには『迎車』と表示したタクシーが待っていた。おそらくあらかじめ呼んであったのだろう。駅までだってすぐなのに、と戸惑う和紗に、柿本は言う。

「風邪がぶり返しても困る。気をつけて帰れよ」

「え、課長は？」

「俺はもうちょっと呑《の》んで帰る。さすがに、このまま帰ってひとりってのは辛《つら》い」

「……ごめんなさい」

「だから謝るなって。でもまあ、そう思うなら、たまには飯ぐらい付き合ってくれ。あいつが文句をつけてこない限り、だけどな」

「あり得ませんよ」

「どうだか」

そう言うなり、柿本は運転手に車を出すように指示する。彼の言葉の根拠を訊くこともできず、釈然としないまま和紗は帰途についた。

窓の外を眺めながら、ぼんやり思う。

なんか最近タクシーばっかり乗ってるな……自分じゃ絶対乗らないけど……。

先日は村越、そして今日は柿本。どちらも和紗の身を気遣った結果である。タクシーに乗せ、食べ物の心配をし、気をつけるようにと再三念を押す。確かによく似たふたりだった。

私は、柿本課長の中にある『村越に似た部分』が好きだっただけ。村越が好きだと気付かないままに、課長とあいつを重ねて、課長が好きだと思い込もうとしただけ……。

よりにもよって柿本に指摘されて気付くなんて、情けないとしか言いようがない。無意識の行為だったことが救いなのか、あるいは致命傷なのか判断に迷う。

いずれにしても村越はもちろん、柿本課長にしても、私の個人的な未来には関係がなくなったということだな……。

窓の外を流れる都会の夜を見ながら、和紗はそんなことを思っていた。

＊＊＊＊＊

なんか、意味ないよねえ。

老舗《しにせ》のうどんすきをご馳走《ちそう》になった翌日、お洒落《しやれ》なカフェバーの一席で、和紗は半ば途方に暮れていた。

目の前にはフルーツたっぷりのトロピカルなカクテル。カフェバーで燗酒《かんざけ》を持ってこい、と叫ぶわけにもいかず、色がきれいだからという理由だけで選んだそれは、甘すぎて閉口するほどだった。おそらくこのまま、氷に薄められる末路となることだろう。

ちなみに村越はまだ来ていない。外回りからこの店に直行することになっていたが、打ち合わせが長引いたらしい。『すまん、遅れる』というメッセージが来て、やむなく三人だけで呑み始めることになってしまった。

山埜と風花はメニューを覗《のぞ》き込みながら、ああでもない、こうでもないと料理を選んでいる。一見、仲の良い恋人同士に見えるけれど、風花はここにいない誰かのことを考えているに違いない。その証拠に、ことあるごとに出てくるのはやつの名前だった。『あ、このお料理、覚えてます？　前に村越さんに連れて行っていただいたお店で食べましたよね！』とか『これ、村越さんが好きそうですよねー。注文しておきましょうか』とか……。

そんな言葉が出るたびに、山埜は『そうだったっけ？』なんて応《こた》えているが、心の中では盛大にため息をついているに違いない。

気の毒な後輩に同情を寄せながら、和紗は壁に掛かっている『本日のおすすめ』が記されたホワイトボードに目をやった。

「あ、アサリバター……」

「注文しますか？」

すかさず山埜が訊ねてきたが、和紗は慌てて首を横に振った。あのじゃりじゃりの失敗作のあと、和紗は微妙にアサリバターが苦手になった。着実に腕を上げ、見事なアサリバターを作り上げた村越が、さらに遠い存在に思えてくるからだ。

なんであんなに失敗ばっかりするのかなあ。料理なんて化学の実験みたいなものだし、実験で失敗したことなんてない。もうちょっとまともにできてもいいのに……。

メタボ解消を目指した料理練習は継続中だ。

当初、習慣でついついハイカロリーな料理ばかり選んでしまっていたが、病み上がりということもあって、今の献立はかなりあっさりヘルシーになっている。それでも、出来上がりはヘルシーとはほど遠いものだった。

サワラの塩焼きは、焼き網に焦げ付いてひっくり返せなかった上に、塩が強すぎ、ワカメとキュウリの酢の物は、キュウリがぱりっとしたままちっとも調味料に馴染《なじ》まなかった。

あとで調べたら、あらかじめキュウリを塩もみする際の時間が足りなかったらしい。手元が狂って塩がどさーっと入ってしまったために、適当にかき回して即座に洗い流したのが敗因だ。軽く洗い流してそのまま放置するか、全部流すにしても、もう一度適正な塩の量でやり直すべきだった。

切るだけで済むはずの冷やしトマトは、包丁にやる気がなかったらしく、片っ端から潰《つぶ》れて無残な有様。これぐらいならできるだろうと買ってきたインスタントのグラタンは、手っ取り早く作りたくて水の代わりにお湯を入れたらホワイトソースがダマだらけ。

さすがにご飯の水の量を間違えることはなくなったけれど、現時点でまともにできたおかずは、タコウインナーのケチャップ炒めと麩《ふ》の味噌汁《みそしる》だけという無残な結果だった。しかも味噌汁の勝因は、麩はワカメと違って『一人分は二個』と決めてしまえたことだ。どれだけ水を吸っても二個は二個。鍋《なべ》の表面全部を覆い尽くすようなことにはならない。

もしも、あれが別の具だったらきっとまた違う失敗をしたのだろう。

天は二物を与えずとはよく言うが、和紗の才能は、建具を売りまくることに集約されてしまったらしい。何度やっても、何を作っても失敗ばかりで、和紗はほとほと嫌になっていた。

「滝田さん、お料理のほう、どうですか？　あれから何か作ってみました？」

絶妙というべきか、最悪というべきか迷ってしまうようなタイミングで風花の質問が来た。とはいえ、料理講習会の講師を務めた手前、生徒の進捗《しんちょく》状況が気になるのは当然だろう。

「風花ちゃん、それは無理だよ。だって滝田先輩、風邪を引いてダウンしてたんだもん」

「そういえば休まれてましたね……ごめんなさい」

今日も朝から忙しく走り回られてたので、すっかり忘れてました……と、風花は小さく舌を出した。

「しばらく使い物にならなかったから、埋め合わせに必死だったの」

「そんなことされて大丈夫ですか？　ぶり返したり……」

「それは大丈夫。丸二日近く、ベッドで寝たきり、爆睡しまくりだったから」

「え、じゃあ、お食事とかどうされてたんですか⁉」

「レトルトのお粥《かゆ》と梅干し」

「あーそうか。今は便利なものがありますものね」

お粥だって自分で炊いたほうが美味《おい》しいけど、具合が悪いときは仕方ないですよね、買い置きがあってよかったですねーなんて風花は頷いている。つい、実はそのレトルトは村越が届けてくれたんだけど、なんて言いたくなって、自分の意地悪さにうんざりする。

風花は絶対に聞きたくないだろうし、村越は乗りかかった船でやむなくやってくれたに過ぎない。いずれにしてもわざわざ得意げに告げることではなかった。

それなのに、隠しておきたい事実はこともあろうにというか、やっぱりというか、山埜の口から暴露された。おそらく最後の悪あがきだろう。

「あ、そういえば月曜日、村越さんが梅干しのこと訊《き》いてきたけど、もしかしてあれって滝田先輩のために？」

「梅干し？　山埜さん、何を訊かれたんですか？」

「コンビニの梅干しって旨《うま》いのか？　って。だから、旨いかどうかはわかりませんが、小分けされてるから便利なんじゃないですかって答えました」

コンビニとスーパーの両方のレジ袋があった訳がわかった。スーパーで売られている梅干しは多すぎると思ったのだろう。

わざわざ味や分量まで確認して買ってきてくれたのか……と、和紗は嬉《うれ》しくなってしまう。

行きがかり上とはいえ、自分のためにそこまで気を遣ってくれたなんて……。だが、そんな和紗と対照的に、風花はひどくつまらなそうだった。

「村越さん、本当に面倒見が良いですよね。相手を問わず困ってる人には全力で……。まあそこが村越さんの素敵なところなんですけど」

相手を問わず、に微《かす》かな悪意が感じられた。

要するに風花は、村越が親切なのは和紗に限ってのことじゃない、と主張したいのだろう。相手が誰であっても同じことをするはずだ、あなたが特別なわけじゃない、と……。

「うーん……でもさあ、村越さん、午後の打ち合わせをほっといてまで滝田先輩を病院に連れてったんでしょ？」

「村越が打ち合わせに遅れた話は聞いた。ごめんね、私が風邪なんて引いたばっかりに。

山埜くんにも迷惑かけたね。今度、小杉課長にも謝っとくよ」

「いえ、別に俺は……」

勉強になりましたし、と山埜は明るく応えた。だが風花は、今まで和紗が聞いたこともないほど、不機嫌そうな口調で言う。

「本当ですよ、滝田さん。そうでなくても村越さんは忙しいんですから、あんまり手を煩わせないでくださいね！」

あーあ、怖い顔。かわいい顔が台無しじゃん。とうとう本格的に敵認定されたな。そんな目で睨《にら》まなくても、村越は私のことなんて洟《はな》も引っかけないのに……。

ことあるごとに村越の名を持ち出す風花、村越と和紗の仲を強調して風花に諦《あきら》めさせたい山埜。そのどっちにもうんざりだった。

「ごめん……私やっぱりまだ具合悪いみたい。先に帰るわ……」

身体はちっとも辛《つら》くないが、気持ちが辛すぎる。このままここにいたらメンタルからやられて再び風邪の餌食《えじき》になりかねない。和紗は山埜と風花が選んだ料理を一口も味わうことなく席を立った。

だが間の悪いことに、そこに遅れていた村越が到着した。

「遅くなってすまなかった！　やっと終わったよ」

待望の男の登場に、たちまち風花の顔が明るくなる。

「お疲れ様でした！　村越さんの好きそうなお料理たくさん注文しておいたんです

よ！」

飲み物はなんにします？　それよりまず座ってください、と風花は甲斐甲斐《かいがい》しく世話を焼く。ところが村越は、そんな風花に目もくれず、立ったままの和紗に声をかけた。

「どうした？」

「あ……うん」

「滝田さん、まだ風邪が抜けきってないみたいで、具合が悪いんですって」

「マジか」

とっさに村越の手が額に乗る。もちろん、熱なんてない。

全然大丈夫じゃねえか！　なんて言われたら面倒だな、と思っていたが、村越は一瞬窺《うかが》うような目で和紗を見たあと、あっさり手を離した。

「微妙だな」

「昨日も今日も大丈夫だったから、もう平気だと思ってたんだけど、やっぱり年だね。風邪の治りも今ひとつ。悪いけど、私はこれで……」

「滝田さん、おひとりで大丈夫ですか？」

山埜が和紗を送れば、その間は村越とふたりきりでいられる。風花にとっては好都合に違いない。だが、そんなサービスをする気には到底なれなかった。

「大丈夫だよ。ひとりで」

「でも、途中で熱が上がっちゃったらどうするんですか。山埜さん、せめて駅まででも」

「じゃあ、俺、送ってきます」

ところがそのとき、立ち上がろうとした山埜の肩を村越がぐっと押さえた。

「俺が行く」

「え、でも村越さん、来たばっかりじゃないですか！」

「いいですよ、俺が行きます」

「ひとりで大丈夫だってば！」

三人がそれぞれ口にした台詞《せりふ》など聞こえなかったふりで、村越は和紗の鞄《かばん》を持ち上げた。

「相変わらずクソ重い鞄だな！　ほら滝田、行くぞ」

そのまま、ずんずんと戸口に向かっていく。鞄を持っていかれては、ついて行くしかない。やむなく和紗も村越のあとを追う。目の端に映った風花の顔が引きつっていた。

「で、どうした？」

店を出てしばらく歩いたところで、村越がおもむろに口を開いた。

「どうって……」

「具合なんて悪くないだろ？　おまえ、昨日も今日も普通に仕事しまくってたじゃないか」

「だから、病み上がりでフル操業したおかげで具合悪くなったの！」

「熱もない。顔色だって変わりない。おまえは元々血色ばっちりってタイプじゃないから、一見、具合が悪そうに見えるけどいつもどおりだ」

あーもう、と天を仰ぎたくなる。これだから長い付き合いって面倒くさい。シチュエーションからして、絶対通るはずの仮病が全く用をなさないなんて……。

「なにがあった？」

「なんにもない。ただ、店が若者向き過ぎて合わなかっただけ」

「ふーん……店が合わない、ね。おまえって、店の雰囲気なんて二の次三の次、旨いものさえ出てくればOKじゃなかったっけ？　そんなに不味《まず》い店だったのか？」

箸《はし》ひとつ割った形跡なかったけど？　とだめ押しされて、和紗はますます途方に暮れる。

「たまにはそういう日もあるってことよ」

さっさと駅に辿《たど》り着いて、店に戻ってもらいたい。和紗はその一念で、歩くスピードを上げた。幸い駅から離れた店ではなかったため、ふたりはあっという間に改札口に到着した。

「サンキュ、ここでいいわ。悪かったね、送らせて」

そう言いながら鞄を奪い返し、村越を振り切るように改札を抜ける。もうこれ以上、答えられない質問をされるのはまっぴらだった。

ところが、村越は店に戻るどころか、そのまま和紗についてきてしまった。

「ちょっと、なにやってんのよ⁉　ふたりとも待ってるんだから、さっさと戻りなさいよ！」

「山埜は待ってない。あとは若いふたりで、でいいだろう」

元々そのためのセッティングだろ？　と図星を指され、和紗は言葉を失った。村越は絶句している和紗を面白そうに見ている。

「……知ってたんだ」

「当然。その上、山埜に泣きつかれた」

「はあ⁉」

「昨日、あいつと同行だったから一緒に昼飯食ったんだ。そしたら、明日《あした》の呑《の》み会でなんとか久代とふたりきりにしてくれないか、って」

他力本願男山埜、とうとう自力救済に路線変更か⁉　と和紗は再び絶句した。だがすぐに、それは大変いいことだ、と思い直す。

「そっか。それはなんというか、一歩前進だね」

「いやびっくりした。あいつって、久代狙いだったんだな」

「なんで？　最初からずっとかわいがってたじゃない」

「それはわかってたけど、なんとなく妹コースかなあ……って」

妹コース……じゃあなにか、妹の面倒を見るようなつもりでいると思っていたのか、と和紗は呆《あき》れ返ってしまった。

「こないだ言われた台詞、そっくり返す。『おまえの目は節穴か！』」

村越は、そうかもしれない、と盛大かつひどく嬉しそうに笑った。

「ということで、俺は戻る必要なし。頑張れ山埜、だ」

「そりゃあ、山埜はそれでいいかもしれないけど、風花ちゃんは……」

「俺が戻ると思ってる限り、久代は帰らない。山埜とふたりで、あのこじゃれた店にいるしかないんだ」

「あんた、風花ちゃんの気持ち、わかってるんだよね？　念のために言っとくけど、あの子、『お兄ちゃんコース』じゃないからね！」

「知ってる。でも、こっちが『妹コース』なんだからしょうがないじゃないか」

「もったいない……」

思わず漏れた呟《つぶや》きに、村越は爆笑した。

「実は俺もそう思う。久代は優秀だし、愛想もいい上に料理も上手《うま》い。あの子とくっつけば俺は料理なんてする必要ない。食いたいものは何でも作ってもらえそうだもんな」

「おまけにカロリー計算もばっちりで、きっとメタボも痛風も無縁だよ」

「言うことなしだ」

「でしょ？　だったら『妹コース』なんて言ってないで……。あ、もしかして山埜くんに遠慮してる？」

「俺ってそういうタイプに見えるか？」

「全然」

だよな、と村越が再び爆笑したところで、ホームに電車が滑り込んできた。

金曜日の夜、時刻は午後八時半。電車は仕事帰りの人間で一杯だった。中には週末の解放感からか、すっかり出来上がっている者もいる。外回りからあの店に直行してきた村越はもちろん、トロピカルなカクテルを一口呑んだだけの和紗も空腹、かつ喉《のど》の渇きを覚えていた。

「酒呑みてえ」

「お腹すいた」

ほぼ同時にそんな言葉が漏れ、ふたりはぷっと吹き出した。

「なんか食いに行くか？　この前行った煮魚が旨《うま》い定食屋とか」

「うーん……やっぱり、いい。帰ってなんか作る」

相変わらず料理は失敗してばかりだ。今朝も出汁《だし》巻き玉子を作ろうとしたが、出汁が多すぎて形にならずぐちゃぐちゃの炒《い》り玉子になってしまった。それでも、継続は力なりという言葉もあるし、続けているうちに上手くなるかもしれない。諦《あきら》めたくない和紗にとって、とにかく料理をする機会を作ることが大事だった。

「そういえば、俺、このところ家で食ってないな」

「でしょ？　私も風邪を引いてたからまともにやってないの。だから……」

「よーし、じゃあ一緒にやろうぜ……ってか、一緒に失敗しようぜ?」

「なにそれ」

呆れながらも、和紗は村越の誘いを断らなかった。

風花はきっと今も村越を待っている。けれど、村越に風花の気持ちに応《こた》えるつもりがない以上、余計な期待を抱かせるほうが酷だ。山埜に機会を与えるという意味でも、村越は戻らないほうがいい。

和紗が無理やり送らせたわけでもないのだから、ここにいるのは村越の意思だ。もっと言えば、風花は既に和紗を恨めしく思っている。ここで別れても別れなくても、風花の気持ちは変わらない。

村越に詰め寄って大告白大会を始めるつもりなんてない。ただ一緒に料理するだけだ。それぐらい許されるはずだ。

ビジネススーツを部屋着に替えた村越が、台所に戻ってきた。ふたりがいるのは村越のマンション。たまには俺のホームグラウンドでと村越が主張したからだった。

いつものスーパーで、和紗は椎茸《しいたけ》、シメジ、エノキ、それからコンソメスープの素を買った。村越の部屋にタマネギと卵があるというので、キノコのスープを作ることにしたのだ。キノコのスープはローカロリーでヘルシー。夜遅くでも安心なメニューだった。

「順調か?」

妙に心配そうなのは、和紗の『戦歴』を熟知しているからだろう。とはいえ、さすがに材料を洗って切ってスープの素で煮込むだけの料理に失敗するのは難しい。根元のなんだかごちゃごちゃしたところはちゃんと切り取ったし、タマネギだってぎこちないながらも丁寧に刻んだ。コンソメスープの箱の裏に書いてあるとおりの水をきちんと量って入れたから、味だって問題ないはずだ。

「大丈夫……だと思う。あとは仕上げに卵を溶くだけ」

鍋《なべ》の中でくつくつと煮えているキノコとタマネギを確かめ、村越は満足げに頷《うなず》いた。

「けっこう旨そうじゃん。じゃあ仕上げはあとってことで、選手交代！」

和紗の部屋同様、村越のところの台所も狭い。ふたりが同時に立つわけにはいかず、村越は和紗に場所を空けるように言った。

「さてメインにかかりますか」

そう言いつつ村越が冷蔵庫から取り出したのは、ポリ袋に入った鶏肉だった。しかも見たところ胸肉。キノコとスープの素を買ったあと、メインはどうするという話になったとき、村越は買い置きの材料があるから大丈夫だと言った。なんだろう、と楽しみにしていたのに、出てきたのは鶏胸肉……。正直和紗は、ちょっとがっかりしてしまった。思わず不満が口を衝く。

「えー胸肉？　これって固くてぱさぱさ……」

「まあ見てろって」

村越はなにやら自信ありげに、フライパンを火にかけた。

「バターを使いたいところだが、メタボ女には禁物だから、オリーブオイルな」

失礼なんだか気遣いなんだか判別しがたい台詞《せりふ》とともに、オリーブオイルをたらたら流し込み、村越は鶏胸肉をソテーし始めた。焼き目がついたところでひっくり返して蓋《ふた》。火を弱めて、焼き上がったところで醬油《しょうゆ》をたらり。

フライパンに蓋をした時点でもう一度選手交代で、和紗がスープを仕上げ、ほぼ同時に二品の料理が完成した。

バゲットとキノコのスープと鶏胸肉のソテー。付け合わせはたっぷりの刻みキャベツだ。メタボ予備軍の和紗はバゲットをパスしたから百点満点だろう。

この際、味に期待してはいけない、と和紗は諦め半分で箸《はし》を取った。

「うわっなにこれ、なんでこんなに柔らかいの？　あんたなにやったの⁉」

メタボ予備軍を自覚してから、和紗は外食でも鶏胸肉を選ぶようにしていた。プロの手によるものであっても、胸肉特有の『ぱさぱさ』感を完全に取り去ることは難しいらしく、柔らかくてジューシーな腿肉《ももにく》とは比べものにならないとため息が出た。

それなのに、目の前のソテーは未《いま》だかつて食べたことがないというほど柔らかい。ただ焼いただけのはずなのに、なぜここまで柔らかいのだろう。オリーブオイルはヘルシーだけど、肉を柔らかくする効果なんてない。なにか怪しげな化学物質でも添加したのではないか、と疑うのは当然だった。

「これ本当に食べて大丈夫な代物？　私のこと、実験対象とかにしてないよね？」

「おまえみたいな規格外で実験しても意味ないだろう」

「どういう意味よ！」

「いいから、しゃべってないでとっとと食え、冷める！」

「だからー！　素性がわからないと怖くて食べられない！」

「今、食ったじゃないか」

二口目で致死量に至る毒薬かもしれない！　と和紗は叫んだ。

村越は、どこまで信用されてないんだ、俺は……と嘆きつつ、説明を始めた。

「食っても死なない。みじん切りにしたマイタケを肉に揉《も》み込んで冷凍しただけ」

解凍はレンジ、味つけは塩と胡椒《こしょう》、仕上げに醤油で香り付け、いい感じだろう？　と村越は勝ち誇ったように言った。

「マイタケ？」

キノコを鍋に入れているときに、村越がマイタケを出してきた。ついでにこれも入れてくれと言われ、煮え湯に大胆に投入してしまったが、鶏胸肉の救世主だったとは。

「テレビでやってた。鶏胸肉って安くてヘルシーだけど、どうにも固くてぱさぱさで旨くないし……と思ってたら、たまたま見た番組で、柔らかくなる方法が紹介されてたんだ。ダメ元でやってみたんだが、かなりいけるな」

ちょっと待て、やっぱりファーストトライじゃないか！　という文句は呑《の》み込んだ。

隠し味がマイタケだとわかればあとのことはどうでもいい。マイタケは大好物だし、それで鶏胸肉が柔らかくなるなら万々歳だ。

「うん。美味《おい》しい！　こういうシンプルな味付けって好き」

「そりゃよかった。このスープも旨いぞ。なんか中華っぽくて」

「あ、胡麻油《ごまあぶら》ちょっともらった。あとね……」

「片栗粉、だろう？」

「わかるの？」

「卵がきれいに散ってる。うちの母親が作るかき玉汁がこんな感じで、なんでこんなに卵がひらひらになんの？　って訊《き》いたら教えてくれた」

「おんなじ！　うちのお母さんもやってた！」

小さいボウルに卵を溶いて、さて、と身構えたところで、実家の母のスープを思い出した。

そういえば母のスープは大抵卵が入っていた。食べる直前に温めて、白っぽい液体を流し込んでから卵を溶いて完成。それなに？　と訊《たず》ねた和紗に『魔法』と笑ったあと、正体を教えてくれたのだ。

とろみがつくことで舌触りがよくなり、冷めにくくもなる。その上、卵も花びらのようにきれいに散る。一石二鳥どころか一石三鳥、まさに『魔法』だった。

その後、母親の裏技は侮れない、俺たちの『メシマズ』は料理上手な母親の弊害かもしれない、なんて笑い合いながら、ふたりはヘルシーな夕食を終えた。

村越が食器を洗い、和紗が拭《ふ》く、という共同作業の最中、和紗はふと残してきたふたりを思い出した。

「あっちのふたり、どうなってるかな」

最後の一枚を洗い上げたあと、村越はリビングに戻りスマホを確かめる。

「なんとかなってるみたいだ」

「え？」

「スーパーにいたとき、山埜にメッセージを入れておいた」

「なんて？」

「消えるからあとは頑張れ。ま、本人の希望どおりってことだ」

「……大丈夫かな」

「二軒目に移動したってさ」

「なるほど、それで『なんとかなってる』か……。でもよかった。それにしても、風花ちゃん、よく残ったね。あんたが戻ってこないとわかった瞬間、椅子でも蹴《け》って帰るかと思ったけど」

「あー」

なぜだか、村越が目を泳がせた。なにかあるな、これは……と半ば睨《にら》むように見ると、彼は後ろめたそうに口を開いた。

「実は、山埜に引導を渡してもらった」

「は？」

「俺が打ったメッセージ、そのまま見せろって」

引導を渡させた？　メッセージをそのまま？　なにそれ？

和紗の頭の中は疑問符で一杯、何言ってんのこいつ、状態だった。

「どんなメッセージ打ったの？」

和紗の問いかけに、村越は無言で自分のスマホを差し出した。怪訝《けげん》に思いながら読んだ和紗は、文字通り絶句した。

『俺は今日こそ、あの鈍感女を口説き落とす！　おまえはおまえで頑張れ』

『了解』

それ以後、山埜からの返信は途絶えていた。確かにこの文章を読めば、いかに風花といえども、村越には想う相手がいて今夜が正念場だとわかるだろう。落ち込んだ風花を慰める山埜、そこから始まる何かが期待できそうな展開だった。

黙ってスマホを返し、和紗は時計を確かめる。時刻は既に午後十時になろうとしていた。

「邪魔してごめん。私、帰るね。け、健闘を祈る！」

――嘘ばっかり。健闘なんて祈りたくもない。どうか盛大に討ち死にしてくれ、そうすれば私も山埜同様、慰めコースにチャレンジできるのに……。いや、無理だな。全然キャラじゃない！　風花ちゃんと私に同時に引導を渡すなんて、さすが村越だ、隙がない。これから口説き落とすってことは、遅い時間に約束しているのだろうか。それとも不意打ち？　呑気《のんき》にかまえているところを見ると、もしかしたらここに来るのかもしれない。

和紗は慌てて立ち上がった。自分がここにいては邪魔、さらに村越の想い人なんて見たくないという両方の思いからだった。

ところが玄関に向かおうとした和紗は、村越に二の腕をがっちり摑《つか》まれてつんのめった。

「そう来ると思った！　まったくおまえは……もういい、面倒だ！」

そう言うなり、村越は空いている方の腕を和紗の首に回した。

和紗は、うわっ！　ここでプロレス技か!?　と身構える。だが、次に感じたのはいつもの強烈な絞め付けではなく、胡麻油の香りだった。

「……中華風のキスって初めてかも」

「……おまえなあ」

他になんか言いようがないのか、と村越は脱力している。続いてこれだから鈍感女王は……という声も聞こえる。

……ってことは、鈍感女って私のことなのか。この気配りたっぷりの滝田和紗様になん

て言い草。失礼過ぎるだろう……って、ええっ⁉

「む、村越、あんた私のこと好きだったの⁉」

「好きでもない女にこんなことするかよ！」

「……そっか。そうだよね……あはは……趣味悪い」

何をおっしゃってるの、滝田さん、だった。

一方村越は、動揺しまくっている和紗を面白そうに眺めている。しかも依然としてがっしりホールドしたままだ。プロレス技以外で密着していると、ちっとも落ち着いて考えられない。いい加減に解放してくれ、と言いたかった。

「あのさ」

「なに？」

「手、離してくれない？」

「御免被る」

「いや、あの……考えられないんだけど」

「下手の考え休むに似たりって言葉知らないのか？　おまえのはまさに『下手の考え』だ」

失礼だぞ村越！　何を根拠にそんなことを、と言い返すと、こともあろうに村越はいかに和紗の考えが『下手』であるか説明を始めてしまった。

「そもそも、俺が久代狙いとか言い出す時点でおかしいだろう！」

風花の気持ちには気がついていたが、同じ部署、毎日顔を合わせる同僚を無下にするのも気が引ける。とにかく決定的な台詞《せりふ》を言わせない努力を続けてきた。それでもどうにもやりにくくて困っていたら、風花が営業二課に異動になった。これ幸いと思ったのに、逆に風花は積極的にアピールするようになり、とうとうプライベートな呑み会にまで誘うようになってしまった。

もう同じ課じゃないから、とでも思ったのだろうけれど、こちらにしてみればいい迷惑だ、と村越は顔をしかめた。

「なんで？　あの子、誰から見たってお買い得なのに」

「そんなの買うほうの価値観次第だ」

「風花ちゃんのどこが気に入らないの？」

「疲れる」

あまりにも俺を崇拝しすぎていて、ほとんど神扱い。何をしても、何を言っても『すごいです！』なんて崇《あが》め奉られたら、迂闊《うかつ》に愚痴も吐けない、と村越は言う。

「いや、でもそれって、そのうちなんとかなるもんじゃないの？　最初はぎこちなくても、付き合っていくうちに気心が知れて何でも言える関係になってくってよくある話じゃない」

「なんでそんな面倒なことやんなきゃなんねえんだよ」

「それを面倒とか言ってたら誰とも付き合えないじゃん！　もしかして、あんたの『ごめんなさい記録絶賛更新中』って、それが原因なの？」

だったら直ちに考えを改めて、人間関係円滑化に向けてさくさく努力しなさい！　と和紗は吠《ほ》え上げた。だが、村越は平然と言い返す。

「必要ない。仕事ならまだしもプライベートでそんな努力が必要な人間はごめんだ」

「だーかーらー！　それじゃあ誰とも付き合えないって……」

「忘れたのか？　俺たち、初対面で大げんかしたよな？　新人研修のグループ討論のときだっけ？」

そう言えばそんなこともあった。

テーマはもう覚えていない。なんせ干支一回り昔のことだ。確か、少人数に分かれてテーマに沿った議論をしたあと、代表者が自分のグループの結論を発表。それを踏まえて全体で討論をおこなうという形式だった。

そのとき、村越と和紗は別々のグループの代表で、双方の意見は真っ向から対立した。最初は冷静に意見交換をしていたのだが、あまりにも村越の物言いが小賢《こざか》しくて気に障り、いちいち反論している間にどんどんヒートアップ。最後は危うく摑み合いになりそうになった。席が離れていたからよかったようなものの、もしも至近距離にいたら、蹴りの一発もお見舞いしていただろう。それほど、あのときの村越は憎たらしかったのだ。

大げんかと言うな。あれは単なる意見交換だ！　と言い返したかった。だが、実際は村越の言うとおり大げんか、しかも、慌てて研修担当の上司が止めに入るレベルだった。

和紗はそのとき、こいつとは相性が悪すぎる、一生関わりたくない！　と思った。

ところが、グループ討論が終わったあと、村越はまっすぐに和紗のところにやってきた。

『すまなかった。ちょっと言葉が過ぎた』

ストレートに詫《わ》び、深々と頭を下げた村越に、和紗は仰天した。あの言いたい放題の大げんかの直後に、こんなにあっさり頭を下げにくるなんて。

反射的にぴょこんと頭を下げたものの、和紗は詫びの言葉を口にすることができなかった。全然気持ちが切り替えられなかったからだ。

村越は『面白かったよ、またな』と言って研修室から出て行った。その背中を呆然《ぼうぜん》と見送りながら、和紗は静かに落ち込んだ。

器が違う……。

そう感じずにいられなかった。村越に先に謝られ、しかもそれにまともに言葉を返すことすらできなかったことで、自分との差を突きつけられた気がした。

結局、その一件で村越と和紗の立ち位置が決定、和紗は延々と黒星を重ねることになってしまったのだ。

「そんなこともあったね。あんた、随分潔かったよ。こっちは相変わらず腹が立ちまくって、ぎたぎたにしてやりたい、とか思ってたのに」

「言いたいだけ言ってすっきりしたからな。実際、言いすぎだったし」

「それって、こっちも同じ」

「確かに。おまえ、本当に口が減らないよな。ああ言えばこう言うし。でも、俺も散々言いたいこと言って後味爽快《そうかい》、またこいつとやり合いたいって思った。だからこそすぐに謝りに行ったんだ」

敵認定されたくなかった、と村越は少し照れたような顔で笑った。

「敵認定はしまくってた。でもあんなにあっさり謝られたら継続不可能。それどころか、こっちの負け認定だったよ。あれは痛かった」

「そりゃすまなかったな。負けっ放しにさせて」

笑い事じゃないんだけど……と呟《つぶや》く和紗を見下ろし、村越はやけにしみじみと言った。

「つまりそういうことだ。最初っから言いたい放題できるやつはいる。言いたい放題の挙げ句、さらっと謝って、また別のバトルを始めたくなる。仕事だろうが、好きなタレントについてだろうが、料理だろうがなんだっていい。とにかくずっとやりあっていたい相手。目の前にそういうやつがいるのに、わざわざミリ単位で距離を詰めていくような関係を始める必要なんてない」

「……横着者め」

「ということで、久代はノーサンキュー。久代だけじゃなく、おまえ以外の誰でも」

「そりゃどうも」

「で？」

「は？」

「返事は？」

「なにか訊《き》かれてたっけ？」

答えたとたん、首に回っていた腕が正しくプロレス技、チョークスリーパーに変わった。過去最大と言うべき絞め上げ具合に、和紗は悲鳴を上げた。

「ぐえーっ！　ロープロープ！　ごめん、悪かった！」

「おまえというやつはーーーー!!」

そんな返しがあるか！　と村越は怒っているが、この場面でプロレス技に移行するやつも相当おかしい。人のことを言えた義理じゃない、と思いながらも、和紗は顔が綻《ほころ》ぶのを止められなかった。

俯《うつむ》いてにまにましている和紗に気付かず、村越は相変わらずぶつくさ言っている。

「よりにもよってこんなやつに惚《ほ》れるとは……」

「まったくだ。よりにもよってこんなやつに……」

「ちょっと待て。今『こんなやつ』が一致してなかった気がする」

当然だ。和紗の言う『こんなやつ』は村越のことだし、村越のは和紗。一致しているわけがない。それにしてもこの察しの良さはどうしたものか。ちょっと分けてもらいたいほどだった。

「あんた、むかつくほど勘がいいよね」

「おまえはむかつくほど素直じゃない」

「ごめん、たぶん一生治らない。あ、でも、宇宙人に人格改造でもされればワンチャンあり？」

「ねえよ」

ま、素直なおまえなんておまえじゃないよな、と村越は微妙に失礼なことを言う。そのとおりだと思った自分も自分だった。

「ということで、俺たちは付き合うってことでいいな？」

「あー……まあ」

「課長にちょっかい出させるなよ」

「課長？」

「柿本さん。あの人、おまえのこと気に入ってるだろ？　おまえだって……」

しょっちゅう、柿本さん柿本さんって言ってたじゃないか、と村越は不機嫌そのものの顔で言った。こいつ、焼き餅《もち》焼くんだ……と密《ひそ》かに喜びながら、何食わぬ顔で答える。

「あー……それね。処理済み」

どういうことだ？　と怪訝《けげん》な顔になった村越に、和紗は例の老舗《しにせ》鶏料理店の一件について話した。

「あっぷねー。危うく攫《さら》われるとこだった」

「それはこっちの台詞《せりふ》。てっきり風花ちゃんとくっつくと思ってた」

「久代は山埜に任せる。これで久代が一課に戻っても大丈夫。それにしても、戸塚、思い切ったな……営業に転向なんて」

「向いてないと思う？」

「いや、戸塚ならやれると思う。だってあいつ、おまえの契約書を作らせたときも随分話が早かった。普段からあっちこっちの契約書をしっかり読んでる感じがしたし、あれ以後、暇さえあれば商品カタログを読みまくってる。小杉課長なんて、質問攻めに遭ってヒーヒー言ってた」

うちの商品にあれだけ興味を持てるなら、営業がやれないわけがないと村越は断言した。

「それに営業に転向したら、転勤して地元に帰ることだって可能だ」

「そうか、一般職って転勤あんまりしないけど、総合職は違うもんね」

「というよりも、営業ってけっこう異動が多いだろう？」

事業部や営業所間で異動するだけではなく、退職する者も多い。そもそも事務員とは人数が違うのだから、異動も頻繁。あらかじめ希望を伝えておけば、由美の地元の営業所に異動させてもらえる可能性だってある、と村越は説明した。

「たぶん、戸塚はそこまで考えたんじゃないかな」

「すごいね、頭良すぎ！」

「まさに営業向きだな。ま、責任取ってしっかり指導してやるんだな」

「え、私？　柿本課長にも、相談には乗るって約束したけど、由美ちゃんはあんたの部下だよね？」

「今はな。でも、戸塚が本気なら……」

次の人事異動で彼女は二課に移されるのではないか、と村越は推測する。

女性営業の先駆者、小杉課長はもうすぐ転勤になる。となれば、戸塚を二課に異動させて、和紗に指導を委《ゆだ》ねたほうがいい。新人の事務員を採用した場合でも、同じ部署に前任者がいるなら教育は楽だし、混乱も最小限に防げる。

由美にとってはしばらく事務と営業見習いの二足のわらじで大変かも知れないが、それぐらいの覚悟がないと、事務から営業への転向は難しいだろう、と。

「お説ごもっとも。でも、うちの会社、ほんとにそこまでしてくれるかな」

「これだけ女性活用について煩《うるさ》く言われる世の中なんだから、それぐらいやってもらわないと。戸塚は目茶苦茶大人しいおまえみたいな感じだし、上手《うま》く育てれば、いい営業になる」

私が大人しくないとでも？　と睨《にら》み付ける和紗を鼻で嗤《わら》い、村越はさらに続けた。

「戸塚はおまえに憧《あこが》れて営業を目指したんだろ？　かわいいじゃないか」

「茶化さないでほしい。マジで困ってるんだから」

「困る必要ない。おまえだって小杉課長を見て、自分だってやれるかもしれないと思ったんだろ？　そのおまえを見て、今度は戸塚が営業を目指す。いい流れじゃないか」

「そっか」

確かにそうだ。目の前に小杉課長という前例があったからこそ頑張れた。ちゃんとした指導が出来るかどうかわからないけれど、頑張っている姿を見せることぐらいはできる。営業は自分だけではないし、由美なら、周りのやり方を見て勝手に学んでくれそうだ。

「難しく考えることはないよね」

「そうそう。今までどおりで十分。ということで、あとは後任の事務員か……」

久代が戻るか、新人を採るか、どっちにしても面倒だな……と村越はため息をついた。

「新人取るにしても、若くて目茶苦茶かわいい子とか、若くなくても独身熟女とか美魔女未亡人とかはやめてね！」

「なんで？」

「いやじゃん。あんたがふらっとしたり、あっちがあんたを好きになったり……」

あまりにもストレートな和紗の台詞に、村越は目を見開いた。

「おまえでもそういうこと言うんだ？　ちょっとびっくりだな。あ、もしかして宇宙人に遭遇した？」

ぱぱーっと人格改造された挙げ句、記憶も消されたとか、なんて村越は爆笑する。和紗にしてみれば、おまえが言うな、だった。

「あんたじゃあるまいし。でも、この間、熱が出たときはびっくりしたよ。いきなりどうした？　ってぐらい優しかったから」

「惚れた女が具合悪そうにしてたら、心配するのが当然だろう」

「まあ、そうなんだけど、あのときはそんなこと知らなかったし」

「だから鈍感女王だって言うんだよ。誰がどう見ても……」

「わかるか！」

「山埜は察してた。柿本さんだって」

どっちも憶測に過ぎないと思っていた。特に山埜は憶測どころか妄想の域に達していると判断していたのだ。柿本にしても散々それらしいことを匂わしていたが根拠などないはずだと……。

だが、村越は柿本の場合は、憶測でも妄想でもないと断言した。

「柿本さんには正面切って訊かれた。『おまえ、滝田のことどう思ってるんだ』って」

「ひゃあ、ストレート……」

「さすがに俺もびっくりした」

「いつの話？」

「火曜日、おまえが寝込んで休んでた日。帰ろうと思ったらいきなり廊下で捕まって、ああだこうだと探りを入れられた。まあ、訊きたいことはわかってたんだけど、まともに答える必要ないと思って適当に流してたら、直球を投げつけられた」

「ふーん、そんなことがあったんだ。で、なんて答えたの？」

「前代未聞の口の悪さだと思ってます、って」

「むらこしーーー!!!」

そこへ直れ、ぶった切ってやる！　と、和紗はそこらにあった新聞紙を丸め、仁王立ちになった。村越は爆笑しながら後ずさる。

「冗談、冗談！　ちゃんと答えた。『あいつは俺のです』って」

「私の意思は？」

「だーっ!!　そこでその突っ込みか！」

すかさず丸めた新聞紙を取り上げ、村越は和紗の頭をぱしっと叩《たた》いた。全く痛くない攻撃に甘んじながら、和紗は考える。

こいつは、たぶんずっとこのままなんだろうなあ。こいつというか、私もだな。こうやって下らないことでやりあって、その合間にご飯作って……。

「なあ、また一緒に飯を作ろうぜ。今度はバトルじゃなくてさ」

「あ、うん。味の保証はないけど」

「でも、おまえの料理、けっこう旨《うま》かったぞ。今日のスープも、その前のタコウインナーも。あのじゃりじゃりアサリバターだって、リベンジした分は旨かったし」

「じゃりじゃりって言うな！　それにあのリベンジ分はあんたの手柄でしょ」

「味を付けたのはおまえじゃん。とにかく、今まで俺が食う前提で作ったものは全部成功してるじゃないか」

「え……？」

「おまえが大失敗してるのって、自分ひとりで食べるために作ったものばっかりだろう？　俺に食べさせようと思って作ったものは、それなりに成功してる。少しずつでもスキルアップはしてるし、今後も大いに期待できる」

いやー愛がある証拠だなあ、なんて村越はひとりで喜んでいる。

確かに村越に食べさせるとわかっているときは、気合いたっぷりで挑んだ。とにかく負けたくない、馬鹿にされたくないという一心だと思っていたが、実はそこに愛が関係していると判断されるなんてびっくり仰天である。

「村越、あんた、本当に脳天気だね」

「それぐらいじゃないとおまえとは付き合えない。それに、少なくとも俺のほうは、なんとかおまえに旨いものを食わせてやろうと躍起になってたんだから、それでいいんだよ」

「マジで!?」

「そ。限りなく心優しい俺は、いつだっておまえの心配してた。だからこそ、あっちこっち連れてったし、メタボりそうだって聞いたあとはなるべくヘルシーな店を選んだ。チャリを買ったんだって元々はおまえのためだったんだぞ」

いきなり自転車の話を持ち出され、和紗はきょとんとした。

「え……？　チャリと私にどういう関係が？」

「おまえんちとの行き来がずっと楽になるじゃないか」

「えー、でも、そんなに頻繁に行き来なんてしてなかったじゃん」

「うるさい。いいじゃねえか。実際、すぐに役に立ったし」

自転車を買ってから一週間も経たないうちに、土鍋《どなべ》借用騒ぎが勃発《ぼっぱつ》。本当は土鍋なんてなにに使われてもかまわなかったけれど、もっけの幸いとばかりに乱入した、と村越は少しだけ後ろめたそうな顔で言った。

「やっぱりね。変だと思った。今までずっと放りっぱなしだったのに、何でそんなにこだわるんだろうって。どうせ忘れてたんでしょ？　土鍋のことなんて」

「忘れてない。あれは、わざと引き上げなかったんだ。おまえのところに置いておけば、あそこで鍋を食う理由になる。まさか、メタボ危機で、料理バトルを仕掛ける羽目に陥るとは思いもしなかったけどな」

「あれもわざとだったの？」

「当然だ」

料理バトルだといえば、ムキになって乗ってくるのはわかっていた。おまえのことだから、なんとか俺に勝とうといろいろ調べて頑張るだろうし、そうやってるうちに腕も上がるはずだと思った、なんて村越はさも得意げに語る。

一から十までそのとおり。和紗には反論の余地もなく、村越はにんまりと笑うばかりだ。

「一緒に料理して楽しかっただろ？」

「まあね」

「じゃ、いいじゃん。これからもそれで。どっちかが忙しければ交替でもいいし、一緒に作ってもいい」

「一緒に作っても、交替に作っても、できるのは失敗料理ばっかりだったりして」

おちゃらけて言う和紗に、村越はいつもの呆《あき》れたような目を向ける。だが、その眼差《まなざ》しには、隠しようのない和紗への想いが溢《あふ》れていた。

村越の想いに気がつかなかったのは、きっと私が自分の気持ちを抑えつけるのに必死で、やつから目を逸《そ》らしてばかりいたからなんだろうな……。

だまし絵の中に壺《つぼ》を見出《みいだ》したあと、いっそ気付かなければよかったとばかり思っていた。きっと心のどこかで、また壺が人の顔に見える日を望んでいたのだろう。柿本に想いを寄せることはないにしても、他の誰かを好きになる可能性だってある、そんな日が来てほしいと……。

けれど、村越自身が同じ気持ちだと知った今、もう壺は人の顔には戻らない。戻す必要もない。

「少なくとも、お互いの目の前で作れば、毒は盛れないよね！」

「なんで毒を盛る話になるんだよ！」

相変わらずふざけている和紗の首に、村越の腕が回った。チョークスリーパーで軽く絞め上げたあと、再び唇を重ねてくる。プロレス技からこの展開に持ち込むのはこいつぐらいだ、と呆れながらも、和紗は身体の奥底から温かいものがわき上がるのを感じていた。

＊＊＊＊＊

四月がやってきた。

株式会社カジワラでは無事に年度が終了、例によって営業賞は村越が手にした。

またしても二番手に甘んじることとなった和紗は、ポテトマッシャーを片手に叫ぶ。

「ちくしょー！　今期こそーーー!!」

「はいはい、頑張ってくれ。だが、ジャガイモに八つ当たりするのはやめろ」

ふたりがいるのは和紗の部屋。明日は土曜日で休日ということで、少々手の込んだ料理に挑戦中である。手の込んだとはいっても、『このふたりにしては』という但し書き付きで、実際に作っているのはコロッケ。和紗は目下、茹《ゆ》でたジャガイモを潰《つぶ》しているところだった。

「いいんだよ、八つ当たりでも何でも潰れればＯＫ」

「そりゃそうだけど、そんなに潰しまくったらマッシュポテトになっちまうだろ」

「いいじゃん。滑らかでクリーミーな口当たりのコロッケ。あ、バターも入れる？」

「俺はほくほくタイプが好きなの！　それにメタボなんだからバターと縁を切れとあれほど！」

「あ、それ、もう平気」

「は？」

「この間、調べてもらったら平常値に戻ってた」

「調べた？　いつ？」

おまえ、病院なんて行ったっけ？　と村越は怪訝《けげん》な顔になった。欠勤はないし、遅刻も早退もしていない。週末は大抵一緒に過ごしていたし、そうでなくてもお互いの行動は把握している。確かに和紗の行動に『通院』という項目はなかった。

「病院じゃないよ。この間、会社に献血車が来てたじゃん」

「そういえば……。おまえ、献血なんてしたんだ」

「うん。コレステロールは気になってたし、献血すれば調べてもらえるでしょ？」

献血後、しばらくして送られてきた検査結果の数値は、少々高めではあるがなんとか正常範囲内。メタボへの道をまっしぐら、という状態ではなく、和紗は大いに安堵《あんど》した。

「そうか、そりゃよかった。だが、油断は大敵だぞ」

「わかってる。でもさ、コレステロールとか血圧とかって、食生活もだけどストレスが大いに関係してるらしいよ」

「ああ、聞いたことがあるな。それで？」

「だから、あんまり私にストレスをかけないように、営業賞とかさくさく譲りたまえ！」

「ほざけ。憧《あこが》れの滝田先輩がそんなこと言ってたって聞いたら、戸塚が泣くぞ」

おまえを目指して頑張ってるのに、そんなことでどうするんだ、と村越に笑われ、和紗は小さく唇を尖《とが》らせる。

「本気じゃないよ。それに、わざと譲られたら余計悔しいし」

「ま、そうだよな」

「元気でやってるかな、由美ちゃん」

由美は昨年十月一日、村越の営業一課長着任と同時に、営業二課に異動した。

その際、風花が一課に戻るという話はなく、どうなることだろうと思っていたら、営業一課にやってきたのは、以前、営業一課で働いていた事務員だった。彼女は夫の海外赴任に帯同するために退社したものの、任期を終えて帰国。仕事を探していたところ、株式会社カジワラが営業事務員を募集していることを知って応募してきた。会社としては、経験がある彼女の採用を拒む理由はなく、即採用。そのまま古巣に配属、ということになった。

風花の返り咲きを期待していた山埜はがっかりしていたが、風花は平然としたものだった。おそらく、村越と和紗がくっついてしまった以上、一課に戻る意味はないと判断したのだろう。

ということで由美の営業修業が始まった。しばらく和紗について取引先や現場を回っていたのだが、十二月になってすぐ由美に異動の打診が来た。それは、由美の地元、しかも実家のすぐ近くの営業所に欠員が出るので、異動してはどうか？　というものだった。

当初、まだなにも覚えていない、もう少し滝田さんの下で修業したい、と本人は言った。だが、由美はもともと実家に戻りたがっていたし、予想どおり交際相手も地元にいるとのこと。

それならいっそ、この機会に地元に戻り、あちらで頑張ってはどうか。実家近くの営業所に欠員が出るなんて滅多にないチャンスじゃないか、と和紗は背中を押した。

『新入社員として営業所に配属されたと思うことにします。ちょっとでも商品知識とかがある分、私のほうがマシですよね』

由美がそう言って、営業二課を去ったのは仕事納めの日。年明け早々から、彼女は実家近くの営業所の営業担当として勤め始め、三ヶ月が経過していた。

その間和紗は、こちらからの連絡は控えていた。新しい環境で頑張る由美の妨げになってはいけないし、由美も困ったことがあったら連絡します、と言っていた。便りがないのは無事な知らせと信じようとしたが、心配せずにいられるわけがなかった。

「ちゃんとやってるかな……ひとつぐらい契約は取れたかな……」

「ちょっと待ってな」

タマネギと挽肉《ひきにく》を炒《いた》めていた村越は、しっかり火が通ったのを確認し、フライパンの火を止めた。

ボウルにフライパンの中身を移したあと、ジーンズのポケットからスマホを取りだし、さくさく操作する。

「あ、大丈夫だ！　ほら見ろ！」

嬉《うれ》しそうな声とともに、村越が示した画面を見ると、そこにはVサイン、満面の笑みの由美が写っていた。

「これ小橋《こばし》のページなんだ。覚えてるか？　同期の小橋大輔《だいすけ》」

「『大きいのか小さいのかはっきりしろ』の小橋くん？」

「そう、そいつ。あいつ今、戸塚と同じ営業所にいるんだ」

村越や小橋をはじめ、同期の男性社員たちはずっとSNSで連絡を取り合っていたそうだ。とはいってもそう頻繁なやりとりではなく、何か変わったことがあったときにグループトークで呟《つぶや》く程度だったらしい。

「かわいい子が入ってきてラッキー！　とか呟くから、何事かと思ったら戸塚のことでさ。そいつ、もう結婚決めてる相手がいるぞ、って教えたらがっかりしてた」

「あーあ、小橋くんかわいそう……」

「いいんだよ、下手な期待はさせないほうが」

「まあね。それで、この写真は？」

「初契約ゲット！　ずっと『苦戦中』って報告が来てたから気になってたんだけど、とうとう決めたらしい。あ、これ、友だち限定ってか、同期限定公開の記事だからな」

情報がどうとか煩《うるさ》いこと言うなよ、と釘《くぎ》を刺し、村越は表示されていた写真を拡大して見せた。

拡大したことで、由美が掲げているのが契約書であり、そこに担当者として『戸塚由美』という名前が入れられていることがはっきりわかった。

「そうかあ。由美ちゃん、やっと……よかった！」

「やる気もある、知識もどんどん増やしてる。しかも株式会社カジワラの商品はとびっきり。これで契約を取れないほうがおかしい」

「とはいってもさ。でも、本当によかった。これで八方丸く収まったってことね。由美ちゃんのふんばりで『今後は女性に大いに頑張っていただきます、ついては滝田くん、まとめて指導を、村越くんは売るのは上手《うま》いが指導のほうは今ひとつなんで』なんて言われたりして！」

「なんとでも言ってろ」

パソコンの前に移動した村越は、コロッケの種作りをそっちのけに、揚げ方のコツを検索し始めた。初心者はコロッケを爆発させやすいと聞いて、それを回避する方法を探すつもりらしい。

「やっぱ、油の温度がネックみたいだぞ。低すぎても油を吸ってぎとぎとになるし、高すぎても爆発？　どうしろってんだ、いったい！」

「爆発させるならひとりでやって、私は逃げるから！」

「あ、自分だけパスってひどくね？　俺が顔面に油を浴びて火傷《やけど》してもいいってわけ？」

「大丈夫、あんたの面の皮の厚さなら致命傷には至らない！」

「面の皮の厚さはお互い様だー！」

「はいはい、そのとおり」

適当に相槌《あいづち》をうち、ボウルに移しておいたタマネギと挽肉をジャガイモに混ぜる。

ジャガイモは茹《ゆ》ですぎ、潰《つぶ》しすぎ、さらに挽肉から油、タマネギから水分が出すぎで、コロッケの種はひどく柔らかくなってしまった。こっそりつまんでみたら、種の味自体はけっこう美味《おい》しいという、いつもどおりの残念さだった。

「ちょっと村越、揚げる以前の問題だー！　これ、ぐちゃぐちゃすぎて形にならないよ！」

「そりゃ大変！　えーっと、コロッケの種が柔らかすぎた場合は……」

村越はまたしても検索を始めた。

このお利口さんな箱がなければ、我々の料理はいったいどうなることだろう……と、ため息をつきつつ待っていると、いきなり村越が立ち上がった。

「芋だ、芋を足せ！　レンジでチンだ！」

そう叫ぶなり、村越はジャガイモをラップフィルムで包み、レンジに突っ込んだ。なんでもさくさく加熱する和紗の万能レンジは、本日も見事な働きぶり。ご機嫌斜めでジャガイモ爆弾を炸裂《さくれつ》させることもなく、柔らかすぎるコロッケの種を救済した。とはいえ、万全の状態にするにはジャガイモの量が足りず、どうにか形にできるぐらいの仕上がりだった。

「あーあ、またしても失敗か。何でこんなに上達しないのかなあ。でもまあ、食べられないってほどでもないし、これはこれでよしとするか……」

なかなかきれいにまとまらないコロッケの種と格闘しながら和紗は思う。

私たちのことだから、これからも失敗はたくさんするだろう。料理も、それ以外も。それが原因でけんかも絶えないに違いない。おそらくプロレス技だって連発だ。

でも大丈夫。リカバリーできない失敗なんてそうそうあるもんじゃない。このぐちゃぐちゃでまとめられそうになかった種だって、ジャガイモを足すことでなんとかコロッケにできそうだ。失敗したら、それを補う方法を探して対処すればいい。いつも完璧《かんぺき》である必要はない。料理だって基本は食べられればいいのだ。多少の失敗はご愛敬《あいきょう》、ふたりして笑い飛ばして、営業のトークネタでも拾ったと思えばいい。メシマズが仕事に役立つなんて、すごくお得——。

そこまで考えたとき、村越がまた嬉しそうな声を上げた。

どうやらまだ検索を続けていたらしい。

「柔らかすぎる種対策、他にも発見！　グラタン皿に入れてチーズかけて焼いちゃうんだってさ。これなら爆発の危険もないぞ」

「えー、私の頭の中、コロッケでいっぱいだよ。今更、グラタンに変更は無理！」

「そうか……じゃあ、なんとか形にするしかないな」

「ぶつぶつ言ってないで手伝ってよ。あんたのでっかい手で力任せに握ったらなんとかなるかも」

「はいはい、ただいま……って、なんだ、ちゃんとできてるじゃん」

「でもまんまるだよ？　コロッケってもうちょっと平たかったり、俵形だったりしない？」

平たくしようとしても、俵形にしようとしても、種はぐちゃりと広がってだらけてしまう。やむなくボールのように丸めてみたらなんとかまとまったものの、その姿はあまりにも一般的なコロッケと隔たっていた。

「形なんてどうでもいいじゃん。熱々揚げたてに、冷たいビールがお伴なら文句なし」

「熱々揚げ立てにビール……確かに」

「だろ？　ということで、さっさとやっつけちまおうぜ！」

「了解！」

その後、まん丸の種にふたりで衣を付け、潰れる壊れると大騒ぎしながら揚げた。最大細心の注意で火加減を調節したおかげで、なんとか爆発させることなくコロッケは完成した。

ソースをかけるかそのまま食べるかで揉《も》めたのはいつものこと。春の夜、ふたりは、熱々揚げ立てのコロッケを堪能《たんのう》する。言い合いをして渇きまくった喉《のど》に、冷えたビールが心地よかった。

番外編　土鍋の行方

「村越ーあの鍋《なべ》、そろそろ引き取ってくれない？」

和紗が、入社以来のライバル、正確には『負けっ放し』のライバルである村越に声をかけたのは、あと少しで仕事納めという十二月二十二日、昼休みのことだった。

和紗の部屋の流し台の下には、巨大な土鍋が陣取っている。所有者は村越だ。

入社したばかりのころに同僚たちと鍋パーティをするために買ったもので、以前ハンバーグを作ろうとした際、危うくボウルの代わりにされそうになったが、自転車をすっ飛ばして本物のボウルを持ってきた村越本人によって免れたこともあった。

とはいえ、和紗も村越も入社してから長い。同期は全国のあちこちに散りまくり、周りにいるのは上司、あるいは後輩ばかりになってしまった。上司を呼んで鍋パーティなんて、自宅に『説教ばら撒《ま》き機』を設置するようなものだし、自分がそう思う以上、後輩だって似たような気持ちだろう。

どう考えても大きな土鍋の出番はない、ということで本来の所有者である村越に引き取らせようという算段だった。

さっさと引き取れ、と和紗に迫られた村越は、面倒くさそうに答えた。

「鍋？　ああ、土鍋か……」

「ああ、土鍋か……じゃないわよ。何年置きっ放しにしておくつもりよ！　うちだって広くないし、というよりも台所なんて猫の額ぐらいしかないんだから邪魔なのよ！」

「今まで置けていたんだから、これからだって置けるだろ？」

「だーかーらー！　最近は私も料理するようになったから、道具だっていろいろ買いたいのに、収納が足りないの！　あのでかい土鍋がなければ、もっと便利な調理器具とか食器とかが置けるのよ！」

「便利な調理器具があっても、料理がうまくいくとは限らないぜ？」

「それを言っちゃおしまいでしょ！　フードプロセッサーがあればみじん切りだって、スライスだってプロ並みにうまく出来るじゃない。まぜるのだって一瞬。そういうところに労力を使わずに済めば、味付けに集中できて失敗も減ると思わない？」

「思わない。味付けは学習と経験だ。レシピに忠実に調味料を入れればそうひどい失敗はしない」

「むらこしーーーーーー!!」

なんであんたはそう薄情なものの言い方しかできないんだ！　と頭から湯気が出そうになる。これまで、そのレシピの『適量』とか『中くらい』とかいう言葉にどれほど悩まされたことか。しかもそれは和紗だけではない。なにかを作ろうとするたびに、散々村越本人もぶち当たった壁だ。

　ふたりして曖昧《あいまい》なレシピの表記に中指を立てそうになった日を忘れたのか。したり顔で『レシピに忠実に』とか言うなんて、裏切り者もいいところだった。

　ところがふと見ると、村越は噴き出しそうになっている。怒り狂うさまがそんなに面白いのか、とさらに腹が立ち、もっと言ってやろうとしたところで村越が片手を上げた。

「はいはい、ストップストップ。わかってるって、そもそもレシピって不親切だもんな。それはさておき、おまえの家も来年あたり契約更新？」

　いきなりなにを言い出すんだ、と思ったが、確かにあの部屋は入社したときに借り、契約更新は来年の春、正確には三月二十九日だった。

「そうだけど……それがなにか？」

「だったら、もうちょっと広いところに引っ越すとかすれば？」

「面倒くさい」

　即答した和紗に、村越は呆《あき》れ返った。

「面倒くさいって……おまえ、何年そこに住んでんだよ」

「はい、見事なブーメラン！　あんただって入社以来一度も引っ越してないじゃん」

「俺はトップセールスだからな。多忙すぎて、引っ越す暇なんてねえよ」

「憎ったらしい！　どうせ私は万年二番手ですよ！」

「本当にな。一度ぐらい追い越してくれてもいいんだぞ……って、そういう話じゃなかった。それで引っ越すつもりはないのか？」

「ないってば。むしろ、あんたが広いところに引っ越してあのでかい鍋を引き取って！トップセールスなら、暇がなくても業者に任せるぐらいのお金はあるでしょ！」

「なるほど、それもありか……」

村越の言葉を聞いた途端、頭がすっと醒《さ》める気がした。

村越が引っ越す、すなわち今までのように気軽に行き来できなくなる、だと気付いたからだ。付き合い始めて一年と少し、習い性で口喧嘩《くちげんか》は多かったけれど、そこそこ仲良くやって来たつもりだった。だがそれは、自分だけの思い込みで、村越は距離を置きたい気持ちになっていたのかもしれない。引っ越しを考えるというのは、まさにその証拠だろう。

それでも、がっかりしていることを悟られたくなくて、和紗は無理に明るい声を出す。

「じゃあ、あんたは広いところに引っ越すってことで、さっさと引き取りに来てね」

「おう。でも、その前に一回ぐらい使おうぜ」

「使うって……土鍋を？」

「ずっと土鍋の話をしてたんだから、土鍋に決まってるだろ」

「あのでかい鍋をふたりで？」

「大は小を兼ねる。むしろ、ちまちま具材を足さずに済んで楽だ」

「一理ある……」

「ってことで、土曜は鍋。いつものスーパーで待ち合わせて買い出ししよう」

「買い出しはやっとくよ」

鍋の具材ぐらいひとりでも買える、あんたはお酒をお願い、と言う和紗に、村越はさらりと返した。

「俺が行きたいんだよ。年末でくそ忙しくて、ちっともゆっくりできなかったし。別々に買い物するぐらいなら一緒にいてえじゃん」

「あ……」

二の句が継げないとはこのことだ。この男の臆面《おくめん》のなさにはまいってしまう。

出会ったときから歯に衣《きぬ》着せない男だったが、付き合い始めたらもっとひどくなった。ひどくなったというのは言葉が悪いが、とにかく感情を隠すことがなくなった。もしかしたら、超鈍感な上に、たまに相手の気持ちを慮《おもんぱか》ろうとしてもとんでもない勘違いをしてしまう和紗に辟易《へきえき》して、ストレートな表現を心掛けた結果かもしれない。

自業自得か……と思いながらも、耳のあたりがほんのり熱くなる。村越も気付いたらしく、くくっと笑いながら言う。

「ってことで、四時にスーパーの入り口な」

「了解。お酒は？」

「おまえんちにビールぐらいあるだろ？」

「今はある。でも、週末にはなくなってる」

「じゃあそれもスーパーで買おう。あと、俺のところに日本酒がある」

「それ持って買い物するの？」

「あー……じゃあ、先におまえんちに置きに行くわ。三時半な」

当初四時だった集合時刻を三十分繰り上げて、村越はご満悦だ。酒を置きに来るだけなら四時のままでよさそうなものだが、突っ込むとさらに臆面のない台詞《せりふ》をぶつけられそうだ。まだ仕事は残っているのだから、赤面したまま机に戻りたくはない。

君子危うきに近寄らず、ということで、和紗は素直に頷《うなず》き、営業二課に戻った。


「おまえなー！」

一応チャイムは押したものの、和紗がドアを開けるまでもなく、村越は部屋に入ってきた。そのくせ、仏頂面で文句を言う。

「なんで鍵《かぎ》をかけてないんだよ！」

「なんでって……あんたが来るのがわかってるからでしょ」

「俺が来る前に、変なやつが押し入ってきたらどうするんだよ！　それに、俺なら鍵を持ってるじゃねえか！」

「あんただって前鍵かけてなかったじゃない」

「男と女じゃ危険度が違うだろ！」

「あーもう、うるさい！　それ、こっちに頂戴《ちょうだい》」

村越が手にしていたトートバッグを奪い、酒を冷蔵庫に入れる。紙箱にあったのは、日本酒党垂涎《すいぜん》と言われる酒の名前だった。

「ひゃー……これは楽しみ！　そうと決まったら、さっさと買い物に行こう」

まだなにか言いたそうな村越を引っ張って、和紗は部屋を出た。階段の下に見慣れた自転車がある。酒を呑《の》むとわかっていて乗ってきたのだから、今日は帰るつもりはないのだろう。

心中ではにやにや、それでもなんとか平静を装いつつスーパーに向かう。

村越は、歩き出した和紗の隣に当たり前みたいに並ぶ。荷物があるのだから自転車で行けばいいようなものだが、どうやらその気はないようだ。

一緒に買い物するのは久しぶりだな、なんて笑いあいながら、十分ほどでスーパーに到着。久しぶりの買い物デートが始まった。

「魚もいいが、俺たちの技量だとやっぱり肉だな。しゃぶしゃぶとか、簡単そうだぞ」

「しゃぶしゃぶって土鍋《どなべ》って感じじゃないよね？　それにしゃぶしゃぶ用の肉ってちょっと割高な気がする」

手間賃にしても取り過ぎ、と文句たらたらの和紗に、村越が呆れたように言う。

「外で食うことを考えたら、大した額じゃないだろ。いっそ特上の牛肉でも奢《おご》ってやろうか？」

「いいよ。このスーパーにそんないい牛肉はないし、財布の紐《ひも》って一度緩めたらなかなか戻らないから」

「……堅実だな。俺には人任せで引っ越ししろって言ったくせに」

「引っ越しと日常生活は違うでしょ。それともあんた、今後は日常的に引っ越す気なの？」

「いや……それはない」

「でしょ？　日々の生活は程よく切り詰めて、ここぞって時に使えるお金を蓄える。私
はそういう方針なのよ」

「なるほど。俺もどっちかって言うとそっちサイドかな」

ならよかった、と和紗は肉が並ぶ棚に目を戻す。そして、棚の隅にあったプラスチッ
クトレイを見付けて歓声を上げた。

「やったー鴨がある！　しかも半額シールがついてる！　ねえ村越、鴨でいい？」

「酒呑みで鴨が嫌いってやつは、人生の半分を無駄にしてる」

「だよねー！　日本酒にもビールにも焼酎《しょうちゅう》にも、ウイスキーにだってばっちり。なんに
でも合うから合鴨！」

「それは違うだろう」

あらそう？　なんて言いつつ、せっせと合鴨のトレイをかごに移していく。しかも、
大ぶりなトレイを三つも……。それで、売り場の合鴨はすべてなくなった。

「買い占めちゃった！」

「どうするんだよ、そんなに……」

「もちろん鍋にするわよ。残ったら冷凍しておいて、ネギと一緒に焼く」

「焼くって串《くし》にさして焼き鳥みたいにか？」

「じゃなくてホットプレート。ガスコンロとフライパンでもいいよ。合鴨をさっと焼いて、出てきた脂に斜め薄切りにしたネギを絡めて……」

「味付けは？」

「塩、もしくはわさび醤油《じょうゆ》」

「うわー……なんて罰当たりな！　俺も食う！」

「え、でも今日はお鍋でしょ？」

「両方食う。おまえだけにそんないい思いさせてたまるもんか！　あ、こんなにいいものが……よし、これも買うぞ！」

合鴨をゲットしたふたりは、精肉売り場から野菜売り場へと移動しつつあった。そこで村越が手にしたのは、生わさびだった。

「こんなの売ってたんだ……」

特上の牛肉は置いていないのに、生わさびは売ってるなんて……と啞然《あぜん》とする和紗をよそに、村越は生わさびをかごに入れる。さらにきょろきょろと見回し、次にかごに入れたのは長芋だった。

「生わさびときたら長芋だろ」

「そうなの？」

「短冊に切ってわさび醤油。そこに日本酒をくいっと……」

「村越、早く帰ろう！」

それからあとの買い物は怒濤《どとう》の勢いだった。


鍋から行くか、鉄板焼きから行くかで迷ったものの、鍋のあとの雑炊でしめたい、という和紗の意見に村越も賛成、カセットコンロの上にはまずフライパンが載ることになった。

長芋短冊はすでにできている。和紗がネギやら大根やらを切っている間に、村越が長芋を切ってくれた。ただ、わさびはまだ摺《す》り下ろしていない。これればかりは食べる直前に、と村越が譲らなかったのだ。

「せっかくの本わさびだぞ。風味が飛んだら洒落《しゃれ》にならない」

「了解。じゃあ、合鴨とネギが焼けるころに摺ろう」

「うむ」

戦国武将みたいに頷く村越を笑ったあと、ネギを薄く斜めに切り、流しの横にあるコンロを確かめる。鍋は後回しにしたものの、カセットコンロで一から調理するのは時間がかかりすぎる。途中まで台所で作っておいて仕上げはテーブルで、という算段だった。

土鍋を覗《のぞ》き込んでみると、いい感じに昆布がゆらゆらしている。グッドタイミング！

と引き上げ、醤油、酒、みりんを投入。村越は調味料をどんどん入れる和紗を見て仰天していたが、味見をして目を見張った。

「うわ、奇跡だ！　めっちゃいい感じ！　そもそもレトルトの鍋ツユを買わなかっただけでも冒険なのに、大勝利じゃねえか」

「あのねえ、自炊を始めてどれぐらいたつと思ってんの？　鍋の出汁《だし》ぐらい作れるようになったわよ」

「いやいや、それにしてもこれはすごい。いつの間にこんなに腕を上げたんだ？　いや、待てよ……」

言うなり、村越はテーブルのところに行き、置きっぱなしにしてあった和紗のタブレットを調べ始める。

あちゃーっと思う間もなく、村越が勝ち誇った声を上げた。

「さては予習したな？」

「え……別に……」

「隠しても無駄だ。検索履歴が『鴨鍋』のレシピばっかりじゃねえか。しかも、最後にあるのは『お玉　容量』ときたもんだ」

「あーもう、なんであんたはそんなに余計なことにばっかり気が付くのよ！　はいはい、そうですとも、調べまくりましたとも！」

レシピサイトを片っ端から見て、これぞというレシピを選び出したあと、そこに書かれている調味料がお玉に入れるとどれぐらいになるかまで調べた。

たとえば、酒は大匙《おおさじ》二杯と書かれているが、大匙二杯は三十ミリリットルだからお玉だと半分ぐらい……といった具合だ。しかも、検索してもお玉の容量はまちまち、ということで、わざわざ水を入れて測ってみたのだ。

「このお玉はいっぱいまで入れると六十ミリリットル。だから大匙二杯は半分、ってなもんよ。いちいち計量スプーン出すよりかっこいいでしょ？」

「かっこいいって……俺相手に見栄《みえ》を張ってどうするんだよ。あの黒歴史、ボロネーゼソース爆弾事件から知ってるんだぞ？」

「そりゃそうだけどさ……」

相変わらず業績では負けっぱなしだ。せめて料理だけでもいいところを見せたいと思って頑張ったのに、見事にからくりを暴かれて和紗はがっかりしてしまった。

「絶対うまくいくと思ったのに」

「おまえは詰めが甘いんだよ。検索履歴ぐらい消しとけ、ってか、なんでロックかけとかねんだよ」

「それ、動画再生とか検索にしか使ってないもん。ロックなんていらないでしょ」

「履歴を辿《たど》られて検索サイトのパスワードとか抜かれたらどうするんだよ！　セキュリティ甘すぎ！」

玄関の鍵《かぎ》から続いて二度目のお叱りを受け、和紗は唇を尖《とが》らせる。それでも、ここまで言われるのは和紗を心配するあまりなのだと思ったら、ついつい頬が緩んでしまった。

「なにをにやにやしてるんだよ！」

「なんでもなーい！　それより、あとは余熱でいいからテーブルのほうに行こう」

「まさかの『余熱使い』か！　やっぱり上達してるんだな」

「へへっ」

ようやく褒められ、和紗はさらにご機嫌になる。

鼻歌交じりにカセットコンロでフライパンを温め、合鴨を載せた。

焼けていくにつれて、合鴨が反り返っていく。もっと厚切りであれば反ることはないのだろうけれど、これはこれで火の通りが早いし、脂もたっぷり染み出してくる。表裏をひっくり返したところで、薄切りのネギを入れ、合鴨の脂を絡めた。

「たまらんな、この匂い！」

「ぼうっとしてないで、わさび摺ってよ」

「オッケー」

和紗が肉を焼き、村越がわさびを摺る。付き合うようになってから、こんなふうに一緒に作業することが増えた。

ふたりともが、外に食べに行くよりも家で料理をしたいと考えていたのは幸いだった。

おそらく、これまではろくに料理ができず、選択肢が外食か中食しかなかったせいだろう。自分で料理が作れる、しかもだんだん腕が上がっていくというのが嬉《うれ》しくてならない。

おまけに村越は依然として積極的に料理に参加する。ほかに作ってくれる人がいないから料理をしていたけれど、彼女なり奥さんなりができたらさっさと戦線離脱、ふんぞり返って料理ができるのを待つだけ、という男もいるが、そういうタイプではなかったようだ。

もっとも、村越がそんな男だったら和紗は蹴《け》り出すし、本人だってそれぐらいのことはわかっているのだろう。もしも、この先一緒に住むことがあったら、料理以外の家事も一緒にやってくれるに違いない。

「よし、摺れたぞ。おっと酒がまだだ……」

冬のさなかとはいえ、エアコンのおかげで部屋の中はしっかり暖かい。むしろ、火を使って料理をしたことで、少々暑く感じるほどだ。カセットコンロから引き続き熱が発生することを考えたら、酒はきりりっと冷やしておきたいという判断で、ぎりぎりまで冷蔵庫から出さずにおいたのだ。

摺ったわさびをふたつの小皿に分け、片方を和紗に渡したあと、村越はひょいっと立って行って冷蔵庫から酒を出してくる。ラベルにある文字は『宝剣《ほうけん》　純米吟醸』、広島でも指折りの銘酒である。穏やかな香りと力強い味わいが脂に富む料理にぴったりで、鴨料理にはもってこいの酒だが、都内では手に入りにくいと聞いたことがある。

村越は、キリリ……と音を立ててキャップをひねり、和紗のグラスに注いでくれた。

「サンキュ。いいねえ『宝剣』、どこで買ったの？」

「広島の友達が送ってくれた」

「そんなにいい友達がいるんだ」

「俺ぐらいの人格者になると、酒でも食い物でも送ってくれるやつは山ほどいる」

「はいはい、そうですか。じゃ、かんぱーい！」

「なんだよ、その反応は」

苦笑しつつ、村越もグラスを上げる。底の部分だけ軽く合わせ、すぐさまぐびりとやる。

「くーっ……なんともいえねえな」

「まったくだ。あ、ほら合鴨もネギもいい感じだよ」

「よっしゃ、食おう食おう」

合鴨とネギを代わる代わる、あるいはまとめて口に運び、脂を酒で流す。正直、流してしまうには惜しいほどの旨味《うまみ》だが、口の中に残る脂と酒のマリアージュが堪《こた》えられない。もっともっと、と食べ進むうちに、焼くために取り置いた合鴨はなくなってしまった。

「うーもうないのかあ……」

「だから言ったでしょ。これぐらい要るって」

「もっと食いたい……。いっそ鍋《なべ》にする分を……」

「却下！　これは絶品に違いないけど鍋……っていうか、締めの雑炊をあきらめるのは論外」

「百理ある」

村越が真顔で頷《うなず》いた。どうやら、一理どころではなかったらしい。

理由はひとつしかないのに百理っておかしいでしょ、と笑いながらフライパンを台所に置きに行き、代わりに土鍋を運んでくる。

カセットコンロの上に載せてしばらく温めたあと、重い蓋《ふた》を取った。

「おお、いい感じに味が染みてる。見て、この大根の透けた感じ」

「ほんとだな。肉の脂がいい感じに回ってるし……って、これ、肉が少なくないか？」

土鍋の表面に合鴨はほとんど見えていない。鍋用の肉はもう少しあったはずなのに、と不満そうにする村越に、和紗は得意満面で言った。

「先に入れたのは出汁用だよ。野菜やお豆腐は先に煮込んじゃうから、なにも入れないとまったくお肉の味がしなくなる。でも煮込みすぎると合鴨は固くなっちゃう」

「なるほど、それで少しだけ先に入れたのか」

正直、全部レシピからの受け売りだ。それでも、村越はごく普通に感心している。おそらく、練習を重ねたことで受け売りでさえももっともらしく聞こえる術《すべ》を会得したのだろう。

なんだか嬉しくなった和紗は、さらに説明を続ける。

「そういうこと。この合鴨は薄切りだから、あとから入れてもすぐに火が通るの。しゃぶしゃぶみたいにさっと煮て食べるといいんだってさ。今、残りのお肉を持ってくる」

「了解。じゃ、さっそく……」

そう言いながら、村越はひょいひょいっと肉を掬《すく》う。待ちきれずに箸《はし》を伸ばしたように見えるが、おそらく旨味が出汁《だし》に出きった肉を片づけ、和紗に旨味たっぷりの合鴨を食べさせようと考えてくれたのだろう。

——それが本当かどうかなんてどうでもいい。村越ならそうしてくれる、って思えることが大事なんだよね……。

大きな土鍋にはツユがたっぷり入っている。醤油《しょうゆ》ベースのツユに合鴨を泳がせ、色が変わったところをパクリ……焼いたものとは違う出汁と合わさったからこその穏やかな味わい、そして圧倒的な柔らかさに目じりが下がりっぱなしになってしまった。

村越も、感極まったように言う。

「旨いなあ……。ネギ焼きもいいが、鍋は鍋で捨てがたい。それにこんなことができるのは鍋がでかいからこそだ」

「そうだね。ふたりでもぜんぜんいけたね」

「だろ？　ちっちゃい鍋で無理やり煮るよりずっといい、ってことで、この鍋はまだここに置いておいていい」

「うわ……結論そこなの⁉　他のものが置けないから引き取ってって言ったじゃん！」

「他のものは置かなくていい、っていうより、今は増やすな」

「いや、だからさあ……」

なにを言ってるんだこの男は……と非難のこもった眼で見つめる和紗に、村越は平然と言い放った。

「近々俺は引っ越す。そうしたら鍋は引き取る。ついでに預かり主もな」

「は……？」

「この鍋はひとりには大きすぎるが、ふたりならなんとかなることは証明された。肉も野菜もふたり分のほうがずっと旨いことも。これからも旨い鍋を食いたいなら、鍋も食うやつもまとめて保管するに限る。なんなら籍もまとめてもいい」

「なんなの、それ……」

和紗は呆《あき》れ果てて村越を見た。とたんに、村越が目をすっと逸《そ》らす。

この男が自分から目を逸らすことなど稀《まれ》だ。天井近くの壁をしれっと眺めている村越を見ているうちに、笑いが込み上げてきた。

——なるほど、要するに一緒に住もうってことね。籍が云々《うんぬん》ってことは結婚も考えてるってわけか……。

嫁入り道具が鍋というならまだしも、そもそも持ち主は村越だ。しかも、あの言い方だと鍋が優先、頑張っても和紗と鍋は同格にしか聞こえない。あれがプロポーズだとしたら、あまりにも色気がないけれど、おそらくこれが村越の精一杯なのだろう。

和紗が鈍感だからとかなんとか言って、さんざん臆面《おくめん》もない台詞《せりふ》をぶつけてくるくせに、肝心なときにちゃんと言葉にできない。そんな村越がなんだかかわいくて、笑みが抑えきれない。

「どうなんだ？」

返事をしない和紗にしびれを切らしたのか、村越が訊《たず》ねてきた。

わからないふりをしてやろうかと思ったが、撤回されるのはまっぴらだ。そこで和紗は、にっこり笑って言った。

「鍋を引き取ってくれるのはありがたい。でも、一緒に保管されるなら条件がある」

「条件？」

「三ツ口コンロ。これだけは絶対に譲れない」

村越の口が開きっぱなしになった。言葉を探すようにパクパクしたあと、右手を目の周りにあててごしごし擦《こす》る。そして、大きなため息とともに言った。

「おまえなあ……この期に及んで、条件が三ツ口コンロかよ！」

「いやいや、大事だよ、三ツ口コンロは！　今後の食生活を左右するし、豊かな食生活は幸せの根本だからね」

「……わかった。三ツ口コンロ付きの物件を探せばいいんだな？」

「よろしくー」

和紗の能天気そのものの様子に、村越はがっくりと首《こうべ》を垂れる。

なにやら不本意そうにしているが、村越曰《いわ》く、和紗は予想の斜め上をいく性格らしい。和紗に言わせれば、村越が予想を外しまくっているだけだし、それは今に始まったことじゃないのだから、あきらめてもらうしかない。

ともあれ、巨大な土鍋と保管主は、仲良く持ち主に引き取られることが決まった。和紗としても、速やかに引き取りが完了し、『まとめて保管』状態が長く続いてほしい。

巨大な土鍋は、ぐつぐつと合鴨や大根を煮込み続けている。柔らかく煮込まれた大根は、疲れた体に力をくれる気がする。一日中働いてくたくたになったふたりに、具材を切って煮込むだけの鍋料理ほどありがたいものはない。今後もこの土鍋は繰り返し登場することだろう。

土鍋の中の大根はべっ甲色に染まっている。おそらく、合鴨の脂がしっかり染みているだろう。

――熱々で、ほんのり甘くて、ほんのりしょっぱい。甘いだけでも、しょっぱいだけでもないってところがいいよね。私たちもずっとこんな感じだといいなあ……。

そんなことを思いながら、和紗は合鴨の脂が染みたべっ甲色の大根を嚙《か》みしめた。

本書は、二〇一六年十一月に小学館より刊行された単行本『メシマズ狂想曲』を加筆修正し、改題のうえ文庫化したものです。

おうちごはん修業中《しゆぎようちゆう》！

秋川滝美《あきかわたきみ》

令和3年 12月25日　初版発行
令和6年　5月15日　9版発行

発行者●山下直久

発行●株式会社KADOKAWA
〒102-8177　東京都千代田区富士見2-13-3
電話　0570-002-301（ナビダイヤル）

角川文庫 22951

印刷所●株式会社KADOKAWA
製本所●株式会社KADOKAWA

表紙画●和田三造

●お問い合わせ
https://www.kadokawa.co.jp/（「お問い合わせ」へお進みください）
※内容によっては、お答えできない場合があります。
※サポートは日本国内のみとさせていただきます。
※Japanese text only

ISBN 978-4-04-111631-9　C0193

◆◇◇

角川文庫発刊に際して

角川源義

第二次世界大戦の敗北は、軍事力の敗北であった以上に、私たちの若い文化力の敗退であった。私たちの文化が戦争に対して如何に無力であり、単なるあだ花に過ぎなかったかを、私たちは身を以て体験し痛感した。西洋近代文化の摂取にとって、明治以後八十年の歳月は決して短かすぎたとは言えない。にもかかわらず、近代文化の伝統を確立し、自由な批判と柔軟な良識に富む文化層として自らを形成することに私たちは失敗して来た。そしてこれは、各層への文化の普及滲透を任務とする出版人の責任でもあった。

一九四五年以来、私たちは再び振出しに戻り、第一歩から踏み出すことを余儀なくされた。これは大きな不幸ではあるが、反面、これまでの混沌・未熟・歪曲の中にあった我が国の文化に秩序と確たる基礎を齎らすためには絶好の機会でもある。角川書店は、このような祖国の文化的危機にあたり、微力をも顧みず再建の礎石たるべき抱負と決意とをもって出発したが、ここに創立以来の念願を果すべく角川文庫を発刊する。これまで刊行されたあらゆる全集叢書文庫類の長所と短所とを検討し、古今東西の不朽の典籍を、良心的編集のもとに、廉価に、そして書架にふさわしい美本として、多くのひとびとに提供しようとする。しかし私たちは徒らに百科全書的な知識のジレッタントを作ることを目的とせず、あくまで祖国の文化に秩序と再建への道を示し、この文庫を角川書店の栄ある事業として、今後永久に継続発展せしめ、学芸と教養との殿堂として大成せんことを期したい。多くの読書子の愛情ある忠言と支持とによって、この希望と抱負とを完遂せしめられんことを願う。

一九四九年五月三日